扛红旗的人

——修建红旗渠的故事汇编

白保录　著

河南人民出版社

图书在版编目（CIP）数据

扛红旗的人/白保录著.—郑州：河南人民出版
社，2017.8（2018.9 重印）
ISBN 978-7-215-10785-4

Ⅰ.①扛… Ⅱ.①白… Ⅲ.①短篇小说-小说集-中
国-当代 Ⅳ.①I247.7

中国版本图书馆 CIP 数据核字（2017）第 017607 号

河南人民出版社出版发行

（地址：郑州市经五路 66 号　邮政编码：450002　电话：65788025）
新华书店经销　　　三河市金轩印务有限印刷
开本　710 毫米×1000 毫米　1/16　印张　15.5
字数　260 千字
2017 年 8 月第 1 版　　2018 年 9 月第 2 次印刷

定价：38.60 元

习近平指出:"一个没有历史记忆的民族是没有前途的。"红旗渠记载着林县人民一段可歌可泣的历史,它见证了林县人民自力更生、艰苦创业、团结协作、无私奉献的奋斗精神,这种奋斗的精神应当成为中华民族的历史记忆,成为一代又一代年轻人的历史记忆。

摘自《历久弥新的红旗渠精神》
人民出版社 2015 年版第 463 页

序

　　短篇小说集《扛红旗的人》就要出版了，写的是修建林县红旗渠的故事，出版社的好友要我作序。深感难以胜任，想请好友另找高手。但当看到《扛红旗的人》一书时，红旗渠建设者一个个英姿，立即展现在我眼前。当年红旗渠修建 10 年，我作为河南日报记者曾跟随采访 10 年。这些真人、真事、真场景，都是我亲眼所见，亲身经历，使我感到分外亲切。

　　我应该为作者白保禄点赞，为红旗渠英雄高歌。

　　红旗渠是举世闻名的水利工程，历时十年之久，动员了十万大军，还有四十万群众做后勤保障，当坚强后盾。可以肯定，如果没有人"扛红旗"，这样惊天地、泣鬼神的特大水利工程是根本不可能建成的。

　　那么，谁是"扛红旗的人"呢？群众是真正的英雄，理所当然要归功于在当时的县委书记杨贵同志领导下的林县人民。正是他们，胸怀理想，不怕牺牲，战天斗地，排除万难，修筑了这条人工天河，创造了这个人间奇迹。他们是硬棒棒的扛红旗的英雄。

　　1960 年红旗渠开工时，正值三年困难时期。林县人民从实际出发，毅然上马，义无反顾，充分体现了敢于斗争，敢于胜利的革命气概。前后历经十年，其间还经历了"文化大革命"的曲折和影响。在克服千难万险的情况下，终于建成如此宏伟的人工天河，实属可歌可泣的英雄壮举！

　　自力更生，艰苦奋斗，团结协作，无私奉献是红旗渠精神的精髓。红旗渠精神历久弥新，永不过时。红旗渠的修建，是当年林县县委和各级党组织坚持立党为公、执政为民的一个典范。弘扬红旗渠精神，有助于引导和激励广大领导干部确立全心全意为人民服务的思想，坚持为广大人民群众的利益无私奉献。

我感到，《扛红旗的人》写得好。好就好在它的每个故事都是原汁原味，成为当年修建红旗渠的缩影。书中的14个故事均从大事着眼，从小处入笔，穿针引线。书中的人物血肉丰满，活灵活现，令人震撼，发人深思。故事情节一波三折，跌宕起伏，峰回路转，惊心动魄。体现了时代的风云变幻，塑造了叱咤风云的英雄形象。书中的语言精益求精，生动流畅，令人读后产生一种淋漓酣畅的快感，激发起对时代英模的肃然起敬，传递为实现中国梦而团结奋斗的正能量。

红旗渠是举世瞩目的奇迹和壮举，曾经受到众多国家元首、政府首脑和知名人士的赞誉，也受到我国历届中央领导的高度评价。红旗渠精神已经进入我们伟大瑰丽的民族精神范畴，成为中华民族优秀文化的重要内容。红旗渠精神不但是中国人民的精神财富，也是世界人民的精神财富。我们将永远弘扬红旗渠精神！

最后，我想说的是，红旗渠是一篇大文章，前无古人，但后有来者，过去有人写，现在有人写，将来还会有人写。这些文章会各具特色，角度各不相同。我也感到，"扛红旗的人"为数众多，是书写不完的。红旗渠精神是取之不尽、用之不竭的！希望作者再接再厉，有新的好作品问世！

魏德忠

（作者系河南省摄影家协会名誉主席、河南省红旗渠精神研究会秘书长。）

目　　录

扛红旗的人

——修建红旗渠的故事之一

一

"红旗渠要从赵家台村头过!"

这一喜讯像红色电波传开,赵家台村沸腾了!

巍峨的太行山依云而立,远看一片青山,走近了却是五颜六色组合的条状巨壁和云雾缭绕的峻峰。古代书法家叹道:"隶字源于摹太行,行趣妙得洹水唱。"定睛思量,太行山大峡谷真有隶字中"蚕头燕尾"的浓墨条状。山谷的东面有一个小山村叫赵家台，只 20 户人家全部姓赵。其中最出名的有 3 户，一户叫赵盼水，1938 年的共产党员，在抗日战争和解放战争中任部队政委，是师政委还是团政委村里人也不清楚，新中国成立后在北京工作。另一户叫赵青山，赵政委的近房侄儿，赵家台村的生产队队长。再一户叫赵满仓，赵政委的近房叔父。赵政委的父母解放前去世，家里无人居住。

19 世纪 50 年代，自从杨贵任林县县委书记以来，发动群众治山治水，一年建旱井 5000 眼，接着又修建了淅水渠，解决了十几万人的吃水问题，使有效灌溉面积达到数万亩，被林县人民誉为"当代的李冰""太行水神""百姓贴心人"。如今又传来了更大的喜讯："引漳入林，重新安排林县河山！修建红旗渠！"祖祖辈辈在干旱中被折磨得生不如死的林县人民那个高兴劲儿就别提了，奔走相告，彻夜不眠，争着抢着报名参战。

赵家台村更高兴了，红旗渠要从村头过，他们比喝了蜜糖还要甜！这个村要提前做好两件工作，一是腾出房子让柳树弯村的民工住，二是红旗渠通过的线路有一个坟墓需要迁移。这个坟头是赵政委的父母坟。你看，赵家台村不落后，房子腾出来了，坟头遗骨也挖出来了，只等赵政委回来重新安葬。

"赵政委回来啦……"

随着一声报信，只见一辆绿色的吉普车沿着蜿蜒的山路缓缓向赵家台驶来。汽车停稳之后，车上跳下三个警卫员，一字摆开持枪立正，然后司机下车为首长开门。赵政委才慢条斯理地下车，与站在路边迎接他的乡亲相见。进村入座以后，赵青山首先兴致勃勃地向赵政委报告了移坟之事，说遗骨起出来了，新茔选好了，只等叔父回来安葬。万万没有料到赵政委很生气，把赵青山怼了一顿说："引漳入林？往哪儿引？把红旗渠修到 100 多米高的悬崖峭壁上，相当于城市的 30 多层高楼之巅，根本修不成，彻头彻尾异想天开！杨贵扛红旗扛得上了瘾，这一回非叫他碰到南墙，吃不了兜着走！"

赵青山领着叔父去看遗骨，恰好遇上一队队上山修渠的民工扛着红旗走过来，为首的是县委书记杨贵。一见绿色的吉普车，杨书记就知道赵政委回来了，于是上前跟赵政委亲切握手交谈，在场的县委、县政府领导也亲切握手，还有一些公社的书记也跟赵政委握手。

一名村支书说："赵政委，咱林县要引漳入林，有奔头了，你复员回来吧，领导修建红旗渠，脱贫致富，把经济搞上去！"赵政委听了有点尴尬，什么也说不出来。

杨书记听说赵政委的父母大人迁坟，率领干部们到遗骨前三鞠躬。

看着远去的红旗队伍，赵政委思潮起伏，一方面认为林县人确实应该引漳入林，改变林县祖祖辈辈缺水的困难，否则，新中国和旧中国有啥区别？另一方面，赵政委在北京准备启程回来时，遇见过河南省委的一位领导，那位领导说："翻身了，应该让百姓享福、清闲、娱乐，有真正的主人感觉。你杨贵蛮干什么，要百姓受苦受罪……修红旗渠是异想天开！"赵政委认为那位领导说得在理，于是尅了侄子几句。

赵青山还在迁坟上思考，说："叔父，你是不是认为原坟风水好？"

"咱们赵家是《百家姓》的第一姓！赵家坟的风水如果破坏了，对姓赵的都不利。"赵政委这么说，企图用赵家风水把姓赵的都统一到自己的认识上。

赵满仓说："我不信风水。"

赵政委"哎呀"了一声说："满仓叔，你以前是有钱的。虽说现在给你摘掉富农帽子了，成为新中农，你也得承认赵家风水得过利！"

"啥风水？一夜之间有钱的风水都坏了？都挨斗？人死了埋哪儿都一样。"赵满仓提起土地改革，坚决不信风水。

赵青山接着说："修红旗渠万人拥护，死人就得给活人让路！咱公社分配260人参战，一天报名1260人。"

当然，也有个别帮赵政委说话的群众。

赵政委见修红旗渠的声势那么大，连姓赵的家族一时也说服不了，就采取了一个折中的办法，让警卫员用两条新军毯把遗骨分别包好，暂且存放在山洞里，看形势再说，一旦红旗渠下马，坚决恢复赵家坟！

二

柳树弯村的民工来了，按照指挥部的安排要住在赵家台村。带队的是柳树弯的党支部书记柳吉山，看样子四十来岁，高个子四方脸，头上时常系一条白毛巾,说话的声音像铜钟。解放战争时期他是武工队的队员,曾经在赵家台驻过防,今天修红旗渠,他领着 80 多位民工,其中女青年占一少半。赵家台的群众多数都认识柳吉山,热情地在村口写了巨型标语:"热烈欢迎柳树弯的水利战士进驻我村!"

柳树弯村的女青年中有个叫柳盼圆的,长得眉清目秀。她一米六六的个头,白皙的脸庞,两颗亮晶晶的眼睛像一对黑葡萄珠似的,柳树叶状的眉毛,樱桃似小嘴儿,腮边各一个小酒窝儿。她嫣然一笑,露出整齐洁白的玉米牙齿,两条乌黑的小辫灵巧地摆动,使人一看就知道是一位精明能干的姑娘。根据养父的遗言,盼圆的老家是赵家台的,亲生父亲叫赵石头,母亲叫海叶,去世十几年了。据说有个哥哥参加了八路军当了官。最近几年,她四处写信寻找哥哥,怎么也没有人认她这个妹妹。

一听说来到赵家台,柳盼圆又惊又喜:"赵家台?我的老家?"她把自己的想法悄悄地告诉女友春花和秋香,三个人商量好严格保密,待打听清楚以后再说。

柳树弯村地处平地,开山放炮经验欠缺,申请指挥部选派有经验的当老师,指挥部答应统筹安排。技术保守是旧社会的习惯势力,比如自制炸药、制引装炮、钢钎淬火、劈石洗石、火烧石灰等技术,绝对不准外传。红旗渠的修建,彻底打破了习惯保守势力,树立了传授技术光荣的新风尚。赵青山被选派到柳树弯传授打钎放炮。他来到柳树弯工地,负责教盼圆、春花和秋香。赵青山首先作了表演,能一口气打转腰锤 100 下,麻花锤 100 下,跃进锤 100 下。很快,柳盼圆就学会了,而且学会了双手扶双钎。

休息中,柳盼圆悄悄地和赵青山谈话,问及赵石头的家事。赵青山"嗨"了一声说:"赵石头是俺的叔伯爷,如今他的儿子当官了。人嘛——一当官就不认识了!不谈不谈。"

经过柳盼圆再三恳求,赵青山才告诉她,赵石头是赵政委的父亲,海叶是赵政委的母亲。民国 19 年中原大旱,庄稼颗粒不收,太行山的人只好吃树叶树皮充饥。国民党的《大公报》报道河南省饿死 500 万人。赵石头眼看全家都要饿死,就劝妻子海叶自卖本身改嫁了,这样保住了盼水。停了几年天降大雨,年景好转,海叶又回到赵家台,继续做赵石头的妻子,支撑着这个穷家。民国 32 年,豫北又是大旱,庄稼枯死,地面干得裂缝,赵石头气得患了病,无钱治疗,呼天天不应,哭地地不灵。海叶无奈,又自卖本身改嫁,给石头治好了病。直到普降大雨,海叶才回来夫妻团圆。海叶临终时老泪纵横,说还有个女儿叫圆圆,不知下落。赵盼水16岁就参加了八路军,家里的事都知道,也知道还有个叫圆圆的妹妹。新中国成立以后住北京当官了,嫌弃母亲改嫁丢人,谁提过去的事就恼火,只好谁也不能提。

柳盼圆总算知道了自己就是赵政委的妹妹,盼星星盼月亮见到哥哥,今天哥哥就在咫尺。她想:他真的不认我吗?她又想:赵政委不一定就是赵青山说的那样人。于是,她又问:"如果有一天,圆圆真的站在他面前,不认也不中了,他会咋着?"

"他会说攀高枝儿!"赵青山肯定地说,"甚至说放肆的脏话!"

柳盼圆的心凉了半截,咬了咬牙默默地说:"当了官有啥了不起?你不认我,我还不认你哩!"

柳盼圆欲给父母上坟,赵青山又告诉她迁坟之事,说赵政委相信风水,破坏了风水政委就当不成了,至今父母的遗骨还存放在山洞里,期盼红旗渠下马,恢复原坟风水。

"修不好红旗渠誓不回家!"柳盼圆发誓说。

她到存放父母遗骨的山洞向父母三鞠躬致哀,不禁泪如雨下,说:"请二老在天之灵知晓,杨书记领导我们引漳入林,从此以后咱家有水了!妻离子散的日子不再重复了!请父母大人放心,我们一定要把红旗渠修成!要漳河水上山!父母大人,我要把您二老的遗骨安葬在太行山上,让您二老听到红旗渠的流水声!看到红旗渠水浇灌的庄稼!让您二老听到咱林县家家户户团聚的笑声!"

三

北风呼啸,寒风刺骨,大块大块乌云挤挤扛扛向南奔跑。太行山的树木不得不弯腰忍受北风的欺凌,时而抬抬腰身,无奈地丢掉几片树叶。这些树叶恋恋不舍地藏在草丛中,躲到石缝里,顽强地抵抗着北风的摧残。千方百计不愿意离开太行山,不愿意离开生养自己的树林。

红旗渠工地上热火朝天,抡锤打钎的汗流浃背,扶钎的双手忙碌旋转，抬石头的喘着呼呼白气，洗料石的不顾尘埃四起，眯着眼盯着錾子，洗了一道又一道，将白生生的笔直的道道，整整齐齐镶在料石上，劳动的号子声、钢钎钢锤的打击声、石头的开裂声、平车的碾轧声，好像气势磅礴的交响乐。

突然，邻工地有人悄悄地说："上级指示，红旗渠要下马。"众人听了置之不理，认为这是谣言。但是，这种谣传不是随便可以传的。一旦传开，就像热油锅里泼冷水，霹雳叭叭传遍了工地。有人还说领导开过会，传达过这个精神。于是，大家不约而同地偷看支部书记柳吉山，只见他头系白毛巾，浓眉大眼，身穿一身补丁棉衣，脚上的鞋开着花。他正在劈石头，用手錾在石头上凿一道沟槽，将钢钎塞进去，然后用18磅的大锤砸钢钎，强迫大石头开裂，分成两块。人们看看柳支书劈石头，如看见他的虎劲。民工们心里痒痒地想问一问，上级开会到底说过没有？红旗渠要下马？千万不能下马呀！再看看他那严肃的面孔，谁也不敢去问。几个民工鼓动盼圆去问，盼圆答应了。见柳支书又劈开一块石头，趁着需要抬的时候，柳盼圆上前帮忙，找准机会问："柳支书，外村议论说，上级开会要红旗渠下马哩，真有这回事？"

柳支书没好气地说："上级的事你能管着？多嘴！"

柳盼圆吓了一跳，她想：支书没否定，岂不是真有此事吗？因此她又说："红旗渠说啥也不能下马！"

"有眼没有？看看各公社的工地，干得热火朝天，下马，他没这个本事！"

柳支书这么说，进一步证实了上级真的有下马的指示，因为群众不同意，暂且扛着。柳盼圆想：能扛多久？太危险了。不如挑明，向上级请愿。柳支书采纳了盼圆的建议，要大家停下来统一思想，一致举手表决，红旗渠不能下马，并且马上到指挥部请愿。

即将出发请愿的时候，赵政委的汽车来了。平时赵政委住在县城招待所，昨天听到要红旗渠下马的消息之后，高兴得很。他原以为红旗渠工地上的人都散了，冷清清的，万万没有想到还是热火朝天。猛听说要去指挥部请愿，决不下马，赵政委认为这帮人不知天高地厚，竟敢同党的政策对抗！他气急败坏，令警卫员替代发号施令。

四位军人列队持枪后说："下马下马！上级的指示谁也不准违抗！你

们要请愿走嘛,必须先把赵家坟的茔地恢复以后才能走!"

民工们意识到赵政委还是因风水之事反对修红旗渠,就七嘴八舌地给他辩论。柳吉山说:"旧社会就是因为毁了当官的风水,一条小渠都修不成。有一个顺口溜说:'柳树弯,人心齐,一心要修淅上渠,修渠修了半年整,平渠只用一午更。'旧社会想修渠修不成,就是当官的风水挡道。如今是新社会,人民当家做主人了,难道还因为风水使红旗渠放弃吗? 同旧社会有啥区别?"

赵政委说:"上级叫退足退够,安阳钢铁公司都下马了,那是有几万工人的省办大企业,一个小小的红旗渠何足挂齿? 刚开始我就听上级说修不成!"赵政委又挑唆似的说:"你们柳树弯前年修了淅上渠,已经成了水浇地,修红旗渠不受益,你们来修渠是一平二调!"

民工群起而击,有的说:"人民公社一大二公,不是一平二调!"有的说:"俺们修淅上渠,别的村也支援。"有的说:"抗日战争、解放战争能不能各村打各村的? 建设社会主义就不能以村单干,就得携手合作!"

到中午了,警卫员要停炮。炮手不但不停而且放大炮,装药多了,石头飞进了赵家台村,赵青山的腿被砸,有点骨折。柳盼圆的头部被飞石撞伤,还震坏了玻璃。

赵政委幸灾乐祸,指责红旗渠是劳民伤财,他又用扣帽子来压人:
"谁不下马,就是反党反社会主义!"

民工们憋得哭了,怎么也不明白,俺们出力修渠,咋反而成了敌人?

"这样的反党反社会主义帽子,给我们戴不成!"柳支书说,"共产党领导我们翻身得解放,我们是国家的主人! 有权脱贫致富!"

有的说:"让我们当家做主,难道只是要要嘴皮子? 没这个本事? 没这个能力?"

大家高喊:"我们就是干! 干!"

赵青山骨折不能走路,他大声喊着要人抬他。柳盼圆等人把赵青山抬到打钎的地方。赵青山扶钎,柳盼圆抢锤打钎。民工们都干活、打钎。

赵政委呆了。

"杨书记来了!"

县委杨书记的个头一米八五,当他那魁梧的身材出现在工地时,民工们激动得热泪盈眶,扑通扑通跪在地上大声问:

"杨书记,俺们成了反党反社会主义啦?"

杨书记把民工们搀起来说:"我今天来,就是征求你们的意见,你们说,红旗渠下马不下马?"

民工们齐声回答:"坚决不下马!"

杨书记挥着手说:"扛红旗的是林县人民!只要你们不同意下马,红旗渠就不能下马!要知道,毛主席啥时候也是相信群众!要百姓当家做主人,不能耍嘴皮子!"

民工们欢声雷动,高喊:"毛主席万岁!"震撼得太行山久久不能平静。

四

赵政委回到县招待所,晚上怎么也睡不着。他想:杨贵应该给我个面子,保住赵家的祖坟,破坏了风水是天塌的大事。上级要下马,杨贵敢顶,为什么杨贵这么牛呢?他的翅膀现在硬了。回忆参加革命,我赵政委是正规的八路军,你杨贵算什么?武工队的头头,1954年才担任林县的县委书记,当年26岁。你凭着血气方刚,为了解决林县人民吃水困难,一年就打了5000多眼旱井。1957年,他又领导淅河流域9个乡大规模治山治水,使6个乡的人、畜吃水及部分浇地用水得以解决。杨贵被林县人民誉为"当代李冰"、"太行水神"和"山里的贴心人",受到毛主席和周总理的亲切接见,朱德委员长给予高度评价,周总理亲自签署奖状,授予林县锦旗。1958年11月,毛主席在火车上接见杨贵。1959年3月,毛主席在郑州接见杨贵。赵政委想到这里长长地"嗨……"了一声,自言自语地说:"杨贵不是当年的杨贵了。省委领导多数支持红旗渠!"

突然,赵政委想到一个新念头,自言自语地说:"你杨贵敢藐视我赵政委无所谓,你扛着红旗,不宣布红旗渠下马,顶的谁?顶的省委领导!说明你杨贵才真的不知天高地厚,放肆张狂!好……既然如此,我看你违反了哪些政策,我也不是个省油灯!"

赵政委想了好多好多,坐卧不宁,决定到红旗渠工地溜达溜达。

民工们从山上采集米谷菜、萝卜缨、车前子、灰灰菜、马齿菜、红薯叶等,用水煮熟挤出苦汁后,撒上玉米面或红薯面再蒸一下,然后分着吃。别看开山修渠活那么重,饿肚子是经常的。

再看看干活的民工,个个乐呵呵的不嫌苦。百思不得其解,杨贵用什么手段笼络了人心?

再看看民工的住处,有的就睡在山崖,任寒风吹打。走近一看,民工写了一首诗:

> 蓝天白云是被棉,
> 大地荒草做绒毯。
> 高山为咱站岗哨,
> 漳河流水催我眠。

再往前走,只见几位民工腰系绳索从山崖上往下滴溜,行至半空中,开始除险、打眼、放炮,大块大块的石头轰隆响着往下落,差点砸断绳索卷走人。石头滚下山崖的响声更大,冒着狼烟,像打雷似的。赵政委说:"这是玩命!"他不敢再看,快步往回走,只见山壁上写着大字:

与其苦熬,不如苦干,为了后辈不苦,我们就得先苦!

赵政委琢磨着这几个字,忽然警卫员报告:"这几天有个拾破烂的老汉不断到山洞看您父母的遗骨,他相中那两条新军毯,可能要偷。"

一听这个报告,赵政委慌了手脚,我这次回家,别安葬不成父母,又让小偷把遗骨偷走,使我无颜愧对,丢了大人,终生遗憾。

匆匆忙忙回到赵家台,赵政委远远张望存遗骨的洞口,果然见一个拾破烂的老汉抱着两包遗骨出来向西而去,赵政委挥手一指,几个警卫员便知其意,立即跑步上山去截获。看那阵势,小偷就是插上翅膀,也逃脱不了就擒的结局。

警卫员一边跑一边喊:"小偷站住!站住!再跑就要开枪了!"

拾破烂的小偷置若罔闻,拐弯上坡以后驻足观察,见西边无路可走,便起身一跃,进入老虎口,隔着一丛灌木向深处跳到下边的山崖。警卫员见改了路线,拦截不行了,学着小偷的动作进入老虎口,跳到深处的悬崖。他们举起枪,边喊"不要跑"边扣扳机,枪无子弹只是吓人,根本不响。绕了一个圈,小偷见警卫员快追上了,急中生智向东跑去,钻了几丛灌木,把警卫员甩掉了。警卫员向太行山深处追去,越追越远,怎么也见不到人。

小偷从树丛中钻出来,被赵政委看见了,立即大喊道:"瞧你再往哪儿跑!"

躲藏不及,小偷拐弯向后山跑了。赵政委熟悉这里的地形,后山是深渊,这个拾破烂的死路一条。赵政委冷笑着喊:"回来!不追你也得回来!"喊了一会儿,只见一位眉清目秀的姑娘出来。

赵政委问:"见到一个拾破烂的小偷没有?"

姑娘迟疑了一下,上下打量了一遍赵政委才回答:"来迟了,爬树下去了。"

"他拿着什么?"

"两条军毯,好像……好像包着什么?"

赵政委"呀"了一声说:"那是我父母亲的遗骨!"

"小偷要遗骨干啥?"姑娘说,"听说要把遗骨撒到悬崖峭壁,只要那两条军毯。"

赵政委听了急得七窍生烟问:"往哪跑了?"

姑娘一指,赵政委立刻跑步去追,边跑边哭嚎着:"亲爷爷祖奶奶呀,你要一撒,我就丢大人了——一辈子连父母的遗骨都见不到。"

赵政委真的没有追上小偷,警卫员搜山也没搜到,四处寻找撒掉的遗骨,没有一点踪影。他痛哭了一顿,只得向公安局报案,又去找杨贵书记诉说此事。

五

红旗渠指挥部是在半山坡搭建的临时棚户。赵政委进门时,遇到几位民工扛着粮食,非要退给指挥部不中。原因是,民工听说有人告杨书记的状,说他给民工增加了粮食指标,违反了国家的粮食政策,要处分杨书记。民工不忍心处分杨书记,口里省肚里俭,挤出粮食还给国家。杨书记告诉大家,增加指标的事,上级理解不追究了,要民工把粮食扛回去。民工们说啥也不往回扛,说:"饿肚子没问题,修不成红旗渠就有问题了。"

民工走了,杨书记才同赵政委握手让座。

听了追小偷的全部过程之后,杨书记断定说:"这个小偷绝对不是拾破烂的。在很大程度上分析,你所见到的那个指路的女青年,就是作案人。她是第一个怀疑对象。"

赵政委的头摇得像拨浪鼓似的,坚决反对杨书记的分析,甚至打赌似的说:"如果是那个女的,我不姓赵!"

杨书记见赵政委如此固执,只好慢慢给他分析:"如果是拾破烂者,只打算要那两条军毯,在山洞不见人的时候,为什么不撒掉遗骨?你想想,抱着遗骨跑,多不利落?咱们遇事要换位思考。"杨书记还进一步分析:"我估计,至今遗骨不但未撒掉,而且保存完好。"

赵政委觉得杨书记分析得有道理,也盼望遗骨保存完好,想到这里他说:"杨书记你去说合,如果确实保存完好,我情愿认她为干妹子,给她安排工作。"

这时,公安局来报告,说偷遗骨案破不了,到赵家台附近的红旗渠工地查勘,民工们口径一致,谁也说不知道,甚至说连拾破烂的也没见过,什么线索也没有。

赵政委听了垂头丧气,重复说:"我丢大人了!我丢大人了!"他再三请求破案,又说:"杨书记,这是在你管辖的二亩地上,你是我的父母官儿呀!必须为我做主!"

杨书记想了想,认为此事不解决不中,说:"我有个不是办法的办法,需要劳驾你……"

赵政委打断杨书记的话说:"甭劳驾劳驾了,我在万般无奈的地步,百分之百听你的。快说快说……"

杨书记靠近赵政委咬着耳朵说:"公安局没有破不了的案。为啥这个小案破不了?分析这个案情,群众是一堵墙,其中原因奥妙。"

"那怎么办?"

"你和警卫员亲自出马,扮成修渠的民工,混进工地,抓到第一手材料,怎么样?"

听到这里,赵政委更加体会到案情艰难。是不是林县公安局的破案人员同作案者一个鼻孔出气?若如此,装扮成民工没什么了不起,抗日战争和解放战争中扮过群众,也扮过商人大款,如今扮民工是轻车熟路。他问:"赵家台住的柳树弯人大部分都认识我,咋办?"

杨书记看出了他的顾虑,说:"别去柳树弯工地,到邻地就尝到李子的滋味了。"停了停,杨书记又说:"也不让你们单独去,最近安钢下马,大批工人下放,来修红旗渠的很多,让你们以安钢下放工人的名义出现。"

赵政委听了,对杨书记十分敬佩,满口应承。

回到县招待所,赵政委又思考了一下,觉得不是解放前了,如今当了官儿,去工地干活面子上过不去。他命令警卫员穿上安钢的工作服下工地,待警卫员摸到情况自己再去也不晚。

六

短短几天之内,警卫员就摸到了信息,说在遗骨中有个小罐罐,用蜡封口,打开石蜡,罐内装着一张遗嘱,内容很深刻。柳树弯村的民工们分析,死者一字不识,从何来的遗嘱? 今天准备公开遗嘱,让赵家台的人认认笔迹,谁代笔? 当时什么情况?

赵政委舒了一口气,这个信息表明父母的遗骨还在,就像杨书记分析的那样,不是小偷行窃,这里面一定有奥妙,有故事。从正面往回要力不能及,若用公安部门索取,仍然阻力太大,又显示赵政委没面子,被人嘲笑。倒不如今天穿上安钢的工作服,同警卫员一起深入工地,亲口尝一尝李子的滋味。

工地上写着巨型标语:重新安排林县河山!

赵政委在警卫员的掩护下,来到红旗渠工地,真的未被人发现,只以为是安钢的下放工人。民工们今天要垒砌渠帮,赵政委同警卫员加入到抬泥的行列。民工们议论遗嘱一事不太秘密。一位泥水匠兴高采烈地用瓦刀敲着石头说:"同志们,加油干,一会儿让你瞧稀罕!"

大约一个多小时,有人报告:赵家台的人来了! 泥水匠便领着几个人来到柳树弯村的工地上。只见支书柳吉山拿着一张发黄的纸,姓赵的有赵满仓、赵青山几个人,还有那个眉清目秀的姑娘,都在聚精会神地看。赵满仓指着一行行小楷字说:"这是我代笔写的,当时盼水娘病危,盼水参加解放军打仗已经过了长江,要攻打南京,消灭蒋家王朝,不能回来,想给盼水说两句话,只好让我代笔写遗嘱。"

柳吉山说:"我念一遍,虽然是给赵盼水写的,但是对每个人都有好处,特别是对修红旗渠有要求。"柳吉山念道:"我一辈子生了五个孩子,有三个被饿死的,只养活成人一男一女,男孩儿取名叫盼水,女孩儿起名叫盼圆。盼水参加八路军长出息了,女儿盼圆至今下落不明,我估计盼圆被卖到柳树弯村。我和盼水爹一辈子比黄连还苦,天旱无雨,颗粒不收,造成饥荒疾病,所以为男孩儿取名叫盼水。我一辈子被迫两次自卖本身,都是在大旱饿死人的年代,又要给盼水爹治病。盼水认为这件事丑陋,不要提。不提不中啊!自古以来林县缺水,十年九旱、逃荒要饭、卖儿卖女、妻离子散、家破人亡,多数家庭都是如此。丑陋是旧社会的罪状,不能忘记,要一代一代往下讲!盼水的妹妹叫盼圆,就是期盼林县能有水,家庭能团圆。盼水嫌脸上不好看,不认妹妹,我当娘的心里不是滋味,就是入了土也不安心。盼水呀盼水,娘求你寻找妹妹,认下妹妹。娘再提个要求:新中国成立以后,你要复员回乡、要治山治水,彻底改变林县缺水的面貌,只有林县有了水,妻离子散的丑陋才能根除。盼水呀!听娘的话吧!复员回乡一定要修渠,修一条大渠,让林县的子子孙孙都过上好时光!"

念罢以后,在场的人都流泪了,柳吉山的眼也湿漉漉的。他说:"赵盼水一家比黄连还苦,像这样的家庭,咱林县多得很哪!"他大声问:"谁家吃糠咽菜举手?"在场的都举手。"谁家逃荒要饭举手?"还是都举手。"谁家卖儿卖女举手?"又是都举手。"谁家妻离子散举手?"仍然都举手。

赵政委听了泪水洗面,不敢抬头,听了母亲的遗嘱才懂得:修红旗渠这面红旗,杨贵不扛不中啊!因为他贴着林县几十万群众的心!

不知什么时候,杨书记来了。他听了遗嘱的全文。柳吉山发现了对大家说:"红旗渠上扛红旗的人来了!欢迎杨书记讲话!"

雷鸣般的掌声过后,杨书记说:"这哪儿是盼水娘一个人的遗嘱,这是林县几万个母亲写的遗嘱,这是写给林县几万个儿女的期盼!同志们!历史赋予我们这一代人的重任就是治山治水,引漳入林!坚决修成红旗渠!"

民工们得到了精神支柱,万分高兴,热烈鼓掌。

杨书记又说:"咱林县90万亩耕地,旧社会几乎没有水浇地,全凭靠天等雨吃饭。百姓想修渠不行,当官的不去组织群众,还说坏了风水!老百姓只好在水深火热中煎熬。盼水娘说的是真理,妻离子散是旧社会的罪恶!如今,共产党领导我们翻身做主人了!主人有什么权?有治山治水的权!今天我们修建的红旗渠要斩断1000座山头,跨越800条沟壑,修建 90 座渡槽,凿通 70 个隧洞。干渠、支渠、斗渠总长 1500 公里,有效灌溉面积达到 50 多万亩。红旗渠要为林县的子子孙孙造福!"

雷鸣般的掌声震撼太行山,久久不息。

赵政委抬起头,没有擦眼泪,哽咽着说:"我就是赵盼水,母亲的遗嘱我要字字句句记在心里。革命胜利以后我变了,不知道历史赋予我的职责是什么,丢掉了红旗,惭愧!当着大家的面表个态:第一,我决定申请转业回乡,参加修建红旗渠,同乡亲们齐心协力,把红旗渠修成!第二,我要寻找盼圆,认下妹妹!"

"不用寻找,盼圆就在工地。"柳吉山说着就将盼圆拉到盼水面前。

赵盼水怔了,这个眉清目秀的姑娘,不就是那个指路的?按照杨书记的分析,难道保存父母遗骨的是她?

盼圆歪着头问:"咱俩儿是同父同母的亲兄妹,存放父母的遗骨——光你一个人有权?"

"你也有权你也有权。"悬挂在半空中的父母遗骨案,这一下彻底放心了,盼水高兴地说。"妹妹!我的好妹妹!你是跟着杨书记扛红旗的好妹妹!"

赵盼水主动伸出双臂,哥哥妹妹亲切握手。

全体民工鼓掌欢迎。

赵盼水激动地说:"各位父老乡亲!我赵盼水今天才真正理解了什么是翻身?什么是做主人?你们扛红旗扛得好!我要同你们手拉手肩并肩,修好红旗渠。让红旗在林县高高飘扬!永远飘扬!"

"呱呱呱呱……"又是热烈的掌声。

柳支书说:"为了欢迎赵政委参加修建红旗渠,让我们高唱《火红的太阳照亮了太行山》!"

齐唱:

火红的太阳照亮了太行山,林县人民斗志昂,

胸怀愚公移山志,誓叫山河换新装。

手拿开山斧,

劈开太行千重障。

喝令漳河钻山行,

荒山变成米粮仓!

要当红炮手

——修建红旗渠的故事之二

一

"炮手出事故了！"

牛二柱正在做铁匠活儿，为红旗渠打钎子，一听这个噩耗，扔下手里的活计，拔腿就往红旗渠工地跑。他的哥哥大柱子在红旗渠工地当炮手，性格莽撞，做事任性，是不是哥哥出事故了？他顾不得想那么多，唯一的目的就是尽快见到哥哥。

15

牛二柱是个帅小伙子,一米七八的个头,浓眉大眼,两眼炯炯有神,走路时姿势优美,像解放军战士,说话嗓音洪亮,白皙的脸庞,腮边时时两个酒窝,说话先笑,露出洁白的玉米牙齿,谁见了都喜爱。

红旗渠的工地上,黑压压的一片人围个水泄不通,人们聚精会神地观看医生抢救炮手。只见牛大柱躺在中间,双眼紧闭着,脸上和衣服上都沾着泥土,并且有殷红的血迹,看样子是刚从泥、石中刨出来的。

医生穿着白大褂儿,带着听诊器。他听了一阵心跳以后,开始对牛大柱进行人工呼吸,双手按住胸部,一按一抬,这样反复。在场的人寂静无声,不用说,牛大柱的呼吸停止了。

进行了好大一阵人工呼吸之后,仍然不见效果,医生为难地说:"不中了。"

"什么?"连指导员发火了,"什么不中了?"说着她就挤到医生跟前,医生个子低,指导员个子高,好像要打医生似的。

团小组长刘铁蛋见势不妙,立即拦住指导员说:"别急别急,叫医生继续抢救,再想想法儿。"

修红旗渠实行半军事化称谓,最基层的叫连队。李玉荣是这个连队的指导员兼连队长。她今年23岁,个子一米七六,属于高个子女性,方形的脸庞,皮肤嫩白,一头乌黑的披肩头发,挂着一副眼镜,说话干练,挺胸收腹,人人见了都感到她威武高雅。

医生心里明白,在众人心如火焚的场合,说"不中了"三个字极易惹人烦恼,医生挨打的情况也时有发生,就是抢救的希望不大,也必须继续抢救。

他看了看牛大柱满脸血迹,鼻子有点歪,流出的血和鼻涕沾在嘴巴上。医生继续抢救必须换个方法,不能再用一按一抬了,要嘴对嘴……想到这里,医生不嫌牛大柱的血鼻涕脏,立即俯下身子,连擦一下也没有,就嘴对嘴做起了人工呼吸。

牛大柱的血鼻涕沾在医生的嘴上,在场的人无不感动。医生深深地大吸一口气,对着牛大柱的嘴使劲吹,这样反复进行。

牛二柱这时候赶到了,扒开人群来到中间,摸着哥哥的头部号啕大哭,引发在场的人多数都哭泣起来。

李玉荣没有哭,并制止了牛二柱哭,仍然全神贯注,关注牛大柱的面孔和胸部。她突然发现牛大柱的胸部起伏,命令医生说:"加劲儿!"

果然,牛大柱的眼慢慢睁开了。

指导员说:"都别吭声,大柱想说话哩!"

哭声停止了,全场又是寂静无声,每个人的眼睛都投向牛大柱。

牛大柱用微弱的声音说:"我……不中了——二柱子你……"

"哥!"牛二柱叫了一声哥又哭起来。

指导员生气地喝道:"牛二柱!哥有话讲!"

牛二柱停止哭,拉住哥的手说:"哥,想说啥,你就说吧!"

指导员也说:"大柱,想说啥,说吧。"

"我有个要求,指导员……答应……不答应?"

"答应,你说吧。"

"叫二柱接我的班儿,当……炮手。"

指导员看了二柱一眼,没有立即答应。牛二柱当炮手,她从内心非常满意。红旗渠开工前组织连队时,她就想叫二柱子当炮手。其目的是要二柱子受受锻炼,去掉一些山里人特有的刚强野性子。成为遵守纪律文明雅致的人,然后才能答应二柱子对自己的求婚要求。只是当时大柱子的积极性特别高,大队党支部竭力推荐,李玉荣没法子,不看僧面也得看佛面,因此才批准了大柱子。

连队组成以后,李玉荣仍然念念不忘二柱子,想找个机会让二柱子进来。

可不,李玉荣和二柱子相好已经多年了。上中学时,放了寒假,她和二柱子一同搞宣传,歌颂合作化、人民公社化中热爱集体的先进人物。他们共同演出了豫剧《半夜失牛犊》。牛二柱扮演饲养员,李玉荣扮演饲养员的妻子。二人舞台表演好,唱得精彩,被公社评为"特等奖"。中学毕业以后,他们一起学习董加耕、邢燕子,回家乡建设社会主义新农村。牛二柱突然向李玉荣求婚,李玉荣也欣然同意,只是说党号召晚婚,莫要性急。她这样说,实质上想把二柱子的野性子磨一磨。这件事保密强,在青年中,她二人的恋爱关系只有个别人知道。

牛大柱吃力地问:"不——同意?"

"同意。"指导员愉快地回答。

牛大柱显现出喜悦的神态说:"二柱子,要……当……红炮手……"

"哥!"二柱子大声回答,"我一定当红炮手!请哥哥放心!"

"要当……红……炮手,要当……红炮手……"牛大柱说着,头一歪,与世长辞了。

众人一顿痛哭,次日,为牛大柱开了追悼会。

牛大柱也想当红炮手,如何死的呢?事情是这样的:

今天放了五个炮,只响了四声。按照指挥部的《安全规则》规定,不响的炮就叫做哑炮,出现这个情况不准施工,必须等待 24 小时才能进入工地。这是整个工地的安全纪律,任何人不准违反。牛大柱当炮手多次出现少响一声,或少响两声。牛大柱十分精干,凭着自己的耳朵,能辨别出炮响重了,即两个炮、三个炮一起响了。牛大柱的耳朵真行!只要他说响重了,实践证明就是真的响重了。多次如此,连队就相信了,只要牛大柱说开工,连队就同意开工,没有出现任何不安全的问题。于是,这个连队的进度领先,全连队的民工感到光彩,有自豪感。

今天放的炮又少响了一声,牛大柱又说响重了。指导员问:"有把握没有?"牛大柱回答:"有百分之一百二的把握。"经指导员这么一问,牛大柱还多了一个心眼,上工的时候他跑在最前边,第一个到哑炮跟前看情况。惊心动魄的事情发生了,哑炮发了!导火线燃烧喷出了红红的火花,眼看就要响了!

牛大柱大喝一声:"不好!快躲炮!"民工们第一次遇到这种情况,惊呆了,不知所措。牛大柱奋勇向前,拉这个推那个,把别人安排到安全的地方,自己却来不及躲藏。炮"轰隆"一声巨响,牛大柱被埋到石块泥土中。

牛大柱是为救同志被埋的。民工们痛哭失声,泪流满面,赶紧刨出牛大柱,又通知医生赶快抢救。在场的人谁也以为牛大柱不会死,无情的炮真的使他永别了,牺牲了一位好同志。

鉴于牛大柱的牺牲,连队认为是用生命换来的沉痛教训。全连队重新学习了《安全规则》,痛下决心整改。首先不准瞧哑炮(也叫回头炮),

在任何情况下，只要出现哑炮，都要停工24小时，任何人不准辨别重炮，只能雷打不动执行《安全规则》。

新炮手牛二柱上任以后，第一步学习了《安全规则》，并且要他写出了不折不扣执行《安全规则》的《保证书》。

说牛二柱是新炮手，其实也不是第一次，在修建红英渠时，他就当过炮手，只不过那是小型水利工程。平时谁家盖房什么的，也请牛二柱当炮手，群众很满意。

说起牛二柱，别看他才返乡两三年，会铁匠、木匠、泥水匠、炮手，还会自制开山用的炸药，用硝酸铵化肥与锯末一炒即可。群众十人见了十人夸，称赞他农村的技术全会。他还能配制"万能钥匙"，开启多种锁子，为了谁家丢了钥匙义务帮忙。

牛二柱的手艺，吸引许多姑娘向他求婚，被一个个拒之，他只向李玉荣求婚。李玉荣当了大队的副支书，如今又兼连队的指导员，牛二柱仍然信心百倍。他说："锯响就有末。"意思是说，求婚必定成功！

牛二柱当了炮手以后，时常把《安全规则》记在心中，自己写的《保证书》贴在墙上，装在衣兜里。他认真选择炮的位置、打眼深浅、装药多少、导火线长短、引子大小、点炮后如何躲避，处处小心谨慎。

李玉荣知道牛二柱的性子野，开始很好，时间长了野性子必定要暴露出来，为了安全，将牛二柱安排到天井作业。什么叫天井？就是要打几百米长的钻山洞，单从两头向中间打，进度太慢，从山顶上挖几眼天井到中轴线，顺着渠线往两头挖，这样就叫天井，每打一眼天井就能增加两个工作面，从而就加快了进度。

将牛二柱调到天井当炮手有两个好处：一是使牛二柱看不到哥哥牺牲的地方。二是万一出现哑炮，去天井看哑炮不容易，以保证不出安全事故。

牛二柱到天井不到三个月，炮手工作出色，上下级都非常满意，真的被评为"红炮手"，准备受指挥部的表彰。

三

这一天，哑炮出现了，四个炮只响了三声。有人又议论响重了，被指导员尅了一顿,命令停工24小时。在天井内工作的民工想干也不能干,只好打扑克、下象棋。

指导员派了两个人监视牛二柱 ,不准到工地去。除了采取这个措施以外,又派人将排栅门安装到天井口,两边用铁丝拧死,中间用铁锁锁住。指导员亲自做了检查才算松了一口气。

二柱子来到工棚,只见一簇簇的人群正在热火朝天地打扑克。他第一次见到这么停工待哑炮的场合,形成这个场合的原因,是炮手没有把炮放响,致使这么多人不能上工。打扑克是心甘情愿吗? 不是。他们都喜欢干活,不干活力气使不出去难受,在被迫无奈的情况下,不得不打扑克,消磨时间。早日修成红旗渠,就能早日得到效益,时间是金钱! 想到这里,二柱子才进一步体会到当炮手的重要性。

团小组长刘铁蛋,见二柱子心神不宁,不高兴的样子,心里暗自盘算:你牛二柱不是什么技术都会的人吗? 你的技术真全了,其中还有让我们停工的技术? 这个技术最最不简单,让我们把扑克瘾过足过够。今天吗,我非刺刺你不行。想到这里,刘黑蛋向打扑克的伙计挤了挤眼,放下扑克,拿了两块石头,双手碰击,发出"嗒嗒"的声音。

听到响声,整个工棚打扑克的都停了,目光投向刘铁蛋。

只见刘铁蛋嬉皮笑脸,出口自编了一个顺口溜,伴着嗒嗒声说道:

> "小擀杖,两头细,
> 扑克打得流鼻涕。
> 太行山上炮声响,
> 人家干活咱休息。
> 要问感谢哪一位?
> 红色炮手二柱子。"

刘铁蛋问大家:"这个快板好不好?"

"好!"

"鼓掌以贺!"

"呱……"

牛二柱的脸涨得通红,扭头就往回走,鼻尖一酸,流出了滚烫的泪水。他说:"人有脸树有皮,谁愿意放哑炮!"

刘铁蛋跑到门口拦住牛二柱,油嘴滑舌地说:

"老牛咋了？流泪不应该，当着这么多人，咱把话说到明处，谁欺负你了？没打你，没骂你，叫我们脸上怪不好看。我只说了一句感谢你。感谢是个好词，大家玩扑克玩得高兴，不感谢你感谢谁？感谢不能有错吧？"

民工们挤挤扛扛围了过来。

牛二柱见刘铁蛋如此能说善辩，说："不说了，自己的炮哑了，只能怪自己。"

从工棚出来，牛二柱心潮翻滚，心里一横，决心去瞧哑炮，亲眼看个究竟，到底是哑了？还是响重了？他下了决心，那么死了也得去！死也死得其所！让全连队都知道我牛二柱不怕死，是一条刚强铁汉！

四

牛二柱琢磨，李玉荣派了两个监视人员，不要我瞧回头炮。他咬了咬牙，信心百倍地说："凭我的本事，甩掉两个监视人员，小糖一块！"

连队干部正在开会，两个监视人员慌慌张张跑来报告："牛二柱不见了，怎么办？"

"怎么不见了？"

"他去厕所，一直不出来，进厕所找，连个人影都没有。"

指导员指示说："赶紧到工地，看天井口动了没有。只要他不去钻天井，到野外转都可以。他走到哪儿，你们俩跟到哪儿。"

两个监视人员飞也似的跑到工地，只见天井口排栅安装牢牢的，中间铁将军把门，铁疙瘩锁子安然无恙。二人在山坡找牛二柱怎么也找不到。

回到住地，见牛二柱在存放炸药的窑洞里睡觉。他头枕炸药，身盖草帘，发出打鼾的声音。两位监视人员互对了一下眼光，不敢惊动他，悄悄退出来，向连队作了报告。

接到继续监视的命令之后，两个监视人员放松多了。以为牛二柱确确实实在睡觉，根本不打算瞧回头炮。只要能看好这个窑洞，看守好草帘不动，就没事了。

"天井炮响啦——"

这一声炮响，好像一声春雷，久旱的禾苗得到甘露一样，人们高兴极

要当红炮手

21

了,把扑克牌一甩,从工棚跑出来,欢腾雀跃,准备上工。有的扛上工具就走。

牛二柱呢?

两位监视人员跑到炸药洞一看,牛二柱还躺在那里,叫不应声,喊破嗓子没用,撩开草帘一看是几袋炸药。

"炮手早就跑了?"

他们赶紧向指导员作了汇报。李玉荣精神立即紧张起来:"不好,牛二柱看回头炮了。"

"天井落锁,进不去。"

"他有办法。"李玉荣叹了口气说,"通知医生,马上抢救!"

两位监视人员马上跑着去了。

在天井内工作,需要照明,用的是马灯,每天加油。管运输的组长叫张海英,提着马灯来加油。她的手颤颤抖抖,怎么也加不进去。这时,除险组组长赵玉明也来加油,见张海英发抖的手觉得可笑。

赵玉明说:"你中风了?去去去靠边站!"

张海英放下马灯说:"一听说牛二柱去瞧回头炮,炮响了,我就浑身哆嗦,多好的炮手,怎么就这样……"张海英流泪了,哽咽着说不下去。

赵玉明的眼圈也湿了,说:"是呀!牛二柱确实是个好炮手!他来到二号天井才不到三个月,进度加快了百分之五十,遗留的隧洞方向偏差,全部纠正了。除险工作认真,什么事故都没有发生。这是我见到的最好炮手!"

张海英擦了一下泪说:"二柱子有魄力,会处理各种矛盾,不像上一个炮手,给他一说就着急,光嫌咱给他找麻烦,打渣子。"

这时,技术员范子运走来,听说议论炮手不走了。他接着张海英的话说:"牛二柱就不嫌咱打渣子,好炮手哇!"

可不,天井洞内施工是多项工作组合的整体,各种不同的工种互相统一又互相矛盾,需要在平衡中前进。

运输石渣,正常情况下每班需要五方,石渣多了可以加劲儿,石渣少了张海英就给炮手吵架,说炮手不会放炮,产渣少。与此同时,除险组组长赵玉明只讲安全,压根儿不考虑石渣多少。有时遇见难除的险情,半天除不了,就不让炮手点炮位、也不准打炮眼。一旦发生这样的情况,以前的炮手就少放炮、放小炮,石渣供应不上。牛二柱却不然,他采取特殊的措施,也要满足运输队的需要。还有,技术员范子运是专管挑毛病的,经纬仪一支,那是金口玉言,叫炮手纠偏,就必须服服帖帖地执行,以前的炮手越纠越偏,牛二柱能配合技术员,既纠了偏,又省了工。

牛二柱当炮手,能正确对待繁琐的矛盾事物,才使工程进度加快百分之五十,而且除险彻底,什么事故都没出,每月评比一次,牛二柱被评为"红炮手"。

李玉荣、牛二柱、赵玉明、张海英上中学时是同班同学。李玉荣的学习最好,任班长和团小组长,牛二柱任副班长、团小组副组长。赵玉明和张海英入团,都是牛二柱发展了他们并且当介绍人。两人一辈子都忘不了牛二柱。

刚入社时,学校放了寒假,李玉荣就率领班里的团员同大队(村)的团支部结合,演出歌舞、快板、豫剧等群众喜闻乐见的节目,宣传党的方针政策,宣传建设社会主义总路线,宣传三面红旗,宣传农村要实现机械化、电气化、水利化、化肥化,宣传社员们热爱集体。《半夜失牛犊》是个典型的例子,半夜里集体的小牛犊走失了,饲养员夫妻二人为了集体的财产不受损失,千方百计把牛犊找了回来。

这出戏演出之后,使林县的所有饲养员都受到教育和鼓舞,以致形成各生产队的牛马成群,集体经济发展壮大。现在修建红旗渠,也是集体经济壮大的结果,否则是修不起的。

牛二柱还经常说,实现机械化、电气化、水利化、化肥化,光靠等是不成的,咱们要扑下身子干,吃大苦耐大劳。我们目前修建红旗渠不正是实现水利化吗?

赵玉明和张海英越回忆,越觉得牛二柱是个实干家,名副其实的红炮手。他瞧回头炮,撞上炮响了,祝愿牛二柱平安无事!

添满煤油以后,他们提上马灯,飞也似的追赶大班民工去了。

五

世上的奇迹出现了!

人们赶到工地以后，只见牛二柱坐在一个土堆上，笑乎乎的，没有一点儿撞伤。看看天井口排栅门的锁开启了，排栅的两扇门儿分别掀在两边。看样子，牛二柱确实下过天井，瞧过回头炮。然而情况怎么样呢？人们全然不知。

牛二柱站起来，走了一圈，以显示自己未受任何伤。

他哈哈大笑说："我编了几句唱词，唱给大家听，请提宝贵意见。"

说罢，他用豫剧腔调唱起来：

> 大风呼呼密布云，
> 老虎归山鸟归林。
> 牛二柱我当了一回炮弹头，
> 顺着炮膛飞入云。
> 窜出井口七八米，
> 土堆上跌了个屁股蹲儿。
> 命大撞得天鼓响，
> 这美味神仙也难品。

开始两句是《半夜失牛犊》上的唱词，后六句则是他根据瞧回头炮的亲身经历编的。牛二柱这么一唱，大家又惊又喜，被逗得哈哈大笑。七嘴八舌地问情况。他难以系统回答，只是东沟一犁西沟一耙，民工对全面经过依然朦朦胧胧。

原来，牛二柱用金蝉脱壳的办法，把炸药放到草帘下佯装在睡，使监视人员错觉。他从窑洞偷偷地跑出来，迅速来到天井，用万能钥匙打开铁锁，将排栅门掀到两边，露出黑洞洞的天井。他掏出手电筒往下照了照，20多米深没有一点动静。他趴下侧耳静听还是没有一点声音。估计了一下，有两种情况，一是响重了，二是哑了不响，是导火线或者雷管出了问题。下井不下井？思想矛盾起来，他掏出指挥部的《安全规则》想：我要下井是明目张胆地违反纪律。牛二柱又想起了自己写的《保证书》，掏出来看了看，其中第三条就是："在任何情况下都保证不瞧回头炮（哑炮）……"他左手拿着《安全规则》，右手拿着《保证书》，想来想去，天井是不能下的。

牛二柱转过身子，看看天空，白云镶着黑边儿，一团团一簇簇往南跑。呼呼的北风，他一点儿也没觉察。往西边望望，西边的天井在施工，民工们用辘辘往上绞石渣,兴高采烈地把大筐大筐的石渣绞上来。往东边看,东边的天井也在施工,真叫人眼馋!

再看看自己的天井,辘辘已经移到半边休息,黑洞洞的天井张着大口看自己。牛二柱想:我是红炮手哇,别人干活我休息,这就是红炮手?

他又想到停工打扑克的民工,如看到工棚内一簇簇打扑克的面孔,听到刘铁蛋编的快板……

牛二柱越想越觉得脸红,心潮起伏,头上的青筋暴得多高,头嗡嗡响得厉害。

"不行! 我牛二柱怕死就不是铿铿铁汉!"

他喘着粗气,把井绳解开顺到井底,抓住井绳迅速地溜了下去。

井底黑洞洞的,什么也看不见。牛二柱掏出手电筒,小心翼翼地慢慢往前走,快走到炮跟前的时候,电光闪过,好像有个火花,关掉手电筒一看,不好! 炮发了!

导火线"嘶嘶"地喷着火!

牛二柱紧张起来,头发立了起来,怎么办? 他扭头就往回跑。

到了天井口,他把手电筒一扔,伸手去抓井绳,抓了几抓没抓着,时间紧迫,什么也顾不得了,叉开双腿,蹬着井帮就往上爬,刚刚爬了两下,只听"咚"的一声巨响,炮响了! 强大的冲击波袭来,气流托着牛二柱的屁股直往上冲,像打炮弹一样,将牛二柱冲出天井还不止,又往上冲了七八米。向下落的时候,受北风的推力,牛二柱被吹到天井南边的土堆上,狠狠地跌了一个屁股蹲儿。虽说屁股有点儿疼,还好,不厉害,站起来看看摸摸,别说受伤,连皮肤都没有擦破。

惊险的几秒钟,牛二柱吓得丢魂失魄,这时才清醒过来,看看冒着火药味的天井口,又把自己的身上从上到下仔细地看了一遍,才松了一口气,知道这是幸运。

牛二柱沉思着:我好像去阎王殿逛了一圈儿,阎王爷看我正在忙着修红旗渠,为了不耽搁工程进展,放我回来了。

牛二柱喊道:"我违反了红旗渠的《安全规则》,又受到红旗渠的保护! 红旗渠是惊天动地的渠! 从三皇五帝到新中国成立,几千年来,谁敢在太行山上修渠? 只有共产党毛主席才有这个胆量! 才有这个本事! 我生在了好时代! 命大撞得天鼓响,命大撞得天鼓响啊!"

25

牛二柱化险为夷,高兴得手舞足蹈,控制不住幸运的喜悦,于是自编了六句唱词,趁挂了《半夜失牛犊》的出场两句给大家唱。

六

既然有惊无险,指导员安排各就各位开工干活。

民工们干得热火朝天,运石渣的拉着平车来往如梭,天井的大辘辘不停地转动,一筐筐石渣源源不断地上提。井上接石渣的人喊着劳动号子,把重篓筐拉去,同时又挂上空筐,辘辘转动了,再把石渣拉到山沟,只听"哗啦"一声,石渣顺着斜坡滚下山去。

天井的作业洞里,除险人员已经把险除毕,牛二柱开始谋划点炮位、打炮眼。

"二柱子!"听到喊声,二柱子回头观看,只见赵玉明走来。他张了张嘴笑了笑,有话不想说了。

牛二柱说:"什么事?别不好意思。"

赵玉明说:"咱都是团员,我是你的团小组长,不说也不中。你今天瞧回头炮,感觉怎么样?"

"是违反《安全规则》行为。"牛二柱不假思索地回答。"没受伤,傻高兴,其实我也是很后悔的。"

赵玉明又问:"能算没事儿吗?"

"不会没事儿,我接受团支部的处分。"

"这就对了。"赵玉明说,"你趁早写个检查书,做好在大会上检查的准备,态度要好一些,检查要深刻一点,以取得同志们的谅解。"

牛二柱很诚恳地接受团小组长的帮助,说:"你讲得好,违反了制度是不能没事的。我一定深刻检查,就是从重处理,我也没意见。"

赵玉明原来估计,二柱子做检查要产生想不通或抵牛情绪,先做一下工作。这么一谈,二柱子思想开明。知道错了就好,省心了,于是各自干自己的活儿。

刚吃过晚饭,李玉荣就通知三个团小组长开会,讨论如何批评、帮助、处理牛二柱瞧回头炮的问题。

李玉荣的住地就是连队的办公室。人到齐了，桌子上放着马灯，围坐着四个人。李玉荣是党支部书记兼团支书，这个会由她主持。三个团小组长分别是：张海英、赵玉明、刘铁蛋。李玉荣讲了执行《安全规则》的不可动摇性，指出了牛二柱违反纪律的严重性，要三个团小组长讨论，拿出处理意见之后，交全体团员举手表决。

刘铁蛋油嘴滑舌说："指导员的意见如何？不拿出意见，如何讨论？"

"开除牛二柱的团籍！"李玉荣斩钉截铁，语气那么坚强，显示出考虑了很久，意见很成熟，并且不可改变似的。

"我反对！"刘铁蛋也是斩钉截铁。

指导员问："为什么？"

刘铁蛋回答说："牛二柱瞧回头炮的火是我点的。本来，牛二柱的心里虽然痒痒的，但是，怕违反纪律不敢去。我当时想刺刺他，看你牛二柱的度量怎么样？一刺他，野性发作了。如果开除他的团籍，也得开除我，我是罪魁祸首。"

赵玉明坚决反对刘铁蛋的意见，郑重地说："你刺他，为了考验，不是教唆。牛二柱脾气刚烈，野性发作，违反《安全规则》是不可饶恕的！"

李玉荣说："我们有血的教训！牛大柱是怎么死的？认真地说，也是违反了《安全规则》，瞧回头炮死的。出现哑炮是很正常的事，不足为奇，执行停工24小时，就什么事故都没有了。可是这个牛大柱硬是说炮响重了，强调开工。事故的发生完全是违反《安全规则》造成的。同志们想一想，这么大的红旗渠工程，几乎每天都出现哑炮，怎么办？必须执行《安全规则》！谁违反，谁就不够一个共青团员的标准！"

张海英号称"假小子"，好发言表态。今天反常，一直不吭声。

四个人开会，形不成统一意见，两票同意开除，两票反对。没有办法，只好拿到支部大会，让全体团员讨论。

全体团员到齐了，在工棚等候。刘铁蛋和赵玉明先走了。李玉荣和张海英提着马灯并肩而行。

张海英突然放慢脚步问道："玉荣姐，你想给二柱子蹬？"

这个"蹬"字在山区就是婚事不成，一方不愿意了，就叫做蹬。李玉荣率领团员们发过誓："红旗渠不通水，我们不结婚！"于是他们很少谈及恋爱，在三个团小组长中，只有张海英知道李玉荣同牛二柱的恋爱关系，其他俩人压根儿不晓得。在讨论发言中,赵玉明和刘铁蛋无忧无虑地直爽发言,张海英考虑到这个关系,才形成意见不能统一。

李玉荣笑了,没有正面回答"蹬"还是"不蹬"。她说:"原来你不发言,又表示反对就因为这?"

"这可是个大问题哪!"

"当然是个大问题。你想想,咱们原来都戴着三角换婚的枷锁,来到红旗渠工地冲破了,可以自由结婚。既然如此,咱必须提高婚姻质量,提高人的素质。换位思考,如果你的对象违反了制度,怎么办?是严肃处理,使之痛改前非好呢?还是马马虎虎,不痛不痒,使之蒙混过关好呢?"

短短的几句话,使张海英恍然大悟。她说:"糊涂糊涂,咋着我就忘了红旗渠是练兵场呢?要胸怀祖国、放眼世界,就得提高素质!"

张海英到了会场,积极活动:"开除牛二柱的团籍。"

七

李玉荣主持大会,宣布开始时,县委书记杨贵去了。团员们喜出望外,热烈鼓掌欢迎。李玉荣向杨书记汇报了开会的目的,要求杨书记作指示。杨书记说:"按照你们的原计划进行,我最后讲。"

这是一个团支部的批评帮助会,程序不复杂。一是通报牛二柱违反《安全规则》瞧回头炮的事实;二是牛二柱做检查;三是大家讨论;四是发言批评;五是表决是否开除牛二柱的团籍。

牛二柱瞧回头炮的事大家都知道。李玉荣在通报情况时,着重说:"牛二柱在天井被封锁的情况下,私自偷开铁锁,目无《安全规则》,胆大妄为,严重破坏了红旗渠的纪律……严重恶劣的性质是不可饶恕的,必须开除团籍!"

牛二柱未做检查就哭了,他忘了《检查书》,又表态发言,决心痛改前非,保证今后规规矩矩遵守《安全规则》。他说得悲悲切切,声泪俱下,在场的人无不感动,有的也流了泪。最后他说:"俺哥大柱怎么死的?心里清清楚楚,我已经走了他的老路哇!不勒马回头不中啊——"

经过讨论开始批评发言。假小子张海英第一个发言,她大声喊道:

“牛二柱,你给我站起来!”

刚刚坐下的牛二柱立即应声站了起来,好像劳改犯似的,低着头,双手下垂,等待批判。

“你今年多大了?”又是一声喝问。

“二十三岁。”

“你吃了二十三年饭!”张海英连珠炮似的说,“二十三年饭,该有多大一堆? 你吃哪儿去了? 白吃了? 你入团几年了?”

“六年。”

张海英进一步抬高嗓门说:“大家都听听,六年了,一年学一句话也要学六句。你怎么连《三大纪律》的第一句话都没学会? 你身子入团了,思想根本没入团! 同志们强烈要求开除你的团籍! 马上表决,我们一举手你就被开除了,我立马把你的团徽扯下来!”

这么浓烈的火药味儿,带动了一部分人,接二连三的发言,都说要开除牛二柱的团籍。

轮到刘铁蛋发言,同样用提问的方式问:“牛二柱! 什么叫刚强铁汉?”

牛二柱虽然应声,但是在回答刚强铁汉时什么也不敢说,只是低着头。

刘铁蛋又问:“不怕死就是刚强铁汉?”

“嗯——”牛二柱不敢往下说。

“说过没有?”

“说过。”

刘铁蛋说:“承认就好,我看,你根本就不够刚强铁汉的资格! 是不是?”

“是……”

“为什么?”

“嗯……”

刘铁蛋说:“不敢说了吧,你是个二性子!”说到这里,刘铁蛋问大家:“牛二柱是不是二性子?”

“是——”大家齐声回答。

李玉荣听了认为,今天的批评帮助会开得很好,特别成功,好就好在

29

触动了牛二柱的灵魂。他原来估计，刘铁蛋反对开除牛二柱的团籍，发言时要为其辩护，开脱责任，万万没有想到如此痛快。

刘铁蛋继续问："为什么说你是二性子？"大家听他要挖根源，迫不及待往下听。他不往下讲反而问大家："大家说？"见谁也不讲他才继续说："发生了哑炮，我想考验考验度量有多大，结果呢？别说宰相肚里撑舟船？牛二柱的心眼没个针管大！我编了个顺口溜，说人家干活咱休息，要问感谢哪一个，感谢炮手二柱子。就这么一句话，就刺得二性子火暴三丈，瞧回头炮去了！"

刘铁蛋继续说："再问你二柱子，来到这个世界上，吃不住三摔两打的人，算不算刚强铁汉？"

"不算……"

"再问你，要你坐老虎凳该咋办？当叛徒？"

刘铁蛋比的例子很恰当，大家听得津津有味。他的话题一转说：

"二柱子瞧回头炮，我有不可推卸的责任。举手表决时开除两个，把我也开除掉，我没意见！"

最后一句话把大家逗乐了，全场哈哈大笑，严肃的气氛过去了。

八

"我说几句吧？"杨书记要求讲话。

在热烈的掌声中，杨书记说：

"今天的批评帮助会开得很好！切中了要害，使牛二柱深受教育。我们相信，通过同志们的热情帮助，牛二柱今后一定遵守《安全规则》，当一个红炮手！开除团籍嘛，党的政策是批评从严，处理从宽。从发言中看到，开除是为了帮助。这样的会我开得多了，真举手表决，发言最激烈的估计也不举手。咱当场试验一下，同意开除牛二柱团籍的请举手！"

在场的28名团员，只有李玉荣一人举手。众人"哗"的一声笑了。

杨书记也笑了，说："我估计得不错吧？"

又是一阵笑声。

杨书记说："我们的共同目标就是修好红旗渠。大家的积极性很高，什么原因呢？原因就在我们的林县缺水，不是一般缺水，而是特别严重缺水。1930年和1942年，因为旱灾，饿死的人难以统计。休说灾年，就是正常年景，因为缺水死人的例子也是比比皆是。我讲一个你们公社的真实故事，这个故事叫《一担水死了三条人命》……"

"这个故事发生在一个没有水井的小山村，必须来回跑20多里，去漳河挑水过日子。这个家庭四口人，老汉、老婆和一个20多岁的儿子，新娶了儿媳妇儿，共计四口人。过年了，儿子在外打工不能回来，家里只有三口人。大年三十下午，老汉去漳河挑水，上了年纪走得慢，天快黑了还没回来。儿媳妇很勤快，去大门口接公爹，望见公爹回来了，喜出望外，急忙接住担子挑上水往家走。上门台进门口的时候，脚下一滑身子一歪，咣当一声两桶水全部倾了。"

"谁也知道这担水的用途，这是过年煮饺子的水，水没了怎么办？老汉不能给新媳妇吵架，只好坐在院子哼哼起来。儿媳妇的脸涨得通红，心想：我就这么没成色？咋有脸过年？她想到绝路，就偷偷上吊死了。老汉发现儿媳妇死了吓得浑身哆嗦。他想：儿子回来了，我咋给儿子交代？因为一担水，我哼哼了两句把儿媳妇逼死了？于是老汉也上吊死了。老太婆见一家躺着两个死人，这年咋过？天塌了！我活着啥用？老太婆也上了吊。"

牛二柱听着故事就偷偷地哭了，待杨书记讲完，他站起来说："杨书记，你讲的就是俺家的故事，那是俺爷俺奶奶。"

李玉荣说："旧社会，因为水打架、离婚、上吊的不计其数，正因为如此，才修红旗渠。"

张海英带头，全体喊口号：

> 不忘过去阶级苦难！
>
> 把水引上太行高山！
>
> 改变林县缺水面貌！
>
> 红旗渠通水才回家园！

最后杨书记讲：

"修建红旗渠是件不容易的事，要有各种纪律约束，特别是《安全规则》。同志们想一想，如果没有《三大纪律八项注意》，能不能消灭蒋介石的八百万大军？我们必须有纪律，才能战胜太行山！"

杨书记的讲话激励人心，全场热烈鼓掌。

经过这次批评帮助会，牛二柱的思想大变化，刚烈的野性子荡然无存，事事处处按照上级的规章执行，像换了个人似的。

他提出"百日无事故"实现了。又提出"全年无事故"，又实现了。进而提出"永远无事故"。

古人云，吃一堑长一智，人就是在吃堑中成长的。

人们看到牛二柱越来越成熟，真正成了"红炮手"，议论说："红旗渠是练兵场，练兵练人练思想！"

除险报名考试

——修建红旗渠的故事之三

一

　　红旗渠的工程进入虎头崖,需要除险队跟随除险,这个山崖有额头,钻进额头底下才能作业。对除险新手来说是第一次,不少人欣喜若狂:"真来劲儿!"

　　越是新战场,越是艰险,除险队员越是争着抢着去。队长任羊成挑选了八个小伙子。

33

刚吃罢早饭，队员们就收拾东西，在任队长的率领下进入工地。只见他们"头戴安全帽，绳带系当腰，滴溜悬崖处，手持钢钎撬"。绳索继续下降，当来到额檐下之后，由于额檐太深，遇到了预想不到的作业难度。除险场面是："额檐往外暴，除险深处掏，秋千打不成，手脚够不着。"

除险队员的工作就是在打秋千中作业。形成打秋千的主要因素：一是用脚蹬，二是钢钎捣。目前的现场情况是：额檐太深，钢钎够不到，腿脚更不行，瞧着险情不能除，干瞪两眼没法子。

队长任羊成有绝招，他趁着向下滴溜的同时，双手用钢钎猛力捣额头石，使身子向外推悠，当滴溜到额檐下时，秋千已经形成。他瞅准险情穴道，钢钎用力捣撬，只听"咚隆"巨响，险石坠落烟尘四起，伙同白云飘逸。民工们的鼓掌喝彩声，在山谷中回荡。

任队长这样的除险方式是榜样、是教练、是老师、是示范。

除险队的小伙子个个心灵手巧，体质健壮，见队长如此人人效仿。当然，学习也需要有个过程，第一次行不成，第二次准行。秋千不力，悠不到程度，再来一次两次，直至成功。

除险队员的胆量是关键，吃苦耐劳的气质决定成败。秋千形成之后，瞅准险情、瞄准穴道的眼力又是成败的咽喉。还必须眼明心细、沉着稳重、灵活机动、遇事不慌。最后的决战是，用尽吃奶的力气猛力捣撬，迫使险石坠落。与此同时，还要躲避险石撞伤，确保自身安全。

除险队的秋千是危险的，不是舒坦游玩，而是战场除险，烟尘洗面。尽管注意安全，事故却随时相伴。来不及躲险石的情况比比皆是，安全帽砸破，胳膊腿砸伤时有发生。就是安全带和绳索也经常被砸断、磨烂。

人们常说，除险队员"不怕死"，除险却为"人不死"。

除险队自成立以来，队伍不断壮大，技能日渐提高，人员也有更新，录用优中选优。

为了重新安排林县河山，最艰苦的地方成为群众最高看的地方。人们向往除险队，尊重除险队，以参加除险队为荣。认为只要能参加除险队，就是一个完人，从体质、气质到孤胆，从细心、稳重到敏捷，从吃苦、忍耐到坚强等各方面都是优秀人才。于是不断有人报名参加除险队。

你看，那边又来了四个报名青年。

队长任羊成正在当老师，脱不开身。他特命王拴成代表办理，有全权考试录用的权力。

四个青年仰望除险作业,眼气死了。看那头戴安全帽,绳带系在腰,手持钢钎舞,秋千白云飘,英姿勃发,潇洒飘逸,盼只盼自己能批准入队,享受除险的乐趣。

看那除险队员的作业高度,大约 100 米,相当于城市的 30 多层楼房之巅,巍巍的悬崖峭壁,白云缭绕,除险队员像玉皇大帝的神兵天将,悠来悠去,坠落石块的"咚隆"声,如振奋人心的音乐,那么铿锵悦耳。坠石泛起的烟雾同白云手牵手地跳舞,更是迷人。天上的老鹰也停止飞翔,落在山崖的灌木上,左右摇摆着尾巴观看,好像辨认这是二郎神的天兵,还是托塔李天王的天将似的。

四位报名者馋涎欲滴,看得入神,一会儿指指画画,一会儿捧腹大笑,观那白云游动,除险队员的身影时隐时现,更是心潮翻腾,似如蟠桃盛宴,众神仙翩翩而至,自己也跟在其中似的。

其中一位青年触景生情,出口编了一首诗:撕块白云擦擦汗,我和白云打对拳。亲吻白云白云笑,白云和我打秋千。

二

王拴成的到来,打断了报名者的迷幻。四个人赶紧把自己的介绍信交出来,看着王拴成的脸色同时问:

"啥时叫我们上班?"

王拴成自我介绍说:"我叫王拴成,代替任羊成队长考试你们。别看我面目黑,长得瘦,个子也没有队长高,我有全权喝搂你们!"

喝搂二字是战争年代的名词,即战胜的意思。四位报名者以为凭介绍信就可以参加除险队,听这么一说——还要考试? 如何考试?

"我也是个大老粗! 考试嘛,不用笔答卷,讨厌麻麻烦烦。"王拴成说。

四个人齐声央求说:"别麻烦了,您抬抬手,批准我们就是了。谢谢您。"

王拴成说:"嘿! 除险队是什么地方? 不怕死的地方! 随便进人没规

矩！常言说,当兵熊熊一个,队长熊熊一窝,任队长成狗熊了?"

报名者嘀拉了一下舌头,你看看我我看看你没说的。他们称王拴成为"队长",王拴成不敢当,说:"我就是主考官。"因此,报名者称他为"主考大人"。

主考官说:"要考四关,一关不及格,立马回去!"

"哪四关?"

主考官没有回答,看了四个介绍信,感兴趣地说:"真好真好!好不容易碰上了这么好的四个名字,张三、李四、王五、刘六。太太巧了!"他叫着名字,一个一个看长相。

张三四方脸,雪顶头,滚圆的大眼睛,黑疙瘩眉毛,威武雄壮。

李四蚕眉凤眼,乌黑的头发,明亮的眼睛,白皙的皮肤,端庄灵巧。

王五圆盘似的脸庞,蓬松的头发,小鼻子薄嘴片儿,下巴壳收而小。

刘六瓜子脸大背头,高鼻梁双眼皮,挺拔高傲,精明过人。

从介绍信看,年龄均为二十四五岁,正在英华岁月。

主考官说:"都把手伸出来!"他一个个摸了摸手心手背,手掌都有硬硬的茧疙瘩,不用问,这是勤劳的结晶。

目测之后,主考官说:"现在开始考试第一关,每人都谈谈你为什么要参加除险队。"

张三谈经历:有一次见到任羊成中午收工回来,端起碗刚要吃饭,一位除险队员报告说:"额檐下有一块碗大的石头有裂纹,钢钎短,怎么也够不着,没法儿除。"队长听了说:"必须除,不然下午不能上工!"带班拉渣的班长说:"我见了,没事儿,我们注意点儿就是了,出不了事儿。"队长说:"南现村打洞,就是碗大的一块石头掉下来,落在一个青年小伙的腰部,中枢神经被砸断,致使小伙子终身残疾。我们必须保证万无一失!"说罢,队长放下碗戴上安全帽就往工地上走。班长说:"钢钎短,去了也不行。"队长说:"我有办法。"

只见队长系上绳索,滴溜到悬崖额檐下,对准那块石头,用尽全身力气把钢钎掷出去。钢钎像箭一样射中了石缝,只听"咣当"一声,石头和钢钎同时落地。

下午开工以后,民工们安全舒畅,都夸除险队一丝不苟。

张三说:"参加除险队,我为了学习一丝不苟的精神!"

扛红旗的人

李四说:“修建红旗渠是在合作化、公社化的基础上搞的,没有人民公社修不成。反过来说,修成了红旗渠又为集体争了光,参加除险队,我为了给人民公社争光,使林县经济繁荣人民幸福。”

王五说:“我参加除险队,是为了学习除险的本事。古人说,各样手艺都是饭。只要学会这个本事,一辈子吃不愁、穿不愁。”

刘六说:“拍拍胸部说实话,除险队是贡献大的地方。这个地方入党容易,我想入党。”

主考官笑着问:“入党是好事儿,入了党咋着?”

“入了党在生产队就不眼儿了,能当官儿!”刘六回答说,“弄个队长干干不成问题!”

主考官又问:“参加除险队为了当官儿?”

刘六体会到“为了当官”太露骨,赶紧改口说:“当官不当官起码不眼儿。我有本事会写诗。你看……”说着,他递给主考官一张纸,上面写着:“撕块白云擦擦汗,我和白云打对拳。亲吻白云白云笑,白云和我打秋千。”

主考官看了看说:“不错不错,好诗好诗。”

刘六得意洋洋地说:“入不了党,老婆就要跟我离婚!”

主考官生气了,脸色一变说:

“刘六!你第一关就不合格!回去!离了婚再来!走人!”

刘六吃了一惊,得意的神色消失了:“什么?叫我走?”

主考官大声喝道:“刘六听命令!向后转!”

刘六哭丧着脸,不得不向后转。

“跑步——走!”

刘六扭头看了看王拴成,噘着嘴走了。

主考官恶狠狠地说:“妈的个尿,当官迷进错门儿了!”

三

主考官开始考试第二关,这一关叫“数树叶”,即拿出一枝椿树枝,上面有几片树叶,只一晃就得迅速数出。这是考试眼力。除险队作业除险,是在秋千中观察寻找不安全因素,哪块石头有裂缝?哪块石头活动?哪块石头根基浅？哪块石头怕震动？都属于除险的范围。发现这些是在一瞬间完成的，眼力是关键。

主考官说，"你们分开距离，坐在地上。我把树枝一晃，你就得数出来，嘴里不要说，写在地上。不准交头接耳，左顾右盼。听清了没有？"

"听清了！"

主考官的树枝上有 8 片树叶。他从背后拿出来晃了一圈，又藏到背后。三个人开始写数字。

张三写的"8"，李四写的"8"，王五写的"7"。主考官重新把树枝亮出来，证实王五写错了。张三、李四兴高采烈，王五脸红了。

主考官问："张三！你怎么数的？能数对？"

张三回答说："八片树叶排列整齐，我从正中间一分，两边一般多，就断定了 8 片树叶。"

李四没有等问就积极回答："我一看是个双数，不是 5、7、9，一定是 8！"

王五红着脸，什么也不说。

主考官总结说："观察有窍门儿，判断有依据。张三、李四都做到了。王五学窍门，争取赶上。咱再来两次。"

第二次出了 11 片树叶，张三、李四都对了，王五又错了。

第三次出了 12 片树叶，张三、李四都对了，王五还是错。

主考官说："王五的眼力不行，这一关不合格，淘汰了，你有意见没有？"

王五的脸唰的红到脖子根儿，自己觉得一身没成色气，说了声"没意见"，尴尬地退出了考场，没精打采地走了。

主考官宣布第三关考试题："你有什么本事？一个一个回答表演。"

张三说："我会武功，打人第一，算不算本事？"

"算本事。"主考官说，"你先打打我。"

"那么我就不客气了。"

张三走到主考官跟前，猛将右脚揽住他的腿部，左手一掀下巴壳，右手用力一挺。主考官被掀了起来，身子翻了一个半圈之后，"扑通"一声背朝下摔在地上。

主考官瘫在地上像一块泥，虽然疼痛，但是连哎呀一声也没有，而且还称赞说:"打得好打得好!"张三、李四把主考官搀起来,拍了拍身上的土,坐在石头上。

张三听到称赞很高兴,说:"不是俺老张夸海口,我能打三拳,管叫起不来,坐不成,走不动。而且身上不流血,内脏无损伤,骨头不骨折,只疼痛难忍,生不如死!"

看了张三打人的利索劲儿,承认他确实有武功。这样的人会打别人,自己挨打也不呻吟,体质好、有力气。

主考官问李四有什么本事,回答说会打秋千、掰手腕。这个场地没有门式秋千,只有"猴秋"。主考官命令他在猴秋上示范。

什么叫猴秋? 即把一个辘轳头绑到高高的树杈上,绳索搭在辘轳上,一边为脚绳,另一边为手绳。玩秋者双脚蹬住脚绳,双手用力拉手绳,用自身的力量爬到顶端,树杈上系个水果什么的,薅下来为胜。现场的猴秋没有胜利品,摸摸辘轳头为胜。

十米高的猴秋,笨拙的人一次也上不去,一旦粗心攥不好脚绳,必定要头朝下栽下来,甚至出人命事故。李四有本事,一口气爬了六次均取胜,再爬第七次,被主考官制止了。

主考官命令李四和张三掰手腕儿,连续八次均为李四取胜。

"张三、李四第三关都合格!"

主考官宣布罢合格以后沉思着问:"李四,你的秋千这么熟练,为什么练秋千?"

李四回答:"合作化之前,俺家穷得叮当响,别说一亩,一分地也没有。合作化、公社化实行了生产资料公有制,土地山坡、牛马车辆都归了公,穷人都有一份。全国人民都拥护集体化,我更得拥护。我亲眼见除险队中一位结婚没房子的小伙子发誓说:'红旗渠不通水不盖新房,材料备齐了也不盖。'又一位有房子没有结婚的青年说:'红旗渠不通水不结婚! 为集体争光!'据说这是任队长提倡的。除险队为集体争光是我的榜样,练秋千就是为了参加除险队。"

"这么说你是下了功夫才来报名的?"

"是的,既然报名,就得当一名合格的除险队员。"

主考官很高兴,拍拍李四的肩膀说:"好样的!"

"现在开始考试第四关!"

四

四个报名的只剩下两个,考试四关已经过了三关。张三、李四信心百倍,坚决要闯过第四关。李四的心情尤为愉快,他想:刚才主考官夸奖我"好样的",当面这么讲是不容易的,说明心里有了数,录用在即。不过,第四关考试什么呢?难不难?思想不能松懈,一关不合格也不中嘛!

主考官看出了二位的心思,笑哈哈地说:"别紧张,第四关很简单。每人谈一谈亲身经历的事儿。不难吧?打开窗户说亮话,实话实说!"

张三问:"考试我们的口才?我可不行。"

李四说:"除险根本用不着口才,干吗出这题?"

"目的就是考试。"主考官说,"同掰手腕、打秋千一样,你只管随便谈就行了。"

"有条件没有?有范围没有?"

"没有条件,没有范围,现在的事和过去的事都可以,必须是亲身经过的,包括亲眼见过的。只要能叫我听明白就中。"

主考官最后一句话提到"亲眼见过"四个字,引起了张三的兴趣。他有些见过的事,在脑海中永久不忘,经常反复思考琢磨,并且在茶余饭后同乡亲们讨论。

主考官问:"谁先说?"

张三脱口便说:"我先说。"

他说:"俺讲的是见过的事,除险队在俺家住过,亲眼见他们说话、处事与别人不同。铭记在心的事很多,我列举几件记忆犹新的说一说。"

"一、冬天,下着大雪,邻居一位叫黄六的男孩儿在街上走,大约六七岁的样子。他只穿着一件破棉袄,内外没有套衣,棉袄没有扣子,孩子袒胸露肚。别人见了问冷不冷,孩子回答不冷!众人嘲笑一番走了。除险队的人见了不同,帮助孩子把棉袄装上扣子,动员谁家有小孩套衣拿来,让孩子穿上保暖。姓黄的这家穷,六个孩子,母亲去世了,六个孩子不得不狼藉受冻。"

"有人问除险队:'黄六那么脏,不嫌弃?'"

"任队长回答：'黑白布衫轮着穿，莫要横眼看人扁。自古没有富贵种，十年河西变河东。'"

"二、对门的一名学生初中毕业，不考高中，知道考不上，干脆不考。其舅舅在县政府当官，托后门找了个工作，安置在闲散部门，整天没事干，游手好闲，学会了夸夸其谈，见人就夸自己的工作好，不出力不少领工资。别人听了羡慕不已，啧啧称赞这个青年有福气。"

"任队长却说：'舅舅把外甥害了！宁当乔木迎风浪，不学扁豆无脊梁。'"

张三还准备再讲，被主考官拦住说："别讲了，这些事我也知道，有些话也不是任队长亲口说的。你讲一讲感想吧。"

"我的感想很深。"张三说，"彻夜不眠，翻来覆去思考。我下的结论是：除险队的心是温暖的，是懂哲学的地方。"

听到夸奖除险队懂哲学，主考官当然心里高兴。他不露声色，噘了噘嘴挤了挤眼说："甭抬那么高！除险队干活不怕死，逢人处事端正就是了。"

主考官命令："李四，该你说了。"

李四说："张三说的是亲眼所见的事，我讲亲身经历的事，总结起来十二个字：卖良田、当觅汉、办正事、天地转。"

"什么？"主考官发火了，"十二个字？再说一遍！"

李四见主考官发火，如丈二和尚摸不着头脑。他想：我的经历，你发什么火？关你什么事？实话实说嘛。于是，他不紧不慢地说："卖良田、当觅汉、办正事、天地转。"

主考官气得脸红脖子粗，跳了起来，大声喝道："李四！你想挨打！欺负到老子的头上了！"

李四也急了，赌咒说："我干吗欺负你？我说的是真实历史，人人都知道的事儿！有一句假话，谁是龟孙王八蛋！"

"你赌咒骂人！张三，给我打！"

"我就是说实话！"

主考官气极了，吼道："打！给我打！张三，狠狠打！"

张三看不打不中了，问："如何打？"

"狠狠打三拳！"

"三拳以后他就不会走了。"

"抬!"

张三心里想：我和李四无冤无仇，叫我打，不能伤筋动骨，不打不中只好如此。

走到李四跟前，张三说："李四，咱俩人初次相识，无冤无仇，打你是不应该的，只是主考官叫打，不得不打。你我都知道，咱正在接受考试，都想参加除险队，为了实现这个大目标，我必须违心地打，你必须无奈挨打，不要有怨言中不中？"

"人生就不是那么容易。"李四回答说，"你只管打了，我也打过人，也被人打过，我的身子也不是玻璃的。你只管狠狠打！"

五

张三"嘿"了一声，使出前弓箭步，右手把李四的脖子一掀。李四仰天向后倒去。张三左手一托，李四被翻了一个半圈。张三右手给了重重的一拳。李四像一块泥，"噗嗤"一声面朝天落在地上。

张三命令："站起来！"

李四应声起立。

只见张三使出后弓箭步，右手猛按住李四的脖子，用脚一踢，李四向前翻了半个圈。张三的左拳打过去，"噗嗤"一声，李四又面朝天倒在地上。

张三知道李四起不来，却大声问："能不能起来？"

"能！"李四坚持起，双手摁地起了三次起不来。

"知道你起不来。"

张三说罢，右手往李四的胳肢窝一伸，左手一托李四被举过了头。张三双手翻动，李四侧身翻了两个圈后向下落。张三右手一拳过去，李四在更大的"噗嗤"声中瘫软在地。

张三说："抬！"

主考官见张三打得狠，打得过瘾，看李四的脊梁和臀部，只有青一块紫一块的，没有破伤血迹。他知道李四既不能站立，更不能走路，就安排两个人抬。

他喝道:"你们问他疼不疼? 只要说疼,就扔在半山坡喂了狼! 要说不疼,抬到工棚。"

抬的时候,两个人问:"李四,疼不疼?"

李四大声回答:"不疼!"

于是,李四被抬进了工棚。

抬走李四之后,张三问:"主考大人,李四挨打屈不屈?"

"罪有应得!"

张三又说:"李四好像不明不白。"

"他心里清楚!"

"我不清楚啊!"张三以祈求的口吻说,"主考大人,能不能叫我知道知道?"

主考官说:"李四很坏! 挖苦人,竟敢揭我的短! 胆大包天!"

张三觉得更有意思了,被考试的学生挖苦主考大人,揭短,有生以来第一次听说过。这个李四也真够胆大的,挨打活该! 想到这里,张三更加迫切要求知道如何挖苦、揭短。他说:"李四的本事还不小哩! 如何挖苦? 如何揭短? 主考大人不该保密吧? 讲一讲……"

主考官笑了,说:"我考试你,你反过来考试我?"

在张三的再三祈求下,主考官同意了。他说:"卖良田、当觅汉、办正事、天地转,这十二个字是生产队长对我当觅汉这段经历的总结,全队人人皆知。他把我的痛处端出来,不是挖苦、揭短是什么?"

王拴成讲了这段经历,事情是这样的:

新中国成立前,王拴成18岁那年,父亲患了消渴症,新中国成立后称糖尿病,治病没有钱。王拴成忍痛把家里仅有的三亩良田卖了。病治好了,生活无着落,在迫不得已的情况下,王拴成到一家姓邓的财主家当觅汉,即长工。

邓财主家有个女儿,长得不漂亮名字很美,叫邓桂芳,因院子里有一棵桂花树得此名。父亲给她定了一门有钱的娃娃婚,桂芳18岁,男人才10岁,不能娶。桂芳整天不高兴噘着嘴。

王拴成来到邓家以后,人称小觅汉。大的觅汉有40岁的、50岁的。桂芳喜欢上小觅汉了,洗衣服喊小觅汉打水,上房坡叫小觅汉搬梯子。桂芳对小觅汉说:"你有啥困难言语一声,俺保证帮忙。"

有一天,桂芳去厕所,遇见小觅汉,问有啥困难没有。小觅汉见四处无人,便开玩笑地说:"俺有一滴尿,给捎走吧?"桂芳见小觅汉笑得好看,动了心当了真。她红着脸嫣然一笑说:"中,到你的屋去。"

来到小觅汉的屋,桂芳坐在炕边脱了裤子说:"快来!"小觅汉见了姑娘白生生的屁股,不由得也起了性,真的解开裤子玩了起来。云雨之后桂芳说:"咱俩办的是正事,谁也不能说出去!"

桂芳真是骀闺女,就这么一次,她就怀孕了。父亲审问她跟谁睡来,她死活不说。王拴成感到很幸运。

老觅汉劝王拴成说:"你快跑吧,没有不透风的墙,主家一旦知道了,你就没命了!"

第二天,桂芳吃不住皮肉之苦,露出了小觅汉。财主立即派人拿着刀子到王拴成家,要挖王拴成的心。

王拴成闻讯跳墙,从邻居家逃跑了。

天地虽大,却无藏身之地,王拴成只好到区干队当民兵。

新中国成立以后,特别是人民公社时期,群众集中干活儿,不断议论王拴成当觅汉和桂芳的艳史,队长当众总结了十二个字:"卖良田、当觅汉、办正事、天地转。"

张三听了笑着说:"啊?知道了!怪不得你发这么大的火,原来你给千金小姐肚里种过孩子!"

王拴成也笑了,打了张三一拳头说:"当时我认为是骄傲。一个穷觅汉能给富小姐对上号,你说高不高兴?公社化以后,人们的素质提高了,我才知道那是耻辱。为此,谁也不能提!谁提就是捅我的心窝!必定挨打。"

张三拿主考官开心,挤挤眼问:"桂芳是你的情人,如今还来往吧?藕断丝连?"

王拴成又给了张三一拳说:"别拿我开心!"

六

一阵开心以后,他们又提到李四。张三思索着说:"我听说——我听说李四也当过觅汉，可能也给那个邓小姐对过号……"

"不可能！"主考官打断张三的话说，"我比李四大六岁，从年龄上讲，1949年他才十四岁，哪个财主雇用十二三岁的童子觅汉？根本不可能！"

张三蛮有把握地说："解放以后，1952年至1953年这一段，他就是当过觅汉，不信你打听打听！"

"不可能！共产党领导下的新中国，岂能有新地主新觅汉？不可能不可能！"主考官仍然摇着头说。

张三据理力争，理直气壮地说："算了吧，你还当主考官哩？连中国的历史都忘了，抱孩子去吧！"

主考官摸着头想了一会儿才说："就是！解放战争仅是新民主主义革命，合作化才是社会主义革命。从1949年到1955年的六七年间，土地可以买卖，暴发户发家致富，趁着穷人抵抗不住天灾人祸，廉价收购土地，置牛马车辆，雇用长工短工，重新两极分化，拉大穷富差距。不错不错，就是有这段历史。"

张三乐了，笑哈哈地说："主考官不愧为主考官，一旦回忆起来，比我记得还清楚，认识更深刻。你记得吧？一个叫李准的作家写了一篇文章叫《不能走那条路》，写的就是一个翻身农民，在土改中分了地主的一块良田叫一杆旗，解放以后又把一杆旗卖了……"

主考官又打断张三的话说："因此，毛主席才开会决定搞合作化、公社化。特别是毛主席，竭力反对两极分化！他看了李准的《不能走那条路》之后，称赞文章写得好，写得及时，推荐这篇好文章，全国各大报都转载了《不能走那条路》，在全国掀起了合作化高潮！"

张三笑着给了主考官一拳说："你打了李四，如果李四的经历同你一样怎么办？冤枉人家？"

"就是。你说得对，不能——冤枉人！"

主考官是通情达理之人，不糊涂，不倔谬。

他悔悟地说："别说一模一样，只要李四的经历也是那十二个字，我王拴成情愿赔情道歉！再打我一顿，让李四没啥说！"

次日，李四来了，虽然他身上还是青一块紫一块的，甚至浑身疼痛，但是他是一条硬汉子，吃得住三择两打的人，疼痛不在话下。

主考官笑乎乎地接待李四，并且喊人端来一碗水，给李四喝。他轻轻地拍着李四的肩膀说："疼吧？我的脾气不好，不会办事儿，记恨我吗？"

"哪里哪里，我根本不是那号人。"李四说。

主考官要李四讲经历，并提出原汁原味地讲，不要不好意思，打开窗户说亮话，有一说一有二说二。

李四的经历仍然是"卖良田、当觅汉、办正事、天地转"十二个字。

事情是这样的：

土地改革时，李四家分了地主的三亩"庙前地"，这是全村最好的地。1951 年，李四的父亲患了肺痨病，需要花大钱，只好把三亩地卖掉。从此，李四家又成了一分土地也没有的失地农民。

村里有一家姓登的暴发户，其儿子参加过解放军，建国以后回村当了村长。他依仗权力购买土地一百亩，打了新车辆，购置了牛马，雇用了两个觅汉不够，还招雇会使唤牲口的长工。人称其父亲为老东家，村长为少东家。

暴发户新修的走车大门别致，"拖车"出门时牲口惊跑，不好制止。财主言明，雇用使牲口好样的觅汉，条件是拖车出门时牲口不惊，试用期一个月。

几个觅汉参加试用，牲口惊跑，一个月期满淘汰，不给工钱。

李四当时才十七岁，多次观察拖车出门，发现了穴道，于是报名当觅汉。第一天出门，当拖车走到门墩台阶时，李四将拖车前沿轻轻往上一抬，拖车没有出现"咯噔"声，牲口果然不惊，试用期满，财主不得不用。

少东家不愿意开小觅汉工钱，就处处找毛病，扬言要解雇。

惊心动魄的事件发生了！少东家被罢免了村长，并且要交司法机关判刑。这一天，少东家被捆绑，由一个民兵持枪往县城押送。

少东家犯的什么罪？原来他在土匪刘光先处谋事，共产党派一位女党代表潜入土匪，动员刘光先弃暗投明。土匪恶性不改，少东家把女党代表活埋了。

在一次打仗中，少东家被解放军俘虏。其积极要求参加解放军被批准。新中国成立以后，少东家回乡当了村长并暴发。在肃反中，清查女党代表被活埋一案，才暴露了少东家的杀人罪行。

少东家见只有一个民兵押送，民兵很老实，便心生鬼胎。他走路时故意将鞋拖拉掉，请民兵给他兜鞋。走到深山无人处，少东家的鞋又掉了，

扛红旗的人

趁民兵给他兜鞋时,少东家猛劲一脚,把民兵踢进万丈深渊,然后逃之夭夭。

押送的民兵被挂在深沟的树丛上,没有死,上不能上下不能下,困在那里。

李四听说之后,立马用大绳拴在大树上,自己打秋千到深渊搭救了民兵。

李四还做向导,把民兵队领到少东家藏匿的地方,将其抓获。

老东家听说搭救民兵和儿子被抓都是李四干的,歇斯底里地喊道:"不杀李四誓不为人!"

登财主以看家护田为由,雇用了两个杀手,专门追杀李四。李四东躲西藏,与杀手周旋。直到1956年合作化高潮到来,财主的田地、牛马、车辆均归了集体,其失去了雇用杀手的经济实力和理由。

至此,李四才拨开乌云见了青天。他逢人便说:"合作化救了我的命!"

人民公社化以后,群众在田间地头经常议论李四卖地当觅汉的历史。有一次忆苦思甜大会,李四在会上作了忆苦思甜发言。驻村工作队听了,给李四总结了十二个字:"卖良田、当觅汉、办正事、天地转。"

王拴成有当觅汉的辛酸,听了之后流下了酸涩的泪水。

张三说:"事实证明,李四经历的十二个字,同你一模一样。"

王拴成站起来向李四道歉,鞠了一躬说:"好兄弟,哥冤枉你了!你打我吧!"

李四当然不能打。

张三撺掇说:"鞠了一躬就算了,表示低头认错,不提了!"

王拴成十分后悔地说:"同是沦落觅食汉,相见何必用重拳?"

李四见主考官道歉,固然十分高兴。主考官作诗,自己应该积极附和,随即改为四句:

同是沦落觅食汉,

一根苦藤命相连。

人民公社天地阔,

咱为红旗争灿烂。

王拴成感慨地说:"我是旧社会的觅汉,你是新社会的觅汉,苦命相连。人民公社多好！如今咱多高兴！比吃了蜜糖还甜！"

李四、张三同时说："修建红旗渠，就是为了更甜！"

主考官郑重宣布说："你们两个全部合格正式成为除险队员！"

医治创伤

——修建红旗渠的故事之四

一

　　修建红旗渠的县级机构是指挥部,下边公社一级的机构叫施工营。

　　这个施工营叫柏山施工营,是柏山公社的派出机构,主要负责人叫岳河泉,任柏山公社的党委副书记,在施工营的职务是营长,人们称呼习惯了,仍然叫岳书记。

　　岳书记30岁,柏山公社柏石头村人,浓眉大眼,蓬松的头发,四方脸

49

庞,说话带着虎音,走路挺胸阔步,办事稳重,是林县有名的十大棒书记之一。修建红旗渠,他领导过第一期工程。现在他接受的第二期工程为:开挖硬化干渠五公里。

第一期工程是钻山洞和修明渠,交错施工难度大。因为他施工方法正确,办事干练,所以一年的任务半年就完成了。如今接受的任务单纯,对他来说轻松多了,小糖一块。他又考虑着一年的任务半年完成。

施工营领导着全公社 22 个连队,即生产大队(村),民工达 2500 人。全社开工以后,惊人的困难出现了,明渠内开挖的石头硬度不够,经不住风化,用这样的石头做料石垒砌硬化,降低标准,会使红旗渠的寿命缩短。

这是个严重问题,怎么办呢?

根据指挥部施工人员的勘察,必须到三公里外的鹰愁崖开采料石。鹰愁崖是太行山的分支高崖,全部为青石,它地势险峻,山上寸草不生,群众取名鹰愁崖。

岳书记来到鹰愁崖观看,这里的石头果然很好,修建红旗渠是千年大计,尽管难度大,工期要延长,也必须保证红旗渠的质量。岳书记毫不犹豫地答应了,决定从鹰愁崖取料石。

夜里,岳书记辗转反侧,怎么也睡不着。他想:我领导的 22 个连队,若都到鹰愁崖开采料石,需要 22 个石坑(工作面),开山放炮,为了安全起见,石坑不能相连,必须保持一定的距离。

哎呀! 22 个连队挤在一起,容纳不下怎么办? 要争石坑,争地势,争炸药,争道路,争进度……会乱作一团。各种矛盾会应运而生,吵架、打架不可避免。

这些争还不算大事,大事是不安全。工伤事故要天天不断,甚至死人! 这怎么办呢?

岳书记睡不着,别人也别打算睡好。他把施工营的人都叫起来开会,人人出主意想办法。

施工营部近 20 人,由多方面组成,其中有施工员 4 人,办公室主任 1 人,会计 1 人,事务长炊事员 2 人,爆破器材保管 1 人,司号员(即放炮吹号)2 人,医生 2 人,供销社售货员 2 人等。除炊事员未到其余一名不缺。岳书记把自己想像的困难一股脑儿给大家讲明以后,请大家讨论,出主意想办法,如何克服困难? 今天的会是诸葛亮会。

会议进行到凌晨两点,什么办法也没有想出来。

岳书记有点失望,准备散会时,岳菊香发言,说出了一个令人振奋的想法。

岳菊香是岳书记的妹妹,今年23岁,在柏山公社卫生院任外科医生,组织施工营时,指挥部要求配两名医生。于是,卫生院决定让林得山和岳菊香二人上山,成为施工营的人。

岳菊香长得像哥哥岳河泉,并不秀气,四方脸黑皮肤,嘴唇有点厚,眉毛细而弯,两颗黑葡萄似的大眼睛炯炯有神,因为皮肤欠白,以致显得牙齿特别白,而且整齐。她很少微笑,很严肃的样子,偶尔笑起来十分好看。

医生好比舞台上的演员,千人看万人看,越看越好看。许多小伙子向岳菊香求婚,均没有成功。岳菊香看中的小伙子叫秦太峰,是本村人,相中了他善于动脑筋,分析事物,站得高看得远,遇事度量大。用群众的话说,宰相肚里撑舟船。秦太峰如今在红旗渠指挥部施工,主要负责开山放炮。

岳菊香就是想到恋人秦太峰,才眼前一亮发言说:

"听说红旗渠第一期工程放过大炮,一炮能装几吨炸药,一崩就是半个山。咱也请个炮手,由咱施工营直接组织放大炮,22个连队都不用他们放炮,只管拉现成的石头洗料石。这样不就减少了错综复杂的矛盾,加快了工程进度吗?"

这个建议使在场的人个个惊喜。

二

岳书记问:"能找到这样的炮手?"

"当然。"

"叫什么?"

"秦太峰。"

"明天上班就联系。"岳书记果断地说,"火速来咱工地看看,现在咱是火烧眉毛。"

岳书记这样讲是站在一心一意为集体利益的立场上说的。其实,他对秦太峰十分反感。虽然都是柏石头村的，但是姓秦的和姓岳的是仇人。他对秦太峰不抱任何希望，因为放大炮的建议好，所以他不得不这样表态，只是盖盖大家场合而已。

第二天，经岳菊香邀请，秦太峰真的来了。他乘坐供销社送货的车。供销社销售的生产用品有钢钎、锤、筐、绳、铅丝等，生活用品有盐、茶缸、牙刷、碗、筷等，还有布匹、鞋帽、毛巾、香皂等等，拉了一大车。

秦太峰刚下车，还没站稳，迎面来了一头牛车，牛惊了直往前冲，把秦太峰撞翻了，腿部轧伤开裂，鲜血直流。赶牛车的赶紧把秦太峰背到柏山公社施工营医务室。经林医生缝合才止住血。岳菊香心疼死了，帮助上药包扎，看样子问题不大，休息几天就会好的。

林医生怀疑有骨折，强调要去县城拍拍片，并且要岳菊香护理前去，于是，秦太峰又趁供销社的车到县城去了。

岳书记回来听说秦太峰受伤一事，幸灾乐祸，认为放大炮之事可不用你秦太峰管了，而且不是我不叫你管，而是你自己受伤不能参与了。这是老天的安排，岳、秦不能合作！

岳书记通知秦太峰，从县城拍片后直接回家养伤。

就在这时候，岳书记猛听说自己的妹妹同秦太峰有恋爱关系。他很恼火，下定决心，要将此事消灭在萌芽状态！

秦、岳两家决不能联姻！

岳菊香同秦太峰的恋爱早了，保密工作做得非常好，就连施工营的人也没几个人知道。他俩有自知之明，知道秦、岳两家是仇人，几代人不能通婚，要结为连理是冒秦岳之大不韪的行为。可是，他们明知山有虎，偏向虎山行，凭着是新中国的新青年，有股刚毅的造反精神，非组成一个家庭不中！

常言说捎钱能捎少，捎话能捎多。岳菊香护理秦太峰拍片一事，有人说成二人到县城照了"订婚像"。

"订婚像"的话传到施工营，人们不以为事，认为说这话的人大概是用词不当而已。传到柏石头村则是惊天动地，好像一碗水泼进热油锅里，噼里啪啦炸开了。

岳菊香好几天没有回到施工营，人们以为她事没办妥，仍然不以为事。

又停了几天,从柏石头回来的民工说:"岳菊香被父亲看管,不准出门儿,也不准她来施工营上班,好像住了监狱。"

住监狱的风声越来越大,不得不信以为真了。

这一天晚上,施工营的工作人员为岳菊香焦躁不安,趁着岳书记不在,办公室里,十几个人围在马灯旁边嘀咕此事。有的认为,岳菊香是卫生院的正式医生,商品粮户口。秦太峰是农民户口,没有工作,在指挥部工作只是以农民身份抽调的临时工。指挥部本身就是临时机构,不在编制,红旗渠工程结束,指挥部随之解散。秦太峰还是回柏石头当农民。按如此说,岳菊香和秦太峰的条件压根儿不般配。岳菊香不应该同秦太峰有恋爱关系。

有知情人讲,岳菊香同秦太峰确确实实有恋爱关系,而且是岳菊香占主动,秦太峰也从内心爱慕。二人曾山盟海誓,秦太峰说:"此一生非你岳菊香不娶,否则,我就跳进漳河死了,表示忠贞爱情。"岳菊香说:"我活着是你秦家的人,死了是你秦家的鬼。"二人最后商定:拼了命也要学许仙和白素贞,一旦法海作威,咱二人从太行山顶,手拉手跳崖,同归于尽,以表示对秦岳两家世代为仇的强烈抗争。

听了岳菊香和秦太峰的铮铮誓言,大家一致认为这是一对红亮的心。

人们的心情很沉重,有的甚至流了泪。大家一致认为,秦、岳两家不能通婚是旧社会留下的创伤。其医治谈何容易?

怎么办?大家苦思冥想,谁也想不出好办法。

办公室主任洪海莲,突然向大家提出一个问题,说:"你们说,死人好还是活人好?"

大家笑了:"当然活人好!"

洪海莲问:"既然活人好,为啥活人说了不算,死人当家?"大家愕然,洪海莲继续说:"在咱山区,许多事还是死人统治!特别在婚姻上,自由恋爱就像大逆不道,就像犯了罪似的被人瞧不起。青年男女结婚必须媒人介绍、父母之命,否则就别想成!"

众人讨论了社会现实,一致认为洪主任说的极是。

洪海莲进一步说:"既然如此,咱就找个媒人,名正言顺,别让他俩背黑锅!"

大家觉得这是个办法,有了媒人就能立得住脚,多了一个成熟的条件。这个办法好。

"去哪儿找媒人呢?"

"我们都是吃干饭的?"洪主任说,"就从我们十几个人中间找!"

大家你看看我我看看你,谁也没有说过媒。媒婆怎么说? 怎么做? 好像丈二和尚摸不着头脑。

一位司号员说:"老槐树! 选老槐树!"

大家"哗"的一声笑了,热烈的气氛出现了。一个个互相比较,谁的智商好? 谁的语言表达能力强? 随机应变能力中不中? 责任心怎么样? 通过多种条件对比,林医生夺魁数冠了。

洪主任见人心所向,说:"现在举手表决,同意林得山医生当媒人的,请举手!"

环视现场,一致通过,众人热烈鼓掌欢迎。

三

林医生今年 28 岁,在场的有比他大的,也有比他小的,为什么选他呢? 一是他郎才女貌,别看他快 30 岁,说他 20 岁也相信。二是他站得高看得远,看每件事都能入木三分。三是他言辩能力强,说出的理由易懂且透彻,使人心服口服。四是他说话言辞清晰,嗓音圆润,使人听了有舒服感。五是只要他认为应该办成的事,没有办不成的。

今天大家选他当媒人,真是选对了!

掌声过后,林医生不推辞不怯懦,挺着胸脯表态说:"既然大家信任我,我就正式上任了! 明天就到菊香家去! 听说她父亲的外号叫老虎,我就会会这只老虎,斗上几个回合,一定把菊香从虎口里掏出来,让她安全地来到咱施工营上班,这是第一步。第二步嘛,就是打破几代人遗传下来的秦、岳两家不能通婚的恶风陋习! 我这个人不信邪!"

他最后抬高嗓门大声说:"'童婚换婚'的枷锁被我们冲破了! 什么'秦岳禁婚'? 还有呢,姓张的和姓王的争过水,就叫'张王禁婚'! 姓杨的和姓柳的打过架,就叫'杨柳禁婚'! 新中国的新青年,有红旗渠精神鼓励,向旧中国的污泥浊水开战! 让他们见鬼去吧! 胜利一定属于我们!"

全会场长时间热烈鼓掌。

按照承诺,次日,林医生骑上自行车,到柏石头村去。

阳春三月,风和日丽,太阳暖烘烘的。柏石头村坐落在向阳的北山坡上,全村 500 多口人,姓秦和姓岳的属于大户,占 80%,其他十个姓才占 20%。按人口比较柏石头是中等村,按经济条件也不是苦寒村,村里有一眼吃水井,这就是山区优越骄傲的条件。1955 年合作化,凭着集体的力量壮大,于 1956 年搞了一些村级水利建设,如今已经发挥了效益,让周围的村眼气死了。柏石头村的桃花、杏花争奇斗艳,竞相开放,整个村好像一幅山水画。北山腰里,好像姑娘用胭脂搽过似的,红得晶莹剔透,不用说,那是桃园。村子附近的梯田里,油菜花黄橙橙的,随着梯田的蜿蜒而延伸,好像仙女跳舞用的黄色绫带,近处的麦田一块接一块,似碧绿的绒毯。

岳菊香的家坐西朝东。她的父亲叫岳彪,长相威武,黑油油的四方脸庞雪顶头,留着密密麻麻的长长的花白胡子。他两鬓的毛发旺盛,滴流下来同胡子一般长。于是,人们惧怕三分,称他为"老虎"。

林医生进门时,父亲正在数说菊香,闺女不服吵了起来。

林医生把自行车停到院子里,大声喊:

"岳大爷在家吗?"

听到有人来了,父女俩才停止吵架。林医生不客气,不用请就直接进了屋。

老汉上下打量了林医生一番问:"你是哪儿的?"

"我叫林得山,是柏山公社卫生院的外科医生,与菊香一块工作,如今都在施工营。"

岳彪一听就发火,两只眼瞪得圆滚滚地说:"想叫走菊香,门也没有!"

林医生一听就知道老汉是麦秸火脾气。这样的人看来厉害,其实并不厉害,只要尊重他,三句话他就不发火了。想到这里,林医生恭恭敬敬向老汉鞠了一躬,谢罪似的说:

"大爷,我不是来叫菊香的。我有罪,不懂礼数办事草率,惹您老人家生气了。今天特意来向岳大爷赔情道歉,请大爷高抬贵手,对晚辈批评指教。"

岳大爷真的不发火了,感到莫名其妙。你一个医生,与我素不相识,能有什么罪？老汉想什么就说什么:"你有什么罪？"

"老百姓常说,谁能说成三个媒,玉皇大帝就要封神仙。我已经说成两个了,急于成仙,就急急忙忙想再说一个。"

"说媒,好事嘛！俺柏石头村的人都说,宁拆十座庙,不拆一对缘。说媒没罪。"

林医生说:"有罪有罪,我应该先给您老人家说,您同意了再给菊香说,这是礼数。我是个黄嘴角子,不懂规矩,就先给菊香说了。有罪有罪,实在有罪！"

岳老汉警惕地问:"你给菊香说的谁？"

林医生说:"说出来又让您老人家生气了,听说您不同意,就不说了。我点的火,我负责扑灭,以后不提就算了。"

老汉听了很舒服,点火的人主动扑灭这是求之不得的好事。听到这里,岳大爷问:"你到底说的谁？"

"俺说出来,您老人家可别生气。"

"有这么好的侄子,大爷不生气。"

四

林医生压低声音说:"我说的是秦太峰。当时压根儿不知道秦、岳两家是仇人,得罪您老人家了,有罪真有罪。"

岳大爷本来一听秦太峰三个字就暴跳如雷,不知怎么的,今天听林医生这么一说,真的没有生气。

老汉问道:"已经去县城照了相,你如何扑灭？能把照片撕了？"

林医生拍着胸膛说:"岳大爷一百个放心！他们根本没有照相！我若面对大爷说假话,叫天打五雷轰！"

"那么,菊香同太峰进城照的什么相？"

林医生硬邦邦地说:"那天秦太峰出了车祸,我给他缝了六针,并且怀疑右腿骨折,急需要进城照相拍片,是我派菊香护理去的。照相是在县医院,而且照的右腿。他俩人根本没去照相馆。"

岳大爷听到这里大大松了一口气。原来如此,不是照订婚相。菊香当医生护理受伤人也是情合理顺的。为了证实此事,老汉问菊香:"你们真的只去县医院?没去照相馆?"

菊香知道同太峰相恋是一件很敏感的事,如果照相必定掀起轩然大波。二人早已商定,不结婚不照相,以便减少矛盾,使之促成。当然她可以理直气壮地回答爸爸:"我要去过照相馆,或者在别的地方给太峰照过相,就不是姓岳的闺女!"

父亲听了虽然更松了一口气,但是仍然忘不了扑灭这把火。他说:"不管咋的,林医生点过火,还得扑灭。"

"那当然,我负责。大爷您一百个放心!"林医生乐呵呵的。

岳大爷也现出了笑容。

林医生进门之前的父女吵架,是故意找女儿的茬儿,不挑明啥事,女儿也将计就计,故意让父亲生气。

见岳大爷的气消了,林医生"嗨"了一声说:"自从宋朝出了岳飞、秦桧案件以后,秦、岳两家互相为敌……"

"嘿!"岳大爷反对这个看法,打断林医生的话说,"一千多年前的事早已忘了,谁能老狗记着千年屎?咱说民国 19 年,几个月不下雨,全村就这么一口吃水井,水位下降,绞一担水七八次,排队打水长蛇阵,黑夜白天不停。他姓秦的依仗人多就往队里插?发生口角吵骂,形成打群架,把俺爹活活打死了!民国 32 年,天又大旱,又发生打群架。这次我带了头,打死他姓秦的一个,总算报了仇。两次旱灾死了俩人,谁能忘了!"

林医生吃了一惊,"啊"了一声说:"真不知道真不知道,姓岳的和姓秦的伤过人命?"

"再遇灾荒年,还要打!"岳大爷跃跃欲试的样子。

林医生站起来,笑哈哈地说:"再遇旱年也不会缺水了!咱们正在修建红旗渠,通水以后,每天要流水一百多万吨呢!缺水……"

"缺水的日子永远不会再来了。"岳大爷接住林医生的话说,"这个我知道,别看我六十了,不糊涂!"

岳大爷拍了拍林医生的背哈哈大笑。

林医生转话题说:"岳大爷,我该走了。"

"菊香啥时去?"岳大爷问。

"您要还生我的气,就叫菊香在家多住几天,不生气了再上班。"

"多住啥? 红旗渠工地上唱的是大戏,锣鼓点催得紧哩。说不让她走只是一句急脖子话。"

"我知道岳大爷是爽快人。"林医生说,"况且,您的儿子岳河泉是我们的书记。谁敢不听岳书记的? 菊香在哥哥的衙门里工作,您老岂能不放心?"

岳大爷乐呵呵地捋着胡子说:"你这个侄子真会说话。你点的火,一定得扑灭!"

"是是是,岳大爷一千个放心!"

岳大爷把菊香叫出来说:"你们一块走吧。"

五

林医生的目的达到,自行车带着菊香,向柏山公社施工营驶来。一路上,林医生问清了菊香和太峰的恋情,二人真的发过山盟海誓,要结为终身伴侣。林医生向菊香说明了那天晚上"选举媒人"的情况,并且当面向菊香表态说:"只要你俩人敢于冲破历史的创伤,我这个媒人就要当,就像修红旗渠一样,非成功不中!"

岳菊香表示衷心感谢,并且说事成以后,一定请同志们喝喜酒。

晚上,岳大爷怎么也睡不着,想起来林医生登门道歉一事。他想:菊香和太峰的婚事是林医生点的火,当的媒人。以前当爹的骂女儿"不要脸","自己找婆家",岂不是冤枉了闺女? 如今证实,菊香不是"风流人",是尊重父亲的,姓岳的闺女没给丢脸。今后怎么办呢? 只有林医生放弃这个媒人,这把火才能扑灭。

他又想:如今的社会号召青年移风易俗,自由恋爱,林医生会不会真的放弃呢? 当今社会,青年人听团支部的,不听大人的,踢开父母的多得很。

当然,岳大爷也估量,你林医生在我的儿子手下当兵,岂敢!

岳大爷还想到:姓林的医生到底来做啥? 是道歉呢? 还是借着道歉

58

告诉我,他是菊香的媒人? 从今以后,菊香和太峰的婚事有了媒人,我不承认也不中,当面亲口告诉我的!

"要把这个媒人取消!"

老汉突然想到:有个叔伯弟弟叫岳同生,在卫生局当局长,利用局长的权威施压,叫林医生有泰山压顶的感觉,立即扑灭此事。

第二天,岳大爷找到岳同生,说明了此事。岳局长满口应承,并且保证把此事办妥。

且说岳河泉根本不相信秦太峰能放大炮,欲找别的炮手,照样解决困难。经过几天的联系,来了五六个炮手,都说能放大炮。其中有个青年叫牛犇的,到现场看了以后提出了很好的方案。

这个方案是:用三个大炮,把鹰愁崖放翻,每个炮出石料一万多方,三个炮共计能出石料四万方以上,足可以满足柏山施工营 22 个连队用料。具体安排为:每打一个炮眼用时一个月,放炮以后拉石头又是一个月,拉完才能再打第二个炮眼。以此类推,共需六个月。

岳书记一算账,若叫 22 个连队放炮开山,没有十二个月出不来。这么三次放炮,时间就缩短了一半,加上洗料垒砌两个月,整个工程八个月就能竣工。

岳书记高兴极了!

如何感谢牛犇? 听说他是个单身汉。于是,想到妹妹的身上。岳书记准备公开竞争:谁要能使柏山施工营的开山采料缩短到六个月,我就将妹妹菊香嫁给他!

岳书记想:这事需要预先给妹妹商量好,一定能商量好。这是一箭双雕的美事。第一妹妹的婚事解决了,同秦太峰一刀两断了,不用父亲操心了。第二,这样做也显得我对得起牛犇。至于菊香的思想工作嘛,应该好做。她是共青团员,懂得顾全大局,因公忘私嘛! 修红旗渠是公,要保红旗渠这个公字,放弃自己的私字。

晚上,岳书记把菊香叫到自己的办公室,兄妹俩心平气和地谈及此事。

岳书记首先讲了林县重新安排河山的大好形势,又谈到咱是贫农出身,翻身做了主人,要不折不扣地听党的话。为了顾全大局,要求妹妹不惜牺牲自己的一切。

菊香听了觉得味道不对,直爽地问:"别拐弯了,要我做什么?"

"给你找了个对象,保证你很满意。修建红旗渠是压倒一切的大局。你是共青团员,马上发展你入党。你知道什么叫大局,也知道如何顾全大局,为了修建红旗渠,因公忘私是很光荣的……"

岳菊香打断哥哥的话说:"你的意思是定死了。我同意就是光荣,不同意就是不听党的话,是不是?"

"哥哥给你直爽讲,你别拐弯。当哥的为了你好,我能往火坑里推你?咱是一奶同胞兄妹,你一定听哥的话,不辜负我的希望!"

菊香又打断哥的话说:

"我知道了,你想叫我嫁给牛犇。我问你,你把我当成玩物了?想送人就送人?你是封建主义的手段!亏你还是书记,根本不配当书记!"

菊香拍了一下桌子,起身就往外走。

"站住!"

菊香没回头,站在那里,希望哥哥能改变思想。

哥哥真是当书记的,经验丰富,见妹妹发火,自己不计较。他哈哈笑了一阵说:

"我知道妹妹的脾气,这样一走,就是同意了。"

菊香"呸"了一声,怒气冲冲头也不回地走了。

岳书记背着手在屋里转了一圈,自言自语地说:

"女孩子都是辣椒嘴儿,生米做成熟饭,什么也就不说了。"

六

次日,岳书记召开了 22 个连队的负责人会议,参加会议的是 22 个大队(村)的副支书,讨论了开石料的事:

"由施工营组织放大炮,还是各连队自己放炮?"

负责人都是极精干的,连队放炮麻烦又不安全,都赞成施工营放大炮。计算了一下时间,各连队分别放炮,最快也需要一年。若施工营组织放炮,则省工省时。如果采用放三个炮的方案,用六个月的时间,加上各连队洗料垒砌两个月,共计八个月全部竣工。参加会议的当然都赞成。

岳书记说:"省工省时的关键在放炮,有没有更精干的人才? 能否把时间再缩短? 你们都要发现人才、推荐人才,采取竞争的方法,比比谁用的时间短?"

大家又讨论了一番,谁也没有发现更好的人才,共同认为,能提前四个月竣工就心满意足了。

岳书记最后说:"提前四个月竣工,现在仅仅是个方案,也叫设想,能不能实现? 真的实现了,说明这个人才了不起! 伟大! 咱们柏山公社的五万人民都要感谢他!"

岳书记补充说:"为此,我有个想法儿,谁能真正做到提前四个月竣工,我就把妹妹嫁给他! 以表达我岳河泉对修建红旗渠忠心耿耿! 表达我为人民服务的赤诚热心!"

岳书记的讲话使与会者欢声雷动,人人赞不绝口:

"岳书记真是咱的贴心书记!"

也是这一天,卫生局召开了各施工营医务室负责人会议,交流服务修建红旗渠的经验。林得山代表柏山公社施工营参加了会议。散会后,卫生局的通信员告诉林得山,说岳局长有事找他。

林医生进了局长室,只见满屋烟雾。岳局长好像心事很沉重似的,一口接一口抽烟。林医生没等让座,自己坐到木椅上。岳局长看了看林医生,狠狠地抽了一口烟,喷了个烟圈儿说:

"林医生,好好地当你的医生吧,不要当媒人,媒人是封建主义的丑角儿。"

林医生想:好好当医生吧? 好像我这个医生不称职似的。我 28 岁了,从来没当过媒人。给菊香当媒人是万不得已而为之。今天岳局长这么说,显然是指责给菊香当媒人了。林医生问:"局长指的是给菊香当媒人吧?"

"知道就中。"局长没好气地说。

"这个媒人不是我自愿的,施工营举手表决的,不当不中!"

"为啥不选别人选你?"

林医生觉得不能温良恭俭让,应该硬邦邦一针见血。他说:"因为遇见了封建顽固势力,菊香力量单薄,需要有个媒人,以毒攻毒!"

岳局长发火了,拍着桌子吼道:"我也是封建顽固势力?"

"是不是？用移风易俗破旧立新的观点对照,用《婚姻法》对照,用毛泽东思想对照,用修红旗渠的精神对照。"

"对照又怎么样?"

林医生不慌不忙地说:"我给岳彪老大爷深刻谈过,旧社会缺水,在争水打群架的祸灾中秦、岳两姓都受到创伤,死过人,心灵上的创伤更严重,至今还在发作。"

"我们岳家的事,你别管中不中?"

"菊香不同意我管,才能不管。"

岳局长拍的桌子更响了:"你的职能是医生,莫要不务正业! 除看病之外,一切都不要管!"

林医生拿定主意,你发火,我就泼油。他说:"局长说得对,就是看病,看各种各样的病,包括心灵上的病……"

岳局长不让林医生多说,打断他的话说:"别各种各样,修好红旗渠就行了!"

见局长不说了,林医生问:"局长说不说了?"

"你说!"

林医生问:"为什么要修红旗渠?"见局长不回答,他又接着说:"修红旗渠是为了解决林县缺水,水不缺了,经济就上去了,旧社会遗留的创伤也就迎刃而解了。我在红旗渠第一线,本身就是看病。尤其是医治封建人物的心灵创伤。其中包括你岳局长!"

林医生这么泼油,使岳局长脸上的青筋暴得多高,血压升高了,双手捂着头说:

"林得山,你是头上长角身上长刺的人! 给我滚!"

七

林医生回到柏山施工营,对伙计们说了此事,并且说:"你岳局长泰山压顶,我叫你出气不匀,医生嘛,就是医治创伤!"

伙计们听了拍手称快。

秦太峰没有骨折,在家养了几天伤,已经抽了线,能走路了,只是走远路不行。母亲听说他和岳菊香照了订婚像,差点气死,不准他出门。没有办法,秦太峰只好捎信说:"我住了监狱,菊香想办法搭救我出去。"

街坊说,秦太峰的母亲起了个男人的名字,姓丁叫丁继祖,生下来就有男孩子的勇猛,当了媳妇更是变本加厉,谁也不敢惹她,外号叫"惹不起"。如今60多岁了,眼睛虽然有点花,看不清,但是精神饱满,一听说姓岳的闺女进门当儿媳妇儿,她反破了天,说:

"岳菊香想来姓秦的门里当媳妇儿,下一辈子也不中!"

母亲决心不叫太峰再见到菊香,就采取看管的措施,任凭不上班,也别想见菊香一面。老大娘脾气倔强,谁也没法子。

林医生和菊香一商量。有法子:明天咱俩人拉一辆平车,有把握,把太峰拉回来。只要来到红旗渠工地,惹不起就惹得起了。

停了几天,岳书记见没有人来竞争放大炮,就把牛犇的方案定了。他要洪主任写了个请示,加盖了柏山施工营的公章,二人一起来到红旗渠指挥部,见到了县委书记杨贵。

杨书记看了这个方案,认为不错,首先肯定了柏山施工营采取科学的开山放炮办法,既节省了人力物力,又缩短了工期,还保证了石料的质量,更重要的是减少了人员伤亡。

岳书记听了乐滋滋的,如吃了蜜糖。

杨书记思考了一下说:

"这个方案精神是好的,有点儿改良。"

岳书记不知道"改良"二字的意思,以为又是表扬他,说:"改良改良,越改越良!"

杨书记说:"这样吧,明天我到现场看一下,看了再定中不中?"

"中中中!"岳书记笑着说,"明天就去,太及时了。"

杨书记问:"听说你表过态,方案成功了,你就把妹妹嫁给他?真的?"

"是。我这样说过。"岳书记回答说,"红旗渠这么大的工程,惊天动地,党中央都支持,我不赤心耿耿不行啊!"

"是。"杨书记又问,"修红旗渠涌现出一大批实干家、优秀干部。你想过没有,如果有人提出更好的方案,更加提前竣工,妹妹是否愿意随着方案的改变而改变?"

岳书记蛮有把握地说：

"杨书记放心，这就看我老岳的本事了。"

八

又谈了一些具体措施，岳书记高高兴兴同洪主任告辞杨书记，骑自行车回到了施工营。

就在这一天，秦太峰的妈妈在院子里晒衣服，突然听到有人喊："老大娘在家吗？"她赶紧来到门口，只见一对儿美貌齐整的大闺女进来了。一个闺女戴着眼镜，另一个头上系着红方巾，穿着红方格银环布衫，带着腼腆的样子。

"干啥的？"老大娘问。

戴眼镜的姑娘回答："我们是石板坡的，给红旗渠上送菜，走累了讨碗水喝。不信您看，我们的平车在街上放着。"

老大娘看了看平车，怎么能不相信呢？如今修建红旗渠，全县皆大欢喜，谁人不支持？老大娘取来两个碗，放到院子的石头台上，倒满了两碗水。她想：石板坡一共不过十户人家，有一户姓石的，给俺家太峰订过娃娃婚，这个闺女叫石如玲。新中国成立以后《婚姻法》颁布了，秦、石两家仍然恪守婚约。红旗渠开工气势磅礴，许多娃娃婚都被冲了，因此，石如玲的爸爸才来退婚，说孩子现在都在修红旗渠，大人做不了主了，让她们自己当家吧。面前的俩闺女，应该认识如玲吧？

想到这里，老大娘问："石板坡有个叫石如玲的闺女，认识不认识？"

戴眼镜的咬着老大娘的耳朵说："这个系方巾的就是，别声张。"

老大娘又问："有婆家了没有？"

"没有。她知道给你们这儿谁家订过婚，进村就羞羞答答的。"

"哎呀——"老大娘笑着说，"就是给俺家太峰订的。现在如玲什么态度？愿意吗？"

"愿意。你们这儿地盘好。"

老大娘一听愿意二字，高兴得不得了，说："我去拿白糖，喝糖水。"

趁老大娘进屋的机会，系方巾的"姑娘"进屋对秦太峰说："我们来接你,准备好,一会儿咱俩换衣服,你男扮女装先走,我后边掩护。"

老大娘每碗加了一羹匙糖,并且轻轻地搅拌。戴眼镜的姑娘看了老大娘的表现,悄悄地说:"这么说,老大娘也愿意?"

老大娘笑呵呵地回答:"能不愿意?瞧如玲长得多好!白生生的,个子同俺家太峰一般高。能成亲算我烧高香了。"

"看了你家的房子不错,但是,不知道你家的太峰长得咋样?般配不般配?"

"般配!俺家太峰长得帅,就在北屋,你进去看看,保证相不脱!"

戴眼镜的白了她一眼说:"小声点儿,头门上下的,你好像没当过婆婆。"

这么一句话,托了老大娘的下巴壳,她只是笑,没什么说的了。

喝着糖水,眼镜姑娘进北屋望了一望,回来神秘地对老大娘说:"老大娘,太峰长得果然帅。你托媒人到石板坡去,一说就成,中不中?"

"中……"

"您回屋去吧,我领着如玲进屋看一眼就走。今天的事不要对任何人说,别叫如玲落一个背着大人相婆家。你说是不是?"

"是……"

"俺们走的时候,你不要送,风声越小越好。"

老大娘回屋去了。

系方巾的马上进屋同太峰换了红格布衫,又把方巾系在太峰头上。

戴眼镜的姑娘同太峰手拉手出了大门,太峰坐上平车,姑娘拉起平车飞也似的跑了。

原来,戴眼镜的姑娘是岳菊香,系方巾的姑娘是林医生。林得山去时男扮女妆,假装叫如玲,羞羞答答不让大娘看清。同太峰换装以后,他恢复男装。菊香和太峰先走,他负责掩护,看平安无事了,他才迅速追赶平车,共同将秦太峰拉到柏山施工营。

九

县委杨书记来了,要考察鹰愁崖现场,去的人有岳河泉书记、洪主任、秦太峰、牛犇和工程技术人员等十几个人。

到现场以后，首先观察了鹰愁崖的山脉趋势、石壁的断层和地势等直观状态，然后听牛犇讲了分三步放大炮的方案，其次由岳书记讲了缩短工期的优越性。

杨书记要秦太峰也拿出一个方案，两个方案做一下比较，看看哪一个好。

秦太峰胸有成竹地说：

"鹰愁崖是个断层山，只有利用断层，才能达到科学放炮采石的目的。三步三个炮，显得有点儿小，利用不了断层。不如放特大炮，一个炮打到断层，一次性开采石料四万多方，这样更省时间，更能提前竣工。"

这个方案引起了大家的兴趣。岳书记问："放三个炮，每个炮眼打一个月。你的特大炮，打炮眼要多长时间？"

"二十天。"

杨书记吃了一惊，立即问："怎么个打法儿？"

秦太峰说："给我 80 个人，共分四班，采取六小时工作制，日夜不停，保证 20 天打成炮眼，并且装上炸药，只听令下点炮，强迫鹰愁崖向东瘫倒，保证开采石料四万方以上，一炮永逸！"

"炮眼打在哪儿？"杨书记越问越具体。

秦太峰指着鹰愁崖说："炮眼打在中心线偏左 20 米处，此处是鹰愁崖的屁股，也是重心。只要能掀住重心，一炮就把它放翻了。"

这一方案受到大家的交口称赞。同志们核算，这比三步放炮又省五个月的时间，真是喜从天降！半年竣工没问题！

杨书记问："岳书记，两个方案许你拣。你用哪个方案？"

其实，杨书记也知道他要选"特大炮方案"。因为知道他反对把妹妹嫁给秦太峰，而想嫁给牛犇，所以故意这样问问而已。

岳书记的脸红了，笑了笑说："我是共产党员，必须站在党和人民群众利益的立场上选择，这就是红旗渠精神。大家都说'特大炮方案'好，我能不选？"

全场人都笑了。

杨书记拍了拍岳书记的肩膀说："好！这就叫为人民服务，忠心耿耿！"

杨书记拉住岳书记悄悄问："嫁妹妹的事，算不算了？"

"算！"岳书记的脸更红了，"只是父亲阻力大，坚决不同意。"

杨书记学着岳书记说："这就看你老岳的本事了！"

秦太峰的特大炮方案顺利实施。20天以后，点炮命令一下，只听"嗡"的一声，山摇地动，鹰愁崖乖乖地瘫倒了。烟尘过后，四万多方石料喜洋洋地躺在地上。

人们欢声雷动，经久不息。

经过岳书记做爸爸的工作，同意了这桩婚事。岳菊香与秦太峰照了订婚相，说红旗渠修成之后才举行婚礼。

人们翘起大拇指说：

"红旗精神红旗渠，一切创伤都医治！"

拴云石让路

——修建红旗渠的故事之五

一

"感谢林县人民！感谢三里屯的大力支援！"

安阳县三里沟公社红旗渠延伸工程指挥部贴出了这样的巨型感谢标语,并且给各排开会,下达了死命令:尊重林县人民,爱护林县的一草一木,保证不踏坏一棵庄稼,执行当地的民风民俗。不准同林县人民发生纠纷,一旦发生,不管有理没理,要处理民工。甚至更具体地提出:不准同林县人谈恋爱，不准去寡妇家串门，不能引了人家的水，再领走林县的人，就是当地的封建迷信你也必须遵守。

林县红旗渠的配套工程基本结束，渠水用不完，于是向毗邻的安阳县供水。安阳县从内心深处感谢林县老大哥。于是，受益的几个公社均成立了红旗渠配套工程指挥部，立即进驻林县境内修渠引水。

安阳县有个三里沟公社指挥部，领导着五个大队的民工，编为5个排，每个排60人左右，均驻在林县三里屯大队（村）。这几个村同林县的三里屯村山川相连，新中国成立前遇旱年闹水荒，其中有两个村与三里屯村多次打群架。新中国成立以后，虽然解开了打架的疙瘩，但是村里有些权威老人仍然耿耿于怀。如今要通过三里屯引红旗渠的水，指挥部不得不注意闹水荒残留的伤疤旧痕，把搞好群众关系放到第一位。

指挥部认为：驻着三里屯的房子，喝着三里屯的水，开挖三里屯的山，引着红旗渠的水，浇灌安阳县的土地，三里沟公社得实惠。感谢谁呢？不得不贴出这样的感谢标语。

林县三里屯大队以革委会的名义同时也贴出了巨幅标语：

"热烈欢迎安阳县民工进驻我村！"

"团结用水，彻底改变太行山区的缺水面貌！"

林县和安阳县亲如一家的热烈气氛激励人心，进一步出现了民工为当地老百姓挑水，当地老百姓为民工洗、缝衣服等等。

一天吃罢晚饭，三里沟公社指挥部的办公室，十几个人正在讨论红旗渠延伸工程的线路问题，刚结束，正在聊天，只见两个民工进来，说要找刘主任。施工员任黑马指了指说："这就是刘主任。"

刘主任叫刘保印，29岁，高中毕业以后回乡务农，当上了生产大队的团支书，经常给安阳县广播电台写新闻报道，被电台频频采用，聘为通讯员。因为他的笔杆子硬，所以成立红旗渠延伸工程指挥部时被公社录用，任办公室主任。

一听说民工找，刘主任看了看屋子里这么多人，悄悄问："什么事？"

"告状。"

"屋子里乱糟糟的，咱到厨房去吧。"刘主任随即又和施工员申和平使了个眼色，四个人一同来到厨房。

一个高个子民工说："俺告你们指挥部的任黑马。"别看来到厨房，这个民工仍然不敢大声,他知道告的是指挥部的干部,不好惹的人。

"他怎么了?"

另一个胖民工说:"俺们二排住在一个叫白云的家。白云是个寡妇,寡妇门前是非多,指挥部明确规定不要去寡妇屋串门,俺们一个院也不敢去,你们指挥部的任黑马经常去,跟白云说说笑笑,坐的时间特别长。现在又去了。"

高个子民工补充说:"任黑马还经常给白云隔着门缝塞东西。"

刘主任一听,这确实是个问题。

这时门"吱扭"一声响,进来的就是任黑马。民工在告他的状,当然不能让他听了。刘主任问任黑马:"有事?"

任黑马笑了,嘻嘻哈哈地说:"一听说来厨房,以为弄小菜喝酒,想趁势讨杯酒喝。"

"没酒。"刘主任说,"谈件私事,你回避一下。"

任黑马没说的,快快地开门走了。

刘主任问两个告状的民工:"刚才进来的人,你们认识吗?"

"不认识。"

刘主任感到奇怪:你们告任黑马的状,他站在面前都不认识? 是不是告错了? 于是刘主任问:"你们来的时候,任黑马是否在白云屋?"

"在,就在白云屋。"

"看清楚了?"

"一点错不了,就是任黑马!"

刘主任心里嘀咕,这是怎么回事? 任黑马吃罢晚饭没有出去,一直在指挥部谈线路问题,难道有分身法? 或者有两个任黑马?

两个民工一起央求说:"刘主任快去吧,迟了就见不到了。白云的婆家有个小叔子叫牛黑旦,是生产队的队长,对任黑马非常恼火,为此事我们受到株连,是天塌的大事。旧社会闹水荒,俺们两个村打过群架,一旦有了借口会往外撵我们,不能住房了怎么办?"

刘主任一听,民工告得很有道理。指挥部制定的规矩,指挥部的干部应该带头执行,如今民工告状告到指挥部头上了,我应该立即去查个明白。

民工领路,刘主任等四人一起向白云家走去。

二

过十字路口拐弯以后，只见生产队长牛黑旦在前边走。从门口出来一位留胡子的老人干咳了一声，牛黑旦听了立即停住脚步毕恭毕敬地问："二叔，有事?"二叔说："三里沟公社有三头六臂? 从咱村引水就那么容易? 你当家?"牛黑旦满脸赔笑说："二叔……"二叔打断牛黑旦的话说："街上说不礼貌，到家去。"牛黑旦跟着二叔进了家。

刘主任听了二叔带气的话，更加认识到管好民工的重要性，坚决不能引起旧的矛盾复发。

指挥部对晚上的民工管理也有规定：晚六点开饭，七点集体学习，八点就寝熄灯。为啥这样规定呢? 为了减少和杜绝民工晚上串门，以利严格纪律，执行命令。

白云的家院坐北朝南，是座四合院。白云住东屋，北屋和邻街南屋都住着民工。刘主任想：我要以检查民工按时就寝的名义出现。看看手表，恰巧 8 点 05 分，应该熄灯的时候。

刘主任进了街门，先到民工宿舍大声喊："该熄灯了!"

修建红旗渠延伸工程的民工大多是二三十岁的青年，属于基干民兵、共青团员，经过学习毛主席著作，是通情达理的，见指挥部的干部来检查就寝，积极回应："熄灯，马上熄灯!"宿舍的灯立即熄灭了。

这样以后，刘主任才往东屋看，只见亮着灯，隔着玻璃窗户一望，果然见任黑马同白云在说笑。

"真的? 有两个任黑马?"刘主任吃了一惊。

两个告状的民工说："刘主任亲眼见到，俺的任务完成了。"显然，民工告状没有虚假，两个人满意地休息去了。

一同来的申和平以为抓到实凭实据了，明天给任黑马谈不迟，于是说："咱回去吧。"

刘主任思考说："应该给任黑马见一见，否则，他不承认了咋办?"

"那么，咱进民房也不恰当啊!"申和平说。

"有什么不恰当!"刘主任反对他的意见，斩钉截铁地说，"跟我来!

咱都进屋！"

刘主任提高嗓门喊："东屋老乡！还没休息呀！"

白云听了立即回应："谁？进来吧，来屋烤烤火！"

时间为冬季，已经进入 12 月份，院子里确实寒冷，刘主任推门，随着"吱扭"一声响，二人都进了屋。

刘主任装着吃惊的样子说："呀！老任也在这儿？"

任黑马立即起身让座说："刘主任、老申，深夜查民工房来了？坐坐坐，烤烤火！"

"你什么时候来的？"刘主任问。

任黑马回答说："刚到，大约五分钟。"他拍了拍申和平的肩膀说："老申，你们俩人在厨房给民工谈私事，没见我进去过？想讨杯酒没讨成，从厨房出来才到这儿，老申作证。"

老申说："可以作证，有几个叫任黑马的？"

"全公社就我一个！姓任的有叫黑马，有叫白马，只有两匹马。任黑马就我一个……"

刘主任不敢深谈几个任黑马，尤其是不应该当着房东的面谈。于是打断任黑马的话说："甭管几匹马，第一次来到房东家，拉拉家常。"刘主任说："感谢房东腾出两座房子，让我们的民工住。"他准备问房东的姓名。

任黑马抢着说："房东姓白，叫白云，就像天上的白云，漂亮着哩！"

观看白云，乌黑的剪发头，椭圆形的脸蛋儿，弯弯的细眉毛像一对柳叶，白皙的脸庞，整齐洁白的牙齿，腮边两个酒窝时隐时现，上身穿红格布衫，下身穿天津蓝裤子。看样子只有 25 岁左右，青春的魅力含而不露，显示出温柔善良。

刘主任知道她是个寡妇，却故意问道："白云家几口人？都有谁？"

白云嫣然一笑说："全家三口人，小男孩儿四岁了叫牛岭，加上我和他爸爸，就这么三口人。"

刘主任听了大吃一惊！告状的说他是寡妇，怎么有男人呢？因此又问：

"孩子的爸爸叫啥？现在做什么？"

"叫牛白旦，在红旗渠搞配套工程。"

"经常回来吗？"

"不经常，趁星期天，一月回来一次。"

白云回答时乐呵呵的，流露出对丈夫的工作十分满意，而且夫妻感情和谐家庭幸福。

又谈了一些别的事情，刘主任说："老任，咱一块回去吧？"就这样，三人告辞白云，回指挥部去了。

在路上，刘主任同任黑马谈话，问他："怎么同白云认识的？"他回答："俺们是表兄妹。"又问："经常到白云家去吗？"他说："自从咱的指挥部设在这个村，只去过两次。今天是第二次，第一次是刚来的第一天，其他一概没有去过。"问他"怎么样的表兄妹"，任黑马平时嘻嘻哈哈，开玩笑一个顶十个，涉及正事就什么也吐不出来了。说来说去，好像茶壶煮鸡蛋，从嘴里怎么也倒不出来。

刘主任向指挥长汇报了这个情况。指挥长叫张士显，40多岁，当年是县武工队的队长，参加过抗日战争和解放战争，身板硬邦邦的像铁板一样，说话办事干练，如今任三里沟公社的革委会常务副主任，在红旗渠延伸工程指挥部任指挥长以后，由于人们习惯了，不喊指挥长，仍称张主任。

张主任听了汇报之后说：

"此事需要进一步调查，到底是谁经常去白云家串门？必须调查清楚！千万不能影响同当地的群众关系。健康地搞恋爱，群众没意见也可以，偷鸡摸狗的一律不行！民工提到牛黑旦当队长，就找他，生产队长是最最代表群众的，顺便谈谈渠道选线。进一步了解一下拴云石的情况。咱们多次选线，都避不开拴云石，有说这是块挡道石，如何叫拴云石让路？需要做哪些工作？都要搞清楚。"

三

次日，按照张主任的指示，刘主任同老申一块去找牛黑旦。

牛黑旦的正确写法为"牛黑蛋"，生产队的记工员嫌麻烦，统一把"蛋"字改为"旦"字，久而久之就公认了。牛家叔伯弟兄一天出生了两个男孩儿，一个长相黑，另一个长相白，老奶奶取名，一个叫白旦，另一个叫黑旦。白旦出生早4个小时为哥哥,黑旦为弟弟。

要说黑旦长相黑,也真黑,上学的时候,孩子们就喊他"黑"黑旦,街坊邻居说他姓"黑",也叫"黑"黑旦。如今当上了生产队的队长,叫"黑"黑旦的几乎没有了。

别看牛黑旦长相黑,办事能力很强。他能把黑的说成白的,然而也就有人跟着他,同他口径一致,甚至护着他,不准反对他。

南山悬崖的拐弯处,有一块青色巨石,上面刻着三个字"拴云石",每个字均有一米多大,用红漆涂刷,字体虽然不那么好看有点儿怪,但是却有一种威严的感觉。

拴云石旁边围着一群人,观看躺在地上的中年男子。有人跑着去请牛黑旦,说是这位中年男子说了对拴云石不恭维的话。拴云石显灵了,闹得中年男子头疼、肚子疼,躺在地上打滚。据说医生瞧不好这样的病,非请牛黑旦不中。牛黑旦有破法,照着屁股踢一脚,立即止痛。

牛黑旦去了以后,先把中年男子训斥了一顿,并且问其敢不敢了,中年男子保证今后改正,随后才照着屁股狠狠踢了一脚。果然,那中年男子不疼了。

群众反映,白云是牛黑旦的叔伯嫂子,哥叫白旦,哥死了以后,为了取消她改嫁的念头,牛黑旦就在南山这块石头上刻了三个字"拴云石",意思是拴住白云,不准改嫁。你看,这块石头正照着白云家门口,只要她一开街门就看见了。从内心说,白云真想改嫁,就是这块拴云石镇得她心惊胆战,不敢萌动。

刘主任听了好笑,开始见到拴云石,以为是拴天上的云彩,现在才知道是拴人的。他同情白云的困境,认为牛黑旦不该这么做,只是这是三里屯村的内部事情,咱管不着。

牛黑旦为啥要这样对待白云呢?群众反映事情是这样的:

白云是林县白岗村数一数二的闺女,长得漂亮,办事利索,勤劳手巧。群众说白云选对象条件高,看花了眼。媒人便想到了牛黑旦,说:"我给你介绍个三里屯村拔尖的小伙子。"不久,媒人先叫他们互相看了照片,闺女俊俏,小伙子很帅,谁也没说的。

媒人提出相亲,按照林县的风俗,均为男子到女家相亲,白云却提出到男家。其理由是:男到女家相亲,多数男子都腼腆,眼不敢直视看人,甚至一直往树上瞧。男的性格、思想、作风都表现不出来,相亲只相的是外观,没有多大的意义。若去男方相亲,小伙子在自家说话办事自如,能把内心世界表现出来。媒人觉得白云说得在理,于是同牛黑旦家商定,女到男家相亲。

四

这一天,未过门的儿媳妇进门相亲,一件大喜事,当然人多了。姓牛的叔、伯、哥、弟来了一院子。

季节已经进入农历十二月份,快数九了,温度降到零下七八度,人们都穿上棉衣。牛黑旦穿一身新衣裳,精神饱满,一副新郎官的派头。

牛白旦的任务是买办,中午吃什么,需要什么物品,他很利索地办齐了。

满院子的人没事闲聊,只等新娘子到来。

白云坚持不梳妆不打扮,只穿着修建红旗渠时穿的红方格布衫,青黑裤子。很普通不显眼,就跟修建红旗渠的民工一模一样。

媒人领着白云来到时,牛黑旦的家院发生了一场"蛇的争论"。水窖里发现了一条蛇,约一尺半长,在水窖里游泳。什么叫水窖?即垒砌一个不渗水的池子,封上顶,下雨时把水引进备用。水窖在地下冬季不冻。老人把蛇打捞上来,放到水桶里并且加了点水。人们围上去观看,黄灿灿的蛇游泳可欢了。老人说是神蛇,不能伤害它,主张送到五里之外的长生店,那里有个长生湖,冬天不上冻,不然蛇就死了。

牛白旦说:"坏了咱一窖水,保护它干啥?叫我一锹劈成两段!"说罢,牛白旦就去拿铁锹。

见白旦拿来铁锹,黑旦上前阻拦说:"哥!你不信神鬼?我信。不能毁掉它!"

白旦笑着说:"新中国新青年,都不信神鬼了,瞧你黑旦多落后!"

"白旦哥,"黑旦说,"你想参加共产党啊?这么积极!"

"无神论不是共产党发明的,历朝历代都有,孔子都不信神鬼。"白旦回答。

"你咋知道孔子无神论?"

白旦从《孔子传》上看到的。他没有从正面回答,说:"西门豹治邺,就在咱安阳城北的漳河。巫婆、神汉害百姓,要给河神娶妻,把老百姓家美丽漂亮的姑娘扔进漳河活活淹死。西门豹知道此事以后,设巧计把巫婆、神汉扔进河里。吓得其他巫婆、神汉跪地求饶,承认了神鬼都是害老百姓的手段,以后再也不敢了! 这么说——两千多年前的西门豹也想参加共产党啊?"

"哗"的一声,院子的人都笑了。

黑旦脸红了,仍然理直气壮的样子,抬高嗓门说:

"共产党啊! 共产党中也有人信神! 只不过毛主席如泰山压顶,他们不敢公开罢了。"

在场的人窃窃议论:黑旦说的也是事实,有些当官的比老百姓还落后,说龙生龙凤生凤,老鼠生来会打洞。还说先定死后定生,不用搭黑起五更。

白旦认为,辨别是非多数人是力不能及的,听了总觉得公说公有理,婆说婆有理。

白旦也提精神了,问:"黑旦,按神鬼论说,咱们林县祖祖辈辈缺水,是神仙的安排? 如今修了红旗渠,难道咱们还要受苦受难,逃荒要饭,妻离子散?"

"老天爷的天意谁也改变不了!"

"如今红旗渠水哗哗响,用不完,又如何解释?"

黑旦的脸涨得通红,说:

"白旦你别说这! 我牛黑旦是吃饭长大的! 明察秋毫,说出来的话掉在地上也要砸个坑! 说实话,咱们拍拍心眼说实话! 没有老天爷的批准,红旗渠修不成! 杨贵劈太行,那是奉了玉皇大帝的圣旨! 否则没门儿!"

有人相信黑旦的话,附和着说:"劈开太行山,没有老天爷允许,谁有这个本事? 为啥西门豹不去劈太行? 杨贵书记是神仙下凡,劈太行是怀揣圣旨,执行公务。"

白旦说:"林县人民就是老天爷,老百姓的利益就是圣旨。"

黑旦吼道:"你敢把神、人混为一谈?"说罢,牛黑旦夺过了牛白旦手中的铁锨。

看黑旦着急了,多数人也向着他。白旦想:今天是相亲的日子,牛黑旦当新郎官,我当哥的给他抬杠子也不能一直抬,算了算了。

白旦主动收场送蛇,出了村,将蛇往路边的山沟一倒,神蛇爬了几爬,就被冻僵死了。

且说媒人领着白云相亲,来到门口时,正是神蛇从水窖中捞上来的时候,白云不要媒人吭声,进门以后,站在一旁看热闹,饱了眼福,热闹结束她和媒人悄悄退出。

白云想:牛黑旦是个有神论者,牛白旦是个无神论者。我从小孩时就怕鬼,父亲经常讲鬼的故事,吓得我天黑了不敢出门儿。母亲为了让我听话,动不动就说"黑老猫"来了。什么是"黑老猫"? 就是披头散发的死人,或者是青面红发、巨齿獠牙的鬼。受家庭环境的影响,我相信有鬼,只要谁说鬼的故事,吓得整夜睡不好觉。参加修建红旗渠,使我刚刚摆脱了神鬼,以后怎么办?

白云心里盘算:我多么希望能到无神无鬼的世界里去,无忧无虑地生活。听牛白旦讲,孔子都不信神鬼,多么新鲜啊! 我不能跟牛黑旦结婚,要嫁就嫁给牛白旦!

白云将自己的想法告诉媒人。

媒人给牛家回话说:"白云嫌黑旦长得黑,愿意跟白旦结婚。你们牛家愿意的就娶,否则拉倒不说。"

山区人找媳妇不容易,到口的肥肉岂能丢掉? 于是,家长做主,命令牛白旦同白云结了婚,且当年娶进家门。

牛黑旦从内心深处爱上了白云,丢魂失魄,差点患上精神病。父母赶紧托媒人花钱,给牛黑旦找了个媳妇叫妙仙。牛黑旦坚决不同意,扬言一辈子不娶妻。

事后,牛黑旦知道了实情,不是因为长得黑,而是因为自己相信神鬼,婚事给蹬了,没说的,一年之后才把妙仙娶进了家。

白云是个苦命人,结了婚一年多,生下个男孩,丈夫就发生车祸去世了。

牛黑旦对白云耿耿于怀,又不能幸灾乐祸,对白云说:"白旦哥给我托过梦,你不能改嫁,要我刻一块拴云石拴住你!"

白云说:"我是牛白旦的人,根本不会改嫁!"

77

"别嘴硬,葫芦里装的啥谁知道!"

"我真改嫁,你也挡不住!"

牛黑旦说:"我把拴云石刻在南山崖上,成为显灵的神石,谁不恭维就叫他头疼、肚疼,休说你改嫁,门也没有! 除非拴云石倒了!"

村里人有向灯的也有向火的。自从牛黑旦立了拴云石,就有人说是神石显灵了。对拴云石不恭维的事时有发生,牛黑旦都是先数说再踢屁股,没一个不服劲儿的。围观的人啧啧称赞:"牛黑旦不非凡,神啊!"

白云心里清楚,村里人维护牛黑旦,同时也是敲打我,不能改嫁。

按照林县的风俗,丈夫死了,妻子可以任意找个男人同居,叫做"打伙儿",打伙儿期间生育的子女,还必须姓前夫的姓。若随风就俗找个男的打伙儿,有不少人愿意。可惜都是有神论者,白云一个也相不中。她春心勃勃,盼望改嫁的时机到来,寻个不信神鬼的称心如意郎君。

人散尽之后,牛黑旦才接待刘主任和老申。他指着刚才踢屁股的地方说:

"刘主任,想要拴云石让路? 摸摸你的耳垂,没这个本事!"

看样子,牛黑旦铁了心。刘主任要说服他力不能及,只好跟牛黑旦握手告别,说改日再说。

五

离开拴云石,刘主任同申和平权衡民工告状之事:"到白云屋串门的到底是谁? 咱还一无所知呢!"于是,他们又深入群众,进一步调查。

谈到白云的交往,有个《一挂链条引发白云春心欲嫁》的真实故事,事情是这样的:

去年夏天,大队(村)革委会的喇叭广播说:"全体社员注意了,谁拾到自行车上的一挂链条,马上送到革委会。失主是安阳县三里沟公社的,丢失时间为昨天中午下晌的时候,地点在咱村三里坡。失主现在就在革委会等候,谁拾到了,马上把链条拿来,交还失主!"

拾到链条者就是白云,一挂新链条,拾的时候无人见,如今往革委会送,有个街坊见了劝阻不要送。白云坚持拾金不昧的风格,说:"全国学林县,不能给红旗渠脸上抹黑!"白云完整无缺地将链条送到革委会。

丢链条的人叫任白马,是安阳县三里沟公社的团员,买了一辆新红旗牌自行车,组装时没有把链条的U形锁扣紧,走到三里坡链条脱钩落地了,当时不用脚蹬不知道。下到三里坡底才发现,回去寻找要上三里大坡。任白马不想寻找,再买一挂算了,才花五六块钱。红旗牌自行车是名牌,货源紧缺,链条配不上,无奈,只好来三里屯找。他估计能找到,预先买了一盒金钟牌香烟,表示酬谢。见到拾遗物者吃了一惊,天下竟有恁巧的事?万万没有想到,今天能见到白云!是不是做梦?

"任白马?"白云更是又惊又喜。

白云和任白马是高中的同学,而且同桌。那时白云是有神论者,任白马是无神论者,虽然经常抬杠,但是他俩却是无话不谈的好朋友。高中毕业之后俩人经常通信,谈及终身大事,准备订婚。双方大人看不惯儿女们自己谈恋爱,一百个不同意。

团支部号召破除迷信,任白马率领团员拆庙,被白云的父亲知道了,其大发雷霆,说任白马是个没头脑蠢货,以后更不准白云跟他通信。父亲还做主要白云跟青石岭的田更更结婚。白云死活不同意。

自从白云参加修建红旗渠,渐渐改变了信神信鬼的观念,成为无神论者,常跟父母顶嘴。爸爸妈妈见闺女变样了很不满意,大发脾气:"一辈子叫你找不上婆家!"

白岗村的拔尖闺女,咋着能寻不上婆家?说媒的很多,白云故意不寻。从此,街坊就说白云条件高,看花了眼。

今天见到任白马,白云上下观看了一番问:"你这位无神论者变了没有?"

任白马坦然地回答:"跟毛主席共产党保持一致,永久牌的!"

白云的脸红了,说:"你没变我变了,都怨你。"

"红旗渠是练兵场,练兵练人练思想。凡是参加修建红旗渠的人,都变成了无神论者。"任白马哈哈大笑了一阵问,"你的变化,咋着怨我?"

白云的脸一下红到耳根儿,欲说:"同学、同桌,崇拜你,不怨你怨谁?"这时动了心,她没有说出来,只是咬着嘴唇笑。

任白马同白云这次相见之后,经了解任白马是单身汉,白云是寡妇。二人同时感到红旗渠有缘使咱俩相会,同学的情谊复发,当年的恋情涌上心头，共同商定，互相创造条件，成立一个家庭。

从此，白云就改嘴不说自己是寡妇，讲男人在修建红旗渠，每月回来一次。

任白马同白云的关系，也作了明确声明，是姨娘兄妹。其实二人同岁，谁大谁小也不知道。

牛黑旦根本不相信他俩是姨娘兄妹，说："姨娘攀，瞎胡编，全国妇女称阿姨，姨娘关系一张皮。"

牛黑旦对任白马十分恼火，扬言说："拼了命，你任白马也别想娶走白云！"

修红旗渠延伸工程，任白马被编在第一排，住在三里屯村，是个炊事员，挑水从白云门前过。于是，更加使牛黑旦提高了警惕，采取了强硬措施。

听了介绍，刘保印和申和平临走时又深深地望了望任白马。

任白马与任黑马是一奶弟兄，长相大致相同。身材魁梧，方面大耳，两条卧蚕眉长且浓黑，一对眼睛明亮有神。牙齿整齐洁白，嫣然一笑，两腮各显出一个小酒窝，只是哥哥稍微黑点儿，取名黑马。民工之所以告任黑马的状，完全因为弟兄俩长得太像了。

任白马坦率地承认对白云的爱慕之情，也毫无掩饰地承认给过白云点心、水果。任白马穿的布鞋是白云做的。他拿出鞋垫让看，上面用彩色丝线绣的鸳鸯戏水，活灵活现，神气十足，令人喜爱。

任白马和白云的恋情就像牛郎织女，拴云石就像王母娘娘的天河。二人隔河相望，含泪以待。

刘保印向张士显主任汇报了情况，张主任吃了一惊，拍着桌子说："这还了得！白云和任白马的婚事直接影响到咱的红旗渠工程，拴云石搬不掉，工程咋进展？"

张主任召集指挥部的人员商量此事。你一言我一语讨论一番，谁也没有好办法。无奈，张主任拉上刘保印，亲自去找牛黑旦。

牛黑旦正在领着社员给苹果树浇水，一见张士显和刘保印就哈哈大笑说：

"两位主任，知道你们来做啥。"

张主任笑着说："找个僻静的地方，谈谈拴云石的问题。"

牛黑旦黑沉着脸说:"黑话?见不得群众?叫群众听听!"

张主任收敛笑容,说:"红旗渠延伸工程,选线十来次了,怎么也避不开拴云石,若绕道加长几公里。俺不怕费工,关键是渠身不能修在半山腰,只能修在山脚下,山上的梯田浇不着。如果降低了红旗渠的效益,咱心里都不舒展,望牛队长高抬贵手,给予方便。"

牛黑旦问:"还有什么?讲完?"

张主任说:"至于白云和任白马的恋爱关系,我们做工作,使他们从今以后死了这条心。谁走谁的路,保证永远结不了婚。"

"用什么保证?"

"我以三里沟公社革委会主任的身份作保证!其一,任白马的户口在我的管辖之内,不经我的允许不能结婚。其二,我派民政办事组的几位女同志,给任白马介绍一个黄花闺女,从人才、智商、体格都比白云强,让他们马上结婚。任白马成家了,白云的改嫁念头也就随之取消了。"

牛黑旦嘲讽地说:"为啥叫你张士显进革委会,并且当常务副主任?你的办法不少哇!馊主意!"

张主任听了,感到尴尬,无言以对。

牛黑旦要走,回过头说:"张主任、刘主任,有本事叫太阳从西边出来!"

说罢,牛黑旦扬长而去。

张士显和刘保印傻了脸,闷闷不乐地回到指挥部商量对策。

六

没办法的办法就是找三里屯大队的革委会主任。

三里屯大队的革委会大院坐北朝南,大约占地三亩,新盖的北屋九间,正中三间为办公室,左边为民兵营,右边为团支部、妇联办公室,邻街为广播室,立着高高的电线杆,顶端安着四个高音大喇叭,只要一广播,三里屯的家家户户都能听到,而且在山坡上干活的也能知晓。

革委会主任叫牛林山,四五十岁的样子,高高的个子微胖,圆脸络腮胡子,浓眉大眼。张士显和刘保印来到革委会时,牛林山正好传达罢农业学大寨精神,人散尽了,他热情地接待了这两位三里沟公社的客人。

说明来意之后,牛主任哈哈大笑,好像解决此事只用吹灰之力似的。他说:

"红旗渠延伸工程是两个县的事,也是全国农业学大寨的事,没有困难,不要杞人忧天。牛黑旦的工作我管做!"

刘保印听了眼前一亮,感到浑身轻松,笑逐颜开,如吃了蜜糖似的,喜气洋洋的样子。

张主任高兴不起来。他说:"牛黑旦的拴云石是迷信,在群众中有一定的影响,光说一声'工作我管做'顶什么用? 得有具体措施才中啊!"

牛林山见张主任拧着眉头不放心,又说:

"咱都是共产党员,牛黑旦也是共产党员。牛黑旦为啥搞拴云石? 当年媒婆说媒就是把白云说给牛黑旦,相亲时,白云嫌牛黑旦信神信鬼,相中了牛白旦无神论。黑旦、白旦是叔伯弟兄。白旦大,白云嫁给白旦之后,黑旦当然必须叫嫂子。快要到手的妻子变成了嫂子,你说黑旦心里什么滋味?"

张主任说:"这个我知道,理解。"

"现在呢? 拴云石咋样了? 性质变了,少数人利用拴云石炒作旧社会俩村的争水打架。摆不到桌面上,就做拴云石的文章,企图挡住你们的延伸工程。拴云石的性质变了,牛黑旦也变了,成为无神论。"牛林山继续说,"河南一位作家写了一首诗是'春风绿,秋风黄,光阴荏苒两鬓霜。亘古磨碾今安在? 世间无时不涤荡'。这是说世间的一切事物都在不停地变化,更新换代。通过修建红旗渠,林县人从各方面都更新了嘛! 牛黑旦还背着黑锅哩!"

张主任苦笑了笑,说:"牛黑旦搞拴云石,还是用迷信糊弄人。岂能说无神论? 我担心怎么施工?"

"这个你们放心!"牛林山主任说,"明天我派人锻字,你们跟着就放炮。怎么样?"为了减少张主任的顾虑,牛林山主任又说:"杨书记领导修建红旗渠得民心顺民意,老百姓就是老天爷,老百姓的利益就是圣旨! 谁不尊敬老天爷? 谁敢违抗圣旨?"

张主任想说,怕出现头疼、肚痛。

牛主任看出来了,说:"肚疼、头痛没有的事!"

张主任和刘主任要走了。张主任送到门口说:"你们对牛黑旦的观察,只看到了皮毛。这个人到底怎么样?日后慢慢就知道了。"

从三里屯革委会出来,张主任很满意,马上安排了第二天的放炮事宜。

次日,刚吃过早饭,拴云石旁边就围着许多人。炸拴云石的消息越传越广,人越聚越多。

白云高兴极了!做了准备,很早就到了。她面对拴云石鞠了三个躬,放了一挂鞭炮,以作为对解放白云的庆贺。

两个青年手里掂着铁锤,准备锻字时,其父母慌慌张张跑来制止,说锻拴云石要肚疼、头痛。青年民兵置之不理,毅然决然将拴云石三个字锻得稀巴烂。然后两个民兵笑乎乎地告诉家长说:"肚疼、头疼都是做作。"

围观的群众哈哈大笑,议论纷纷:"以前也是为牛黑旦做作?"

三里沟公社的民工随即放炮,人们走远。只听"咚隆"一声巨响,拴云石向山下滚去。开始石块大,发出隆隆声,后来跌撞成小块,发出哗哗声。

拴云石让路了,白云和任白马公开提出结婚。

三年前,白旦去世办丧事时,黑旦拿出一百元。如今白云要改嫁,黑旦的妻子妙仙天天来讨账,逼着白云还债,其理由是:你不改嫁俺没法儿给你要,如今你要起身走了,不还清债走不成。

"不就是一百块钱,啥大事儿,还!"任白马给了白云钱,要她立即去还。

白云想:还债不能给你妙仙,我要亲手还给牛黑旦。找到黑旦心里犯了嘀咕,她想:黑旦是不是允许我改嫁?如果不允许,麻烦事儿还多哩,今天必须探听一下,看黑旦的态度怎么样。白云把黑旦叫到僻静处说:"妙仙天天找我讨债。我一个寡妇家,去哪儿能有一百块钱?还不了债,我就不走了。"

牛黑旦看看周围无人,掏出一百块钱悄悄说:"拿住,把这一百块钱给妙仙。千万不要说我给你的,只能天知、地知、你知、我知。"

看着牛黑旦的背影,白云悬挂在半空中的心落地了。她笑逐颜开地说:"红旗渠精神好哇!拴云石不但给延伸工程让路,而且也给我让路了!"

　　白云同任白马结了婚,成为三里沟公社的人了,经过申请,被编进第一民工排。她头戴安全帽,肩扛八磅锤,英姿飒爽,精神饱满,投身于继续修建红旗渠的队伍之中。

菜筐的情缘

——修建红旗渠的故事之六

一

橘红的霞光染遍了林县的山川,新的一天开始了。红旗渠的工程接近尾声,主干渠全部通水,如今正在修建的是支斗渠配套工程。引漳入林取得了决定性胜利,人们的精神抖擞,干劲倍增,喜悦的心情比吃了蜜糖还甜。

黎明的早晨不平静,人们顶着星星起床,在朦胧的夜幕未拉开时上

85

工,脚步声、吆喝声、车轮声、爬山声、牲口声汇集在一起,就像演奏着声势浩大的交响乐。仰观四周的太行山,有龙头山、黄华山、五龙山、鲁班豁、风头岭……在万丈霞光里披金挂红,青松翠柏,红旗招展,整个林县脱掉了"十年九旱"的旧衣,换上了山青水秀的新装。

"林县变了!林县,就像一幅光彩夺目的山水画卷,林县人民就在画中!"

你听,山坡上头戴安全帽、肩扛钢钎的姑娘又唱起了《火红的太阳啊照亮了太行山》,清脆的歌声悦耳动听,如钢琴般的音波,从这架山传到那架山,震荡得山谷发出回音。那山的小伙子也不示弱,唱起了《社会主义好》。中年人也积极附和,就是把"收"唱成"豆",也觉得开心。

杨贵书记推出自行车,准备下乡去牛头山公社,通信员小冯当然要陪同。小冯乳名叫三强,爷爷给取的名儿。在缺水的旧社会,爷爷盼望小孙孙长大有立足之地,就取名三强。"三强"的意思一是会打架,棍棒要强;二是有人帮,拜几个朋友要强;三是争水要强,特别是旱年,抢不到水没时光。自从红旗渠开工以来,冯爷爷乐得合不住嘴,觉得三强这名字欠佳,要改。前年,三强要给杨书记当通信员,爷爷对三强说:"三强改为一强,给杨书记当个强通信员!要勤快,会办事。"于是,小冯正式改名为"一强"。

冯一强聪明伶俐,生性勤快,一看杨书记推自行车,他赶紧上前接住,摸摸哪儿坏不坏,试试闸灵不灵,然后问:"杨书记,啥时候走?"

"马上走。"杨书记回答。

一听马上走,小冯便骑上自行车头前开路,杨书记随后紧跟,出了指挥部大门。

小冯有个叔叔叫冯红开,天生好吃懒做,外号叫"牙尽听"。"牙尽听"不去挑水,逼迫媳妇挑水。媳妇挑水过山累了换肩,藤条绊倒跌进山沟,右腿致残,挂上了一根拐杖,冯红开嫌弃,夫妻离了婚。从此叔叔的名声更坏,续不上媳妇,至今孤身一人。他见了冯一强就以叔叔的架子要钱买酒,不给就骂,有时还打。小冯生气也没用,骂不能还口,打不能还手,只好忍气吞声,给其买酒。今天去牛头山,是小冯的家,准备了一瓶二锅头酒,装在车兜里。

从指挥部出来行了100多米,小冯突然想起一件事,牛头山公社出的

《水利简报》，上面刊登了一个快板叫《菜筐的情缘》，表扬的就是离婚的婶婶丁秀萍，牵动了小冯的心。他把自行车慢下来，同杨书记并肩而行，问：

"杨书记，昨天牛头山公社的《水利简报》刊登了一个快板儿，都说很好，我给你放到办公桌上了，你见了吗？"

"见了。"杨书记笑哈哈地看着小冯说，"听指挥部的同志们说，快板跟你有关系，真的假的？"

经杨书记这么一问，小冯的脸唰的红了，稍停了一会儿才回答说："真的，杨书记，别笑话俺。谁家坟上没有弯柏树？"

杨书记"嘿"了一声说："表扬的是丁秀萍，不姓冯，怎么同你家坟上的弯柏树联系上了？"其实，杨书记也听说冯红开与丁秀萍离婚了。

小冯的脸红到耳根儿，吞吞吐吐地低着头说："丁秀萍是俺婶——婶子，是个好人。我——有个想法——"他往下说不出来了。

杨书记问："想法？什么想法？"

小冯言辞不清，含含糊糊地说："俺不敢说，也……许是……妄想……"

"求人帮助，是不是？"杨书记敲明亮响，猜准了小冯的心事。在杨书记的心里，帮帮忙是可以的，复婚就复婚，能成一对缘，不修十座庙。

"不是不是……不是这个……意思。"小冯不敢说真话。

回想起昨天的《水利简报》，杨书记发现了两个疑点，郑重其事地说："《水利简报》刊登丁秀萍的事迹，没说的，肯定是事实。只不过有两个疑点，让人不清楚，乱猜想。她编了36只菜筐，免费送到了全公社18个连队的伙房。群众说3斤篮子5斤筐，每只筐重5斤，合计180斤，她给各个连队送，那么重的东西，这个残疾妇女如何才能送完？没人帮忙力不能及呀！你是她的侄子，应该知道这个情况。"

小冯摇了摇头，表示不知晓。

杨书记又说："咱们的红旗渠修建中，各公社各连队的民工修建了几期工程，工地不断转移，好像打仗一样，转战百里之多。丁秀萍这个残疾女子又是怎么样跟随民工维修菜筐的？交通工具如何解决？还需要有人帮忙。"

小冯听了杨书记的分析，敬佩万分，心里想：杨书记不愧参加过战争，经历的事多，看问题入木三分。看来，杨书记今天到牛头山非问个水落石出不可,我冯一强不知道的不能乱说。

小冯改了话题说:"杨书记,我去把《水利简报》拿来,随身所带,便于了解。"

杨书记说:"也好。"

小冯听到"也好"二字,立即自行车掉头,飞也似的回指挥部拿《水利简报》去了。

杨书记昨天看了《水利简报》,也被丁秀萍献菜筐的事迹所感动,似乎看后装衣兜了,拍了拍衣兜,果然如此。他喊小冯不要回去了。小冯骑车快没听见,已经走远了。

二

停下自行车,杨书记看着小冯的背影,掏出牛头山公社的《水利简报》找到《菜筐的情缘》快板,从头到尾读起来,快板是这样的:

打竹板,响连天,

我把菜筐谈一谈。

对对菜筐嘟噜圆,

中心有个莲花瓣。

此筐用了八年整,

全社民工都夸赞。

菜筐本是荆条编,

为啥八年用不烂?

这是秀萍献爱心,

年年修补心血添。

秀萍是个孀妻女,

下肢跌伤终身残。

报名修建红旗渠,

腿残不能上高山。

咋着才能表心愿?

祖传会把荆货编。

编了三十六只筐，

送到全社各个连。

每个连队一对筐，

讲明不收一分钱。

为了引水上太行，

跟随修筐整八年。

问问秀萍咋想的，

秀萍掏心把话言：

"身残不能去修渠，

光看热闹不舒展，

改天换地做贡献，

晚上睡觉才能甜！"

杨书记一口气看了两遍，认为丁秀萍是一位善良、自立、刚强的女子，代表了林县老百姓的心声。共产党、毛主席领导的新中国就是改天换地，而不是改朝换代。共产党不改天换地，就不叫共产党！旧社会是万恶的旧中国，只有把新中国建设成光辉灿烂的社会主义社会，才是共产党的目的。

看了看四周的崇山峻岭，红旗招展，一队队紧张施工的干部群众，忙忙碌碌，杨书记自言自语地说：

"林县，林县的人民多好啊！"

小冯回指挥部白跑了一趟，待回来之后突然壮着胆子说："杨书记，秀萍是俺婶子，求你帮个忙。"

"什么忙？"杨书记笑乎乎地问。

"请你说合说合，让婶子与叔叔复婚。"

杨书记不吃惊，这是预料中的事。他一连提了几个问题："他们什么时候离婚的？为什么离婚？离婚时谁占主动？离婚这么多年了是否有来往？感情恢复如何？破镜重圆谁提出的？"

小冯越听越脸红，什么情况也是模模糊糊，说不清所以然，于是说："叔叔婶婶都不提复婚，是我的想法。"

杨书记哈哈大笑："好哇！小小年纪，还想包办叔叔婶子的婚姻？吃了豹子胆了不是？"

89

小冯喃喃地说:"婶子是好人,好人得有好报。"

"你叔叔是不是好人?"杨书记继续追问,"秀萍跟你叔叔复婚就叫好报?"

小冯不敢说叔叔是好人,也不愿说是坏人,结结巴巴地说:"今天……去了——见到本人——了解了解情况再说。"

三

杨书记今天去牛头山公社的目的是,调研该社的副业生产情况。红旗渠开工之前,县委曾经组织各生产大队搞副业生产,以增加经济收入,增强集体力量,支援红旗渠引漳入林工程,满足红旗渠工地上的资金需求。牛头山公社是发展副业较好的公社。多年来,棒劳力奔赴红旗渠工地,剩余的人除种地之外,村村都有集体副业,其纯收入万元以上,有力地满足了水利战线的需求。今天,杨书记要亲自看看生产大队的集体副业生产情况。

公社妇联主席高复香陪同,调研的第一个村是牛头山大队。这个大队的副业主要是编织,其中包括抬筐、货篓、荆篮、荆把、竹篮、柳篮、簸箕,还有用铅丝编织的笊篱、用麻打的麻绳等等,产品十几种。多年来,供销社包购包销,每星期收购一次,有多少要多少,拉货付现金,不赊不欠。

风和日丽,郁郁葱葱的树林,包围着一个上千口人的村庄。北山坡的石壁深处有几棵槐树,特别高大茂盛。每逢夏天,微微的南风吹来,遇到石壁拐弯,向石壁送爽,沁人心脾,比雕羚扇的风还清爽。人们在槐树下纳凉说:"人人都说天堂美,怎比咱树下微风吹!"也有人说:"皇帝的避暑山庄,也美不过咱牛头山的槐树庄!"到了冬天,这里坐北朝南,高大的石壁挡北风,南面艳阳送温暖,这里成了暖暖生辉的地方。

人民公社化以后,大队干部看准了这块宝地,决定在此搞副业生产。平整之后有5亩多大,四周用石头垒了矮墙,西边盖了8间仓库,南边装上铁门,从此,这里更热闹了,取名为"副业股",人声鼎沸,蒸蒸日上,是村上的主要经济来源之一。

今天参加编织的有80多人,最引人注目的是背靠槐树的一老一少两个妇女。

杨书记进门以后,妇联主席高复香指着少妇介绍说:"这就是《水利简报》上表扬的丁秀萍,快板《菜筐的情缘》就是她的事迹。"顺着手指望去,丁秀萍正在忙忙碌碌地编荆篮。她低着头,双手不停,一会儿续荆条,一会儿拍拍敲敲,以便使荆篮更加紧密结实。

在高复香的引导下,她才抬起头,看着前面的客人。丁秀萍30岁左右,长相却只有20多岁,就像电影明星田华,齐耳的乌溜溜的剪发,左右摆动,显得特别有精神。弯曲别致的眉毛下,一对黑葡萄大的眼睛炯炯有神,殷红的小嘴似乎有点歪,实际很端正。圆圆的脸庞白里透红,眉宇间洋溢着自强不息的浩气。嫣然一笑,没有一般女子的娇嫩,给人十分伟岸精明的感觉。

高复香说:"秀萍若不残疾,一定能参加青年突击队。"她搀扶秀萍,要秀萍拄着拐杖站起来,让杨书记看看残疾情况。

秀萍听明白以后说:"不用搀,自己会站。"

只见她利索地拄上一根拐杖,嗖地站了起来,看着杨书记说:"红旗渠精神鼓舞了我,不用拐杖我站着能做家务,拄上这根拐杖能挑水,还能跑哩!"说着,秀萍就拄着拐杖绕槐树跑了一圈儿,充分表现了自强不息、人残志坚的新时代精神。秀萍又说:"这点残疾小糖一块,人就怕心灵残疾,只要心不残疾,生活就是美好的!"

杨书记问:"你是怎么残疾的?"

"摔到山下,跌的。"

谈了几句话,高复香悄悄告诉杨书记:"秀萍离婚前的男人叫冯红开,游手好闲,好吃懒做,疯疯癫癫。男人出坏,把野葡萄藤弄到路上,绊倒秀萍,栽倒在山下,跌断了条腿。这个赖皮货至今不敢承认!"

杨书记思索着:"心够狠的。"

"特别狠毒!"高复香介绍情况,"秀萍刚过门以后,有一次去挑水,新水来了要清理缸底。趁秀萍低头时,冯红开掂起一桶水照着秀萍的头就浇。当时是十冬腊月,数九寒天,滴水成冰。这样的男人安的什么心?良心都叫狗吃了!"

杨书记问丁秀萍说:"你捐献36个菜筐,当时是怎么想的?"

秀萍回答说:"一提引漳入林,社员们高兴死了。有的捐铁锤,有的捐大绳,有的捐大锅。我失掉了家庭,也不能落后哇!俺是团员,上过团课,知道毛主席领导我们要改天换地。红旗渠就是改天换地的内容之一,需要群众扑下身子干,俺不能坐享其成啊!青年人的志气是:胸怀祖国,放眼世界!"

杨书记跟秀萍握手,表示感谢她支持修建红旗渠。

秀萍咯咯大笑说:"要说感谢嘛,该林县人感谢你才对!"

又谈了一些冯红开的事,高复香转了话题,对杨书记说:"你猜猜,这位老太太多大年纪?"

"嗯——"杨书记认真观看后才说:"50岁左右吧?猜得咋样?"

老太太姓郝,叫福弟,胖胖的,花白头发,大脸庞,听了杨书记说50岁,笑得前俯后仰。她去年刚镶了一口牙,洁白整齐美观,谁见了也说福弟有福气。村里人喜欢她羡慕她。老太太笑了一阵才说:"俺今年66岁啦——"

"啊?您长得年青,真的年青,谁也看不出您66岁了。"

老太太正着脸说:"人活五十花结籽,人活六十古来稀。咱林县人嘛,人活五十不容易。干旱、缺水、填不饱肚子,吃的水又不卫生,人一过四十,这病那病都来缠,就被缠进西天了!新中国成立以后,人的心情好了,压力轻了,人的寿命长了。你看,俺村超过结籽的人多哩!"

杨书记笑了。他知道多数人说"人活五十花结籽,人活六十古来稀"。在人平均寿命不足40岁的山区穷乡村,这样的说法也到处皆是。

高复香说:"您成老寿星了……"

"老寿星?谁叫我当了老寿星?别人不知道你能不知道!全靠秀萍!要不是秀萍,我死了都八年了!"

杨书记问怎么回事,高复香介绍了一下情况:

八年前,郝福弟患了脑出血,不省人事。县城的大医院无可奈何,下了病危通知书,要病人出院准备后事。老太太只有一个儿子叫钟生力,儿子还未结婚,全家只有母子二人。那时刚刚入社,生产队用木匠的活多。钟生力是个木匠,不能在家侍候母亲,这个孝子犯了愁。

那时,钟生力和丁秀萍刚认识,得知这个情况以后,秀萍主动来侍候老人,煎汤熬药、端屎端尿,还给老人唱歌讲故事,搀扶老人活动锻炼,逗得老人笑。常言说有心人天不负。奇迹出现了,郝福弟一天比一天强,一年之后,说话走路同健康人一模一样,而且还要干活做家务。她学会了唱《东方红》和《社会主义好》,整天哼哼歌曲,乐呵呵的。

村里人议论说,郝福弟生了一场病,好像换了个人似的。原来的老福弟,现在是年青的福弟、乐观的福弟。在生产队干活她有力气,做的活多,社员评底分,给福弟8分。这么大岁数给8分,是破天荒第一次,全村独一无二。

杨书记听了,故意噘着嘴说:"老太太这么大年纪出工干活,是生产队长逼的吧?"

"不是不是……是我自愿的。"老太太赶紧解释说。

"就说是自愿的,年龄不饶人,您老人家还是在家歇着,安度晚年嘛!"杨书记回过头对妇联主席说,"明天叫老人家歇着,不要出工。就说我杨贵说的!"

没等妇联主席开口,老太太就高声喊道:"不能不能! 不让我出工,我就不能活了!"

妇联主席拿起老太太编的笊篱问:"老大娘,你一上午能编几个笊篱?"

"40个。我光编芯,笊篱的筐和把归秀萍安装。"老太太还担心不让出工,就改话题说,"我出工干活第二,开心第一。坐在一块儿说东家道西家,谈国家论世界。无忧无虑,大说大笑,吓得病魔不敢靠身边!"

老太太这么开心,能说善辩,大家笑了。

杨书记看老太太和丁秀萍像一家人似的,便问:"你和秀萍什么关系?"

老太太笑着说:"不知道的都说俺们母女关系,也说婆媳关系,其实都不是。俺们是邻居关系。"

杨书记同老太太结束谈话之后,又到别处观看,到仓库看原料、成品,到会计室看统计报表和销售收入情况。

四

牛头山考察结束之后,杨书记来到野狼沟生产大队。这个大队由三个自然村组成，另外两个村一个叫沟底，一个叫沟阳。三个村很近，以野狼沟为中心，副业股当然建在这里了。

野狼沟的副业是粮食加工，主要产品是粉条、粉皮、豆腐、豆腐干、挂面等。其生产主要在室内，室外仅作晾晒。在高高低低的山坡上，盖了三个大敞棚，作为三个车间。

杨书记先到豆制品车间，见有 20 多个人，腰系水裙，头戴八一安全帽，有的磨黄豆，有的过箩筛浆，有的看火加热，有的压豆腐、制豆腐干……

妇联主席同副业股的领导作了简要介绍，说明来意。杨书记见官兵一致，都在干活，心里很高兴，于是一行三人都系上水裙，戴上安全帽，参加过箩筛浆。这里的一切都是古法生产，用的是白布过箩，摇摇晃晃才能把豆浆筛下来。

"牙尽听又来了。"有人隔着窗户看见冯红开来了，就提前报告。

又有人说："红旗渠练兵练人练思想，改造了许多坏人，咋着把牙尽听漏了？"

"牙尽听"三个字是贬义词，意思是牙麻，甚至十句就有九句假的，即使假的也能让人爱听。这样的人不干活，从这村窜到那村，胡喷八喷。社员们看不惯，称其为社会渣滓、流氓。冯红开也知道自己是流氓，只是掌握分寸，不触犯法律，够不着进司法部门。用他的话说：我牙麻？你们说的话也不顺我的眼儿！谁也别管谁！

冯红开进屋了，不用招呼，不用寒暄，不用让座，不用拘谨，不用陪伴，好像很熟的地方。他随随便便圪蹴在板凳上，掏出香烟火柴，嘶啦一声把火柴擦着。他不急于点烟，将燃着的火柴移到半边，连看也不看，做出满不在乎的样子说："今天天气好，就像桃园三结义，一壶美酒喜相逢。"

火柴燃尽灭火了，他不屑一顾的样子扔掉，又划着了火柴，继续说："桃园三结义都是好汉，能学桃园三结义，不学孙膑和杜鹃。"

冯红开不识字，只是听别人讲的，错的地方比比皆是。"一壶美酒喜相逢"应该为"一壶浊酒喜相逢"。"不学孙膑和杜鹃"应该为"不学孙膑和庞涓"。明明知道他说错了，没人理他。

第四根火柴划着才点上香烟，他狠狠地吸了一口，喷出一个烟圈儿，自以为高人一等，看着烟圈儿洋洋自得的样子。

通信员小冯悄悄告诉杨书记："这就是俺叔叔冯红开。"

杨书记表示说："别声张，咱干咱的活，人家讲人家的。"

一个社员问冯红开说："又去新乡凤泉街了？张铁嘴又给你密告天机了？"

"去去去……"

一提张铁嘴密告天机，冯红开就脸红，这是讽刺他。红旗渠开工时，冯红开极力反对，说修红旗渠是劳民伤财，半拉子工程。他把这个说法推到新乡凤泉街的张铁嘴身上，说张铁嘴是太白金星下凡，给他密告天机。几年之后，红旗渠修成通水成功，社员们大肆讽刺冯红开，只要谁想取笑，就用"张铁嘴密告天机"的言语。

冯红开的脸皮厚，嬉皮笑脸地说："林县人为啥缺水受穷？都怪你们不抬举人！张铁嘴就是神，就是仙！就是太白金星下凡！谁不信谁倒霉！"

妇联主席看冯红开留着半尺多长的胡子，胡子虽然长，但是全是黑的，肯定年龄不大，又观他只会圪蹴不会坐，是个粗人，有什么架子可装？于是，她也想凑凑热闹，问：

"冯老大爷高寿？"

一听称老大爷，冯红开就高兴。他龙钟苍老，长相丑，额头向前鼓，突了个檐，两腮骨头大而尖，像野猫的双腮往两边凸着。他捋着胡子笑哈哈地反问："你猜我有多大？"

"六十多吧！"

"哈……"冯红开哈哈大笑，好像猜准了似的，其实他才 30 多岁。"我的长相丑，就是不俊。猪八戒是天宫的天棚大元帅，我冯某是地棚大元帅！"

另一个社员问："地棚大元帅管的啥？"

"管地上的兽，狮子、老虎、豺狼、黑熊都归我管。"

"你犯了啥错？咋着被贬到人间了？"

"有一天，我喝醉了酒，放跑了 100 只豺狼，到咱太行山上，吃人、吃羊、吃鸡、吃兔，害得百姓叫苦连天。玉皇大帝一怒之下，把我贬到人间。我说的千真万确，咱村为啥叫野狼沟？证明这是事实。"冯红开越说越精神，好像真的当过地棚大元帅似的。

几个社员齐声问："以前，太行山野狼就是多，现在一个也没有了，咋回事？"

冯红开抽了一口烟，喷了个烟圈儿，看着烟圈滚得远远的，摇着头，很为难的样子，说："又是泄露天机，不泄吧，你们问哩，咱们是熟人，低头不见抬头见的，泄就泄吧。一百只豺狼都投胎走了！"

"咋着投胎走的？"

"狼，在天宫叫狼精，在人间叫豺狼。玉皇大帝下圣旨，命令杨贵把100只狼精捉拿归案，统统杀掉。狼精开会，要吃掉杨贵。红旗渠开工以后，太行山炮声震天，摩天高山能炸成洞，入云山峰能崩个平。豺狼们以为杨贵有天崩地裂的本事，就跪地投降，要求免于一死。杨贵用人当紧，立马命令豺狼们就地投胎，当林县人，长大以后参加林县的社会主义建设，就这样豺狼没了。杨贵违反了圣旨，走着瞧，杨书记有倒霉的时候！"

几个社员哈哈大笑说："好你个牙尽听，狗胆包天！你宣扬迷信，竟敢把咱的县委书记拉进去！你瞧那个人是谁？杨书记听着哩！处分你个杂种羔子！"

冯红开顺着手指的方向看，忐忑不安地问："真是杨书记？"

"是的。"杨书记说，"我叫杨贵，现在声明，我没有奉玉皇大帝的圣旨，也没有降服100只豺狼，我是人不是神。太行山的豺狼没了，是林县人民群众的功劳！"

冯红开颤抖着说："杨书记，不要处分我，不要处分我！"他急急忙忙地溜出车间走了。

五

杨书记考察罢野狼沟生产大队以后，下一站是南各平生产大队。这个大队的特征是石料加工，主要生产石子、各种颜色的水磨石、水刷石，还有门墩、捶布石、石狮子、石牌坊等。副业股建筑在山坡上，只有几间简易的房子，没有围墙。院子也是台阶式的，高低难平，群众称之为"难各平"。数十个人在干活，铁锤的敲打声像锣鼓点中的"紧急风"。

冯红开见如此热气腾腾的场面，走不动了，又是一个炫耀自己的好场所,正好哗众取宠,消除一下在野狼沟的忐忑心情。他圪蹴在一块石头上,点着烟,主动打招呼。

社员中也有爱听胡喷的,说:"再给喷一段!"

"啥叫喷?"冯红开故意装作生气的样子,"俺讲的都是真的,不能说喷!"

"真的就真的,开讲开讲!"几个社员边干活边要听故事。

冯红开喜上眉梢,捋着胡子干咳了两声说:"林县十年九旱,缺水有缺水的好处,咱们的枣核儿为贵,知道不知道?"

"不知道,吃罢枣儿,把核儿都扔了。"

"可惜可惜,太可惜了!"冯红开抬高了嗓门,"你们都是天生受罪的命! 把咱的宝贝都扔了,受罪活该! 你想不想知道,一个枣核儿能换个啥?"

社员们笑了:"枣核儿本身就是废品,能换个啥?"

冯红开郑重其事地说:"一个枣核儿能换一匹黄彪大马! 黄彪大马值多少钱? 你扔的不是枣核儿,是钱财!"

经他这么一说,有的社员大吃一惊:一个枣核儿能换一匹黄彪大马,多上算,何不换他几匹?

见有人相信了,冯红开站起来,走到此人的身边,拍拍他的衣兜说:"你这个衣兜能装200多个枣核儿,换200多匹马回来,高兴不高兴?"

"高兴高兴,我只要去换一趟,就一辈子不用干活了! 去哪儿换?"

冯红开笑容可掬,捋着胡子洋洋自得地说:"我冯某人是个有用之人啊!"

"在哪儿在哪儿?"

几个社员越急着问,冯某人越拿架子。有的来递烟,冯某人不客气,谁给就收。也有人说:"你领着我们去。"冯某人回答:"我就是太白金星,只能点化指路!"

纠缠了一阵之后,冯某人神秘地说:"远着哩,有真心没有?"

几个社员山盟海誓表了决心。

冯某人说:"走一趟得60年,有胆量没有? 敢不敢?"

"有胆量! 谁不敢去是狗熊!"

常言说,锣鼓听声,听话听音。冯红开说一趟60年,纯粹是瞎话。人一辈子才活几年,走不到就死了。有的人根本不去权衡此事,信以为真。

杨书记到来,冯红开还在瞒天过海,骗局被揭穿以后,只好鬼鬼祟祟夹着尾巴溜了。

看看身边的小冯,杨书记思索着:小冯求我帮忙,要丁秀萍同他叔叔复婚。他怎么对叔叔了解那么浅薄呢? 是知道不说还是看法不端正呢?

"小冯,"杨书记笑着说,"你叔叔一肚子东西,不简单呀!"

小冯发窘,尴尬地笑了笑脸红了。

六

从南各平出来,杨书记要去桃园生产大队,途中路过牛头山连队的伙房,看看手表快 12 点了,决定中午哪儿也不去,就此就餐。听说秀萍在伙房修菜筐,正好解解杨书记心中的疑问。

杨书记来到伙房看秀萍修菜筐,万万没有想到是个男的。司务长指着男子说:"没错儿,这就是修菜筐的秀萍。这一对儿带莲花的菜筐是秀萍给送来的,他又给维修了八年。我们的红旗渠工程一期、二期、三期,南征北战一百多里,人家秀萍跟随咱,转战到哪里,维修到哪里,分文不取,精神可贵!"司务长拿起一只刚修过的菜筐递给杨书记说:"你看,翻旧如新!"

接过菜筐,杨书记使劲掬、摁,紧绷绷的,荆条排列整齐编织顺理。杨书记赞不绝口说:"不错不错,工艺好。八年南北转战,跑了多少里路?上千了吧?"

"何止千里,"他想告诉杨书记有几千里,一转念后悔了,急改口说:"皮毛之事,何足挂齿。"

杨书记给修筐的握手,观看这位年轻人。只见他三十来岁,个子一米七左右,椭圆形的脸蛋儿,白里透红,浓眉大眼,嘴唇浅红,腮边显出两个酒窝,洁净的白玉米牙齿特别好看。这么一个精明能干的小伙子,好像在哪儿见过?

青年说:"杨书记,你不认识我,我却认识你。红旗渠一开工,我就参加了青年突击队。做木工活,也打钎拉渣。我修菜筐都是趁休息时间,不耽搁工作，区区小事用不着表扬。"

"想起来了想起来了，"杨书记对司务长说，"在青年突击队我见过他，还不止一次。姓什么来？好像姓钟？叫什么？叫——钟生力！你怎么成了女人的名字？今天，我见到两个秀萍。一个女秀萍，一个男秀萍，咋这么巧呢！"

司务长笑得前俯后仰说："杨书记的记性真好，他就是钟生力。丁秀萍跟他换工，钟生力代替秀萍修菜筐，秀萍侍候钟生力的母亲。工换工很平等，我们习惯称他为秀萍。"

杨书记想了想说："这么说——钟生力的母亲就是那位66岁的郝福弟？"

"是。俺母亲是郝福弟。"

杨书记继续问："生力和秀萍是怎么认识的？"

司务长介绍了这个过程：

八年前，秀萍编了36只菜筐，计划卖掉菜筐，能买18只马灯，捐献给牛头山公社的18个连队，每个连队一只。一天庙会，秀萍在会上卖菜筐，招了不少人，其中就有几个连队的司务长去买，一块钱一只，质量上乘，价格公平，交易达成。就在这个时刻，突然冒出一个人来，给秀萍打渣子。这个人叫冯红开，不准秀萍卖菜筐。众人问之，冯红开说："我们有特殊情况，这36只菜筐我全买了！"秀萍生气，不卖给他。冯红开大吵大骂，把买菜筐的人统统赶走。

几个司务长一打听，知道冯红开是秀萍的前夫，虽然离婚了，根子还硬。众人断定，秀萍苦了，卖不成。这时候，钟生力碰巧路过赶会，见冯红开在光天化日之下欺负人，气愤填膺，上前质问："冯红开，你跟这女子什么关系？"冯红开回答："什么关系也没有。"钟生力说："如果你不老实，我打断你的腿！"冯红开鼻子朝天："就是什么关系也没有！"钟生力问："是不是离婚关系？"冯红开顺口回答："是。"他以为这样回答，观众就要理解这是家庭的内事。

与其相反，观众们说："既然离婚了就一刀两断，不能打渣子。"群众都说冯红开不老实，齐声呼喊："打断他的腿！"

钟生力扇了冯红开一耳光，命令他今后不准再欺负秀萍。

冯红开见群情愤怒，害怕再挨打，就低头认罪，保证今后不欺负秀萍。

人散了以后,丁秀萍征求钟生力的意见说:"俺改变主意,菜筐不卖了,全公社每个连队赠送一对儿。各连队的伙房确实需要菜筐,我逐个连队送去,并且保证年年维修,包用到底,怎么样?"钟生力支持这么做,看着秀萍的残腿说:"这么重的菜筐,你去送力不能及。我替你送,以后每年维修也是我的事儿,我去了就是秀萍去了。"

钟生力和丁秀萍邂逅相识,从此像一家人似的。八年来,钟生力维修菜筐,人们几乎忘却了他叫钟生力,就称他"秀萍"。秀萍照顾生力的母亲,群众也称之为"母女"、"婆媳"。

杨书记听了称赞说:"这样很好,确实是菜筐的情缘!八年了也该升升级,上个台阶嘛!"

钟生力的脸上涨了红霞,腼腆地说:"商量好了,红旗渠工程结束通水,俺俩就结婚。"

"不中!"杨书记斩钉截铁地说,"许多青年都发誓,红旗渠通水才结婚。县委可不是这个态度。你俩今天就结婚,我来主婚。"

在场的人都拍手赞成,中午就在伙房举行仪式。

半个小时以后,钟生力用自行车带来了秀萍,并且拿出刚领的结婚证让大家看。司务长买了两斤瓜子、两斤糖球,院子里挂上毛主席像,两边披上红绸布,满院子喜气洋洋的气氛。

冯红开听说秀萍要结婚,也跑着来了。

杨书记将冯红开拉到屋子里问:"你是否有跟秀萍复婚的愿望?"冯红开回答:"没有,嫦娥向我求婚我还不哩!咋着?没工夫养活。"杨书记又问:"秀萍跟生力结婚,你有啥想法?"冯红开掏出那瓶二锅头酒说:"我是来祝贺的!"

冯红开双手给秀萍酒,秀萍不理他,不屑一顾。冯红开给钟生力,又招拒绝。

钟生力说:"人情无价药无价。我打过你一耳光,这酒不能收!"

冯红开满面羞涩,临走时对杨书记说:"实话实说,秀萍致残,是我出坏造成的。红旗渠形势逼人,我不得不认错,只有认错,才能脱胎换骨。"说罢,他低着头匆匆地走了。

婚礼仪式开始,司务长当司仪,拖着嗓门大声喊:

"新郎新娘——向毛主席——三鞠躬——"

捕 风 捉 影

——修建红旗渠的故事之七

　　20 世纪 60 年代初,由于三座大山压顶,幼弱的中国度过了三年饥荒的岁月。这三座大山一是苏联逼债,二是美国封锁,三是自然灾害。就在三年困难时期,林县人民正在修建红旗渠。饥荒会不会波及红旗渠工程?能不能顺利? 会不会出什么岔子? 请听这个故事:

一

　　地委机关的会议室,正在召开各县(市)书记会议,传达布置的主要精神是应对饥荒,其主要措施是:"低标准,瓜菜代,劳逸结合,保人保畜。"低标准即农民每人每天8两原粮,加工后不足7两。瓜菜代指的是以瓜果蔬菜代替粮食,填饱肚子。劳逸结合则是减少劳动量,地方性的工程,无能力者要下马,在生产生活上确保人畜安全。

散会以后,凡是参加会议者都要填一张表,各填各的。林县的县委书记杨贵掏出自己的钢笔聚精会神地填,另一个县的县委书记赖进秋没带钢笔,等待杨书记填好后借用钢笔填表。

杨书记刚填罢,赖进秋就嗖的一声将钢笔夺了过去。杨书记不知是谁,看了一眼。赖进秋说:"小气鬼!怕不给你?用完就还!"杨书记笑着说:"我走了,急着给地委汇报红旗渠工程。一支钢笔不值钱,别还了。"杨书记说着就要走。赖进秋看见杨书记的办公室主任范自立在身边便说:"用完之后交给你的范主任!放心了吧?"

范自立同赖进秋在一个单位共过事,互相知道脾气秉性。赖进秋当书记有魄力,缺点是心术不正,目光短私心大,弄虚作假,捕风捉影点子多。同志们称他为"赖进球",并且当面开玩笑说:"赖进球,你玩赖进了球,裁判吹哨子了,不算!你就叫赖不算!"同志们还公开称他为"不算书记"。赖进秋满不在乎,咯咯大笑,同时也给对方起外号。

范自立性格孤僻,对赖进秋有反感,没跟其开过玩笑。今天借杨书记的钢笔,估计"不算书记"是油嘴滑舌。范自立暗想:看你"不算书记"算不算?你若不还,我就向你索要,叫你当众脸红!

料事如神的范主任猜准了"不算书记"的心事点儿,其压根儿就不准备还。只见他填表之后把钢笔往衣兜一插,扬长而去。

范主任不急不躁,等待"不算书记"走到人多的地方才索要。旁边一位经常跟"不算书记"开玩笑的同志小声提醒范主任说:"赖不算已经提拔了,任地委的纪检副书记,主持工作,马上宣布上任,你要随机应变。"范主任笑笑说:"赖不算当了纪检书记,说不定该谁倒霉哩!我只是耍笑他一下而已。"

按原定计划进行,范主任见"不算书记"走到人多的地方,便向前边跑边喊:"赖书记!钢笔!"

赖进秋不得不停住脚步,嬉皮笑脸地说:"杨贵是个小气鬼,你给他当办公室主任被传染了?我说的是用完了还,没用完你就催着还?催啥嘞?

小气鬼!"

范主任听到"小气鬼"三个字想:正好,叫大家评评谁是"小气鬼"。

众人的目光都投向赖进秋,进而围拢过来,看个究竟。

"赖书记不要误会。"只见范主任从自己的衣兜掏出一支崭新的钢笔说,"俺的杨书记有交代,不准我给你要,只准给你换。你借用的那支钢笔是永生牌的,才两块半,我这一支是英雄牌的金笔,国产最好的钢笔,十块钱一支。用上这支笔写字光滑流利,字体刚劲有力。咋能让你用那便宜货? 这支笔才是赖书记用的钢笔! 来,换换!"

赖书记乍听眉开眼笑,说:"这还差不离儿,当办公室主任会办事儿。"他提高嗓门对围观的同志们说:"合格的范主任! 范主任合格呀!"

在场的人无不哈哈大笑。

二

晚上回到家,赖进秋喜滋滋地对媳妇说:"炒几个鸡蛋,喝两盅小酒,今个高兴!"

媳妇叫金芙蓉,在地委办公室工作,人称金秘书,文化程度高,笔杆子硬,地委书记的报告、讲话、年底工作总结、开春的工作计划等全靠她写。机关大院干部中,她是唯一的一位大学毕业生,天津南开大学毕业。据说周恩来总理也是南开大学毕业,她经常炫耀自己与周总理同学。学历方面谁也没说的,她家的成分为地主出身,不断有人追问是恶霸地主还是一般地主。新中国成立后的土改中很注重家庭成分。50 年代初,毛主席当国家主席,分批分期给表现好的地主、富农摘掉了帽子,改为"新中农"。从此以后,再也没人提她家的成分之事。

金芙蓉自知家庭成分不好,工作很积极,全机关没人说她懒。她开会少发言,遇事不得罪人,没有对立面。尽管如此,她还是打算嫁给一位参加过武装革命的干部,饭碗就稳当了。如愿以偿,赖进秋真的相中了这朵美丽的芙蓉,结为连理。

机关大院议论:金芙蓉结婚前是一朵芙蓉,如今成玫瑰了。这样比喻的意思是玫瑰身上有刺,金芙蓉精明过人的心眼显示出来了,甚至有点凶险,小心提防。

在赖进秋的心目中,金芙蓉是贤妻良母,只要丈夫说什么,金芙蓉百依百顺,夫唱妇随。两个人的共同特点越来越显著,你捕风捉影,我张冠李戴,你指鹿为马,我无孔不入。今天丈夫高兴,她炒了四个鸡蛋,提来一瓶北京二锅头酒,摆在小桌上,请丈夫享用。

三盅酒过后,赖进秋想起自己已经晋升为纪检书记,更是兴上加兴,就大口大口地连喝了几盅,然后拿出那支刚到手的英雄牌金笔,左看右看,爱不释手。

"瞧你那没成色劲儿!"金芙蓉怕丈夫伤身子,搬来小椅子坐在丈夫的身边,娇声娇气地说。她把右臂搭在丈夫的肩上问:"为啥这么高兴?是不是当纪检书记了?"

赖进秋哼了一声说:"小小的纪检书记算啥?地委书记、省委书记等着我哩!"

金芙蓉理解,丈夫不是落后的干部,遇运动往前冲,赶时髦撵风头,年年受奖,证书奖牌一大堆,锦绣前程远着哩。见丈夫手里的金笔,有点好奇,她左手薅住丈夫的手,右手抽出金笔观看,果然是一支好笔,正品英雄牌金笔,全国最好的钢笔,十块钱以上才能买到。她羡慕地问:"长才华了?舍得买这么好的笔?"

赖进秋鼻子朝天的样子,嗤了一声说:"哪儿用掏钱儿?杨贵小子送的!"

"杨贵?哪个杨贵?是不是林县的书记?"金芙蓉一提杨贵,胸中的火气油然而生,大声斥问。

"不是他是谁?当年他拆我的台,如今巴结我,高兴不高兴?"

金芙蓉怒气冲冲地吼道:"高兴个屁!"说罢以后咬了咬牙,啪的一声把英雄牌金笔摔在地上,成了两半截。

看着蹦了两蹦躺在地上的金笔,怪可怜的,赖进秋想立即去拾,见妻子火暴三丈,有点莫名其妙,船在哪儿弯着呢?不敢去拾。他嘟囔着说:"发那么大的火干吗,谁办错啥了?"

"你糊涂!你傻!少心肝没五脏!"

赖进秋仍不理解,低头去拾两半截金笔,问道:"咋少心肝没五脏?"

妻子一个箭步上前,踩着丈夫的手,不仅不准拾,而且薅着丈夫的耳

扛红旗的人

朵说："你给我坐那儿！杨贵和你就不是一条船上的人！说,他如何巴结你?"

这时,赖进秋才恍然大悟,妻子与杨贵势不两立。当年,杨贵拆我的台,俩俩还没结婚,妻子同杨贵没什么矛盾,就是同我结婚之后,他二人也未发生矛盾纠纷,应该关系很好的。但是,为了向着丈夫,她才把杨贵视为眼中钉肉中刺,这也是同志们视为由"芙蓉"变为"玫瑰"的因素之一。可不,丈夫对杨贵念念不忘笑里藏刀,妻子对杨贵耿耿于怀明火执仗,你说配合得多好? 想到这里,赖进秋不但不生气,反而为有这么好的妻子而自豪。

赖进秋把今天散会后填表、借钢笔、范自立索要,又讲了杨贵"要换不准要"的详细过程一五一十地向妻子作了汇报。

金芙蓉听了更加生气,敲着桌子说："赖进秋哇赖进秋,你个蠢货,丢人伤脸就不知道几个钱儿！ 你被范自立戏弄了！"

三

"啊? 人家范自立口口声声称我书记,尊重我,两块五的钢笔换成拾块钱的金笔,咋着戏弄我了?"

金芙蓉冷笑着说："伙计们说你是赖进球,不算数,外号叫'不算书记',原来真的如此,以后嘛——我也叫你'不算书记'！"

"我……"

"缺心眼——"

金芙蓉将桌子上的鸡蛋、酒、筷子都收拾得一干二净,说："今儿没饭,喝西北风吧！"

不让丈夫吃饭,妻子也不用餐,和衣蒙头睡觉。

赖进秋独自坐着想来想去,思潮翻滚。他突然醒悟过来,拍着脑袋,十分懊丧的样子,说："就是傻,就是缺心眼。进秋哇进秋,你就是叫范自立戏弄了！"

这时的赖进秋意识到,"小气鬼"? 谁是"小气鬼"? 在众目睽睽之下,看样子我沾光了,实际上众人笑我是"小气鬼"。两块半换十块的,我就高兴,难道我堂堂的纪检书记就只值这几块钱儿? 不是"小气鬼"是什么? 范自立换笔看样子吃了亏,实际上沾了光,人家轻轻松松把我这个纪检书记戏弄了。伙计们耳闻目睹,亲临其境,又该嘲笑我了。肯定要说红旗渠上的人本事大,一个小小的办公室主任能戏弄堂堂的纪检书记,赖不算——被戏弄、拆台……

赖进秋双手抱着头想:拆台? 谁拆过我的台? 杨贵! 若不是他拆我的台,我赖进秋早任地委书记了! 我赖进秋终生难忘,记忆犹新! 他回忆着一幕一幕当年的情况:

——20 世纪 50 年代,刚入合作社,中央号召扫除文盲,提高农民的文化水平。各县都选优秀的干部任文化教育局的局长,我赖进秋被县委的和书记看中,破格晋升为文化教育局的局长。

——我赖进秋夜以继日、不辞劳苦、废寝忘食地工作。一是组织青年速成班,每天夜里上课,以点带面。二是普遍动员,组织农民上夜校。三是组织学生夜里入户,对有孩子的家庭妇女不能参加夜校者教字、写字、念书,"一帮一"教到底。四是大街小巷画图画,用图识字,如画小麦写"小麦",画牛写"牛",画水桶写"水桶"……使农民在街上走路能学字,在街上吃饭也能学字。

——在地委召开的扫盲工作表彰大会上,我赖进秋披红挂彩,地委书记亲手给颁发奖状。

——我赖进秋成了典型人物,到各县"传经送宝",自豪地说:"我们县的农民,原来瞎字不识,如今能会一千多字,能看书! 能看报! 能写日记!"

——省城开会,要对各县扫盲工作进行抽查、评比,以此作为社会主义新农村建设的中心工作,作为提拔干部的先决条件。

——县委和书记忧心忡忡地问:"咱县能不能干板硬正接受抽查?"我赖进秋拍着胸部说:"和书记放心! 我老赖敢保证,没个问题!"

——县委领导讨论:农民学得不少,就是这边耳朵进,那边耳朵出,怎么也记不住。别说写日记,看书看报都不行! 我赖进秋仍然夸海口:"请县委放心,我老赖有办法,光会务实不行,还要会务虚!"

——省委派出的抽查团进村,顺利通过了各项抽查内容。农民果真做到了看书、看报、写日记,全省评比第一名。

——县委和书记在县委会上表扬："赖进秋同志既会务实又会务虚，工作策略丰富，成效卓著！"我赖进秋被评为扫盲"特等功勋"奖，准备隆重表彰。

——表彰会前的预备会上，杨贵代表干部们写了一份报告，说赖进秋弄虚作假，自欺欺人，欺骗了党和政府。被抽查的农民根本不是农民，是学校的教师穿上农民的补丁衣裳，装扮成农民接受抽查。这种弄虚作假的行为是党纪国法所不允许的。建议：（1）向省委写个检查，主动推翻"全省第一"的称号。（2）勒令赖进秋写出检查，深刻认识到弄虚作假的严重危害性，保证今后永不再犯。

和书记采纳了杨贵的建议。

——我赖进秋累断筋骨，到头来落了个"烂脸"，名声败坏。与此相反，杨贵的名声大震，称赞他党性强、素质高、脚踏实地。

——金芙蓉在办公室工作，虽然还没有与我赖进秋结婚，但是俺俩正在热恋，她赞成我的做法，认为农民识字就是走走过场而已，弄虚作假不足挂齿。共产党的工作就得有虚有实，目前的"务实"风太大了，掺上一股"务虚"风有利而无弊。她同情我赖进秋。和书记安排她把写好的奖状撕掉，金芙蓉只撕了"一、二、三等奖"和"优秀奖"，没有撕"功勋奖"。

——我赖进秋同金芙蓉成立了家庭，妻子把那张"功勋奖"奖状拿到家让丈夫看。我看到即将到手的荣誉不能到手，如雪上加霜，更加对"务实派"怀恨在心，在奖状的背面写了"有人一屁崩，使我心绞疼"10个字。我强调妻子永久保存好这张奖状。"我赖进秋不是省油灯！你有初一，我有十五！"

——多年来，我赖进秋与虎助理、马助理、牛助理三个文教助理喝酒，发泄内心积怨，伺机报复，浑身是劲儿使不出去。

回忆到这里，赖进秋打开箱子，找着那张"功勋奖"奖状，看看那火红的大印，用手轻轻地抚摸，再看看那"心绞疼"几个字，怒火胸中燃烧，心里又绞疼起来："一箭之仇岂能不报？"

四

这一夜，赖进秋心神不宁失眠，金芙蓉辗转反侧未睡。

次日，两口子得知上级要反"五风"，大致内容是：浮夸风、官僚风、命令风、形式风、主观风。这是一个运动，识别干部，一定有一批干部晋升，还有一批干部烂掉。赖进秋眼前一亮说："好……这一天终于等到了！杨贵修建红旗渠凭什么？凭的就是五风，没有五风，根本发动不了那么多群众！"

妻子咬着牙说："以牙还牙！以眼还眼！毛主席还说人不犯我我不犯人，人若犯我我必犯人。"在金芙蓉眼里：你赖进秋是个纪检副书记，正职卧病在床，让你主持工作。纪检委的正职必须是地委常委。不是常委岂能正式主持纪检工作？面临的情况需要你甩开膀子大干，干出优越的成绩。若能举报红旗渠修建中的严重五风问题，那是天大的政绩，不但杨贵倒台，红旗渠下马，而且赖进秋可以进常委。纪检委的第一把交椅就太平无事了。

第二天，赖进秋组成了"红旗渠五风调查组"。他本人担任组长，成员共4人，其他3人都是扫盲时弄虚作假的追随者，当时任文教助理，如今工作变动了，人们仍习惯性地称之为助理。

金芙蓉见丈夫长本事了，心里比吃了蜜糖还甜。她去买了两瓶茅台酒，回来做了四个菜，一个白菜炒肉片，一个麻辣豆芽，一个烧肚片，一个烧茄尖。酒具、茶具上齐，她亲自陪客。5个人疯狂地猜枚喝酒，把屋子弄得热闹喧天，好像抬起来了似的。

"咱们的调查组叫'倒红倒杨'调查组，达不到目的，誓不为人！"赖进秋趾高气扬、信心百倍地说。

虎助理的嗓门大："修红旗渠是千秋罪人！从策划那天起就是异想天开！就是糊弄百姓！谁能把水抬到100多米的高山悬崖？玉皇大帝也没有这个本事！他杨贵有三头六臂？是神仙？比神仙还神？谁相信杨贵有那么大的本事？在三年饥荒中出动几万人修红旗渠，群众自愿？我的脚都不相信！要说相信嘛，就是相信他用'五风'逼群众上山！纯粹是劳民伤财！红旗渠要能修成，我不姓虎！"

马助理的挖苦能力强，说："红旗渠是一条废渠，其作用就是晒太阳，就像林县的老百姓晒红薯干，晒干了好保存！杨贵见老百姓晒红薯干儿，他就出个奇招儿晒红旗渠干儿，大家说是不是？"

几个人拍手，称赞他的语言风趣、诙谐、逼真。

金芙蓉是写文章的,最最喜欢比喻,说:"红旗渠通不了水,不晒咋着?天长日久晒成特等优质'红旗渠干儿'!味道美着哩!"

"哈……"几个人同时大笑,喷出了酒菜。"到时候,咱们都去买'红旗渠干儿'!回家品品美味!痛快!干杯!"

牛助理是个内向人,心里高兴不暴露。听了伙计们的议论之后,提出了一个新问题:"红旗渠的五凤那是秃子头上的虱子——明摆着哩!材料丰富好调查,用文人的话说,叫罄竹难书!易如反掌!叫咱们去是不是大材小用?会不会有闲言碎语?会不会有人说,当年杨贵举报咱弄虚作假,如今咱4个人官报私仇,把杨贵弄翻了?"

"不会……"赖进秋带头,压根儿不能产生闲言碎语。

牛助理的牛劲儿上来了问:"为什么不会?"他要4个人一个一个分别阐述。

金芙蓉不愧为秘书,理论依据丰富。她摆摆手,很认真地说:

"从共产党的革命理论说,咱们是正义的,是为党做工作的,符合毛泽东思想。毛主席有4个特点,一是他创造了枪杆子里面出政权,身上却从来不带枪;二是他最懂经济,从开始革命就发展经济,要人人都会筹粮筹款,他却身上不带钱儿,警卫员替他保管;三是毛主席喜欢读书,并且在全国扫除文盲,而自己却把儿子毛岸英送到农村,跟着劳动模范种地;四是毛主席强调团结,他却要全党开展积极的思想斗争,那就是批评与自我批评,做到流水不腐,户枢不蠹。咱们仔细想想,按照毛主席的教导开展思想斗争,谁敢闲言碎语?谁敢指手画脚?"

牛助理听君一席话,胜读十年书,对金秘书敬佩得五体投地说:"对!斗则进,不斗则退!"

最后4个人勾指头:"'倒红倒杨'不成,咱们一块钻夜壶去!"

五

赖进秋率领的调查组赴林县已经十几天了,金芙蓉盼星星盼月亮等着佳音。

这一天上班,办公室的伙计们报告消息,说维也纳舞厅挂上了一副对

联,是大学的丘教授撰写的,不但挥毫泼墨字体潇洒,更主要的是内容新颖,令人寻味,鼓舞人心。该对联是:

无知土包吃糠咽菜累断筋骨

有识之士红灯绿酒香风趣雾

金芙蓉听了欣喜若狂,赞扬这位教授奇才,看问题入木"九分",把中国的问题"马列"透了,甚至能把林县修红旗渠的绝症戳穿。目前,红旗渠工地上的土包子们不就是吃糠咽菜,累断筋骨吗? 她决意今晚去跳舞,几天没去了,心里痒痒的。

吃罢晚饭,金芙蓉简单地化妆了一下,描了描黛眉,涂了涂朱唇,将发结隆起,照照镜子,真美! 同妈妈年轻时一模一样,是不穿旗袍的旗袍贵夫人。

进了舞厅刚坐下,只见一位飘飘然的帅男子来邀请。她兴奋不已,站起来一看,差点惊叫起来:"省委——焦书——!"

书记比着手势不要出声,悄悄说:"别让人知道咱是共产党的机关干部。站在革命的立场,这样奢靡的舞厅是资产阶级的产物。但是嘛,新中国刚成立十来年,旧社会留下的垃圾如山似海,共产党顾此失彼,只好不提倡不取缔。"

金芙蓉笑得像一朵花,压低声音问:"焦书记,啥时候来的?"

"我专门来挑先进县的毛病,合乎你的口味吗? 还称焦书记?"

金芙蓉理解,他刚调来职务未宣布,还称呼省委的职务不恰当,于是说:"在省委就是书记,到安阳更是书记了。这样吧,我称您'专领导'好了。"

专领导说:"这次来了就不走了。安阳的领导班子薄弱,把我调过来了。老赖要率领调查组上林县调查……"

"是的,您知道?"

"怎么不知道? 他组织调查组向我请示过,我全力支持。我曾经向林县下过红旗渠停工下马命令,这个杨贵就是不听,非碰个头破血流不中。"

金芙蓉意识到新调来的这位领导真好,是一条船上的人,也是一对情投意合的舞伴。他俩兴致勃勃地跳了一曲之后休息。

"老赖调查怎么样? 回来了没有?"

"没有。"金芙蓉回答说,"回来能不给您汇报,能不主动找您?"

专领导笑哈哈地说:"找我就对了。一把手和书记能驾驭全局就不错了,他太老实没多大本事,不懂得伤其十指不如断其一指!你说呢?"

"是……"金芙蓉知道断其一指的厉害性。她像一朵清水欲滴的芙蓉,更加娇艳妩媚,进一步向领导的胸部靠近。

专领导甜滋滋地说:"调查报告直接交给我,和书记那儿我去,让他知道这事就行了,向上通神还是我的事儿。"

金芙蓉激动不已,有这么好的领导相助,真是三生有幸。她赶紧道谢:"谢谢——有您明君撑腰,老赖的心病就解除了。"

专领导不以为然,"嘿"了一声说:"小金哪小金,红旗渠从策划那天起,就注定要失败!先天性不足!"

"先天性不足?看不出来。"金芙蓉故意说看不出来,想听听先天性不足的理由。没等领导开口,她接着说:"地委和书记的屁股坐在杨贵那边。前几天,杨贵又来汇报,说青年洞快打通了,一旦打通,第一期工程就要试通水。标志着'引漳入林'成功。还说林县人如果亲眼看到那么多如金似玉的水上了山,肯定皆大欢喜,修建红旗渠的信心更足,干劲更大。修红旗渠到底是千年之罪人,还是千秋之山碑?"

"林县是不是在中国之外?"专领导虽然这么问,却不要舞伴回答,自己滔滔不绝地讲起来,"有头脑的人都知道,新中国有先天性不足,即有四大盲区:第一是文盲。从城市到农村,有几个识字的?教工人、农民识字是杯水车薪。第二是承接国家政权盲。南京政府有许多许多好的东西,应该承接不承接?第三是学习西方盲。我们与西方为敌,西方封锁中国,什么先进也学不到。第四是法制盲。咱是世界第一人口大国,管理好谈何容易,各项法律不健全,是危险之极!"

金芙蓉不关心那么多,只期盼红旗渠成为千年耻罪。于是,她又把话题拉到林县,问:"万一红旗渠修成了怎么办?"

"白日做梦!"专领导立即打断她的话说,"如果修成了,把我的双眼挖出来,扔到地上,搓三搓踩三踩!"

能说出这么严厉的话,发了最大的赌咒,说明专领导的判断有百分之百把握。这时,金芙蓉才达到了谈心之目的。专领导见美人未笑,心里的余悸必定未消除,就继续分析。

他扳着指头说:"全国有四大盲区,具体到林县有五大盲区,也叫五大先天性不足。一是文化盲。我看了一下林县的小学教师文化素质统计表，百分之八十是小学毕业或未毕业，还有百分之十的文盲当老师，只上了几天农民夜校，小板凳毕了业，就进校当老师。哪朝哪代兴这？"

金芙蓉问："为啥叫文盲当老师？"

专领导继续说："共产党想一袋烟功夫就把文盲国变为文化国，村村办学校，遍地开花，师资严重短缺，这是没办法的办法。你想想，就在这个文盲成堆的汪洋大海里，尽是愚人，能干成什么？什么也干不成！二是技术盲。要逼着漳河水爬上高于地面30层50层大楼的山顶，靠什么？靠技术！林县人根本没有这个技术，火车不是推的，大话不是吹的！三是建材盲。搞水利工程要水泥、要钢材、要电力，林县有没有？水泥厂全国奇缺，钢材更加珍贵，什么建筑材料都没有，白手起家，光凭几块烂石头？简直是头脑发热！四是管理盲。红旗渠这样特大的水利工程，每天引水200多万吨，长一千多公里，把林县人一个一个排排队，谁搞过？谁有这样的管理经验？五是人格盲。有人议论，说新中国是从半封建半殖民地脱胎出来的，带着旧中国的基因，还说这种基因是被奴化了百年的基因。甚至有人批评我，说我不懂得在新形势下如何搞经济建设，好像我的身上有被奴化的基因，好像我的人格不行似的。扳着指头数数，一个一个排排队，谁的肚里墨水多？我肚子里的墨水多、阅世深、去欧洲充过电，在经济建设方面，我才是真正有人格的！反之就是人格盲。林县有几十万人，怎么样？饭桶！无用！杨贵满脑子奇谈怪论，违背马列主义，根本看不透林县的实质，不顾人力、物力、财力，策划修建红旗渠是错天下之大错！愚天下之大愚！滑天下之大稽！罪天下之大罪！"

金芙蓉见专领导不仅鼓吹自己，更重要的是把林县的弊端揭发得淋漓尽致，可开心了，高兴得得意忘形。

专领导见美人高兴，心里比吃了蜜糖还甜。他接着说："新中国建立时是满目疮痍，就像一辆报废的汽车，能修修补补敲敲打打往前爬就算不错了。杨贵把经济建设的大鼓敲得震天响，白痴！美国的国务卿预言中国在第二代第三代要和平演变，一个小小的林县岂能阻止！我的观点才是真正的马列主义观点！我的分析才符合马列主义辩证法！真理掌握在我的手中！"

听了专领导讲的马列主义真理，金芙蓉真正认识到丈夫的"倒红倒杨"计划必然取胜,十五只吊桶的心理状态彻底烟消云散了。

六

赖进秋一行四人终于回来了,一进门就狂欢狂跳:

"成功了!成功了!倒红倒杨成功了!"

金芙蓉也高兴得跳起来。

关于林县的调查报告是马助理执笔写的,约15000字,要金芙蓉秘书修改。金秘书不推辞不客气,看了一遍之后认为太长太乱,重点不突出,于是说:"马助理写的满是荆棘,叫我这樵夫如何下手?你们一个一个说说重点。"

"哈……"大家被逗乐了,"秘书就是秘书!"

虎助理讲了一个重点:

林县出了一位在毛主席身边的警卫员。这位警卫员真会办事,把杨贵告到毛主席跟儿了。警卫员从家乡带了一个糠窝头,到北京让毛主席看,说地方官收200斤就浮夸报400斤。农民扒树头、剥树皮,叫苦连天。这就是农民吃的窝窝头。毛主席见窝头尽是糠菜,咬了一口咀嚼了好一会儿,难嚼难咽,万万没有想到新中国的农民还吃糠咽菜,就痛哭流涕,鼻一把泪一把地滴到窝头上。毛主席哭着说:"这就是种粮人吃的粮食,这就是种粮人吃的粮食呀!"毛主席一边哭,一边把窝头掰开,在场的所有人都吃了一块,尝了尝农民的糠窝头。

马助理讲的重点是:

林县有一个村叫"老鸦头"村,大队的党支部书记姓刘叫玉奇。他公开和伟人攀兄道弟,说什么"我刘玉奇和刘少奇弟兄俩儿,我叫刘玉奇,他叫刘少奇。少奇哥如今当了国家主席,我要给哥争光,收200斤就得报400斤!"

牛助理也讲了重点:

粮食分配的政策是一国家、二集体、三社员,每个大队首先卖够公粮、完成国家征购,然后集体留足种子、饲料,最后才能给社员分配。村干部浮夸的缺口全部扣在农民的头上。每人每天口粮标准应该8两,顶多吃

4两半,林县的树皮剥光了,树头扒净了,一个村就饿死了47个人……

金秘书听了得意忘形地说:

"够了够了!别讲了!就这么几件事,叫杨贵吃不了兜着走。报告中还有的重点我知道,统统写进去。"

经过金秘书整理,调查报告归纳为五大部分:

一、红旗渠策划的先天性不足;

二、全靠五风命令,逼迫群众上山;

三、浮夸灾难,水深火热;

四、村干部放肆,同伟人攀亲;

五、修红旗渠造成的惨状。

其中的第一部分,完全抄录了专领导"先天性不足"的谈话。

最后提到建议:(1)给杨贵党纪、政纪处分,调出林县,红旗渠立即下马。(2)将基层的有关直接领导开除党籍,交司法机关处理。

她将原调查报告中烦琐复杂的区区小事和弱不禁风的分析比喻进行了大刀阔斧的省略,最后只剩下5000多字。

看过之后,大家一致赞叹不已,认为这是全地区内容最最完整、逻辑最最精美、说理最最透彻、语言最最简练的报告,没有一句废话,没有一个闲字,火药味十分浓烈,全地区独一无二。

党对反五风越来越重视,林县被上报为"五风"重点县,中央派书记处书记谭震林亲赴处理此事。

赖进秋制定了一套逼供方案:先不动杨贵,从林县的包书记身上开刀。包书记也是搞纪检的,姓包名建国,林县的老百姓称之为"包青天"。

赖进秋把包书记传唤到地委,开门见山地说:"林县是五风泛滥的重点县、重灾区,惊动了中央的谭书记。今天请你来,因为你姓包,全县出名,把你称包公,地委相信你,能够一五一十地把林县的五风问题说清楚。"

"我们林县正在修建红旗渠,没有五风问题。"

见包书记闭口不谈五风问题,赖进秋发火了,采取一个一个问题分别击破的策略。他拍着桌子喊:"你先汇报汇报农业生产上的浮夸风!"

包书记心平气和地说:"你拍桌子,只能说明你的素质低。要我汇报也可以,没有浮夸风,只能汇报全县整个生产情况。"

"整个情况也中!重点说说农村干部浮夸虚报产量,克扣农民的口粮情况,越具体越好。"赖进秋又一道命令。

包书记略要汇报说:

"全县数百个生产大队,数千个生产小队,没有一户农民的口粮被克扣,百分之百的农户都按照党的政策标准分足分够了口粮。按数字排队说,其中有百分之十的生产小队瞒产,主动给社员多分。也有个别生产小队浮夸。我们对瞒产者不批评不处理,对浮夸者严厉批评,采取了谁浮夸多少,国家退返给多少,确保社员的口粮标准不能降低。林县是一个几千年饿怕了的县,一听浮夸可以返还粮食,没浮夸的也承认浮夸,为了要粮食情愿做检查。这样,以致使浮夸的生产小队增至百分之十。其余百分之八十的生产小队都是干板硬正,既不瞒产私分,又无浮夸虚报。经过这样办理,全县农民人人都按标准得到口粮。赖书记说的严重克扣农民的口粮行为是别的地方吧? 我们的红旗渠畔根本不存在!"

"你守口如瓶,林县有个在毛主席身边的警卫员,已经把你们告了!"

"林县没有在毛主席身边的警卫员。谢谢赖书记,你弄错人了!"

"你们林县有个村叫老鸦头,党支部书记叫刘玉奇,公开和伟人称兄道弟,公开浮夸,说收200斤就要报400斤,还说给——争光!"

"我们林县没有叫老鸦头的村,也没有叫刘玉奇的党支部书记。赖书记,你在哪儿看到的? 把字认错了吧?"

"一个村就饿死了47个人,全县的树皮剥光了! 全县的树头扒净了!"

"赖书记,你是近视眼? 白内障? 还是青光眼? 我们全县没有饿死一个人! 林县的树木枝叶茂盛! 请赖书记去医院治治眼病,戴上眼镜,再去看看吧!"

"我有权开除你的党籍! 撤销你的职务!"

"滥用职权,党是不允许的! 你咋着开除,还必须咋着恢复!"

"给你个双开!"

"开吧开吧,咱不是一条船上的人。你们的做法是捕风捉影陷害人,我们的工作是脚踏实地为人民。你们的想法,新中国是改朝换代走老路,我们的目标,新中国是改天换地一色新!"

俩人唇枪舌剑,各自都认为真理在手,无所畏惧。

赖进秋见包建国一直如钢似铁,真的宣布开除其党籍,撤销职务,以观后效。

七

包建国一如既往挺直腰杆。赖进秋只好向谭书记汇报。

谭书记感到蹊跷，是不是报告中的材料不实？权衡此事以后，派人到林县重新调查，其结果与原来的相反，简直是两个天地。

调查人员一是发动全县群众如实报告领到的口粮，登记各家各户的存粮，均同包建国说的一模一样。二是查阅粮食入库的过磅单，各户的领取口粮表，过磅单上签字齐全，领粮表上户户盖章，凭据无半点虚假。三是林县找不到"鸦头村"，也没有"刘玉奇"那个党支部书记。四是根本没有饿死人的状况。五是林县给农民发足口粮之后，仍余 3000 万斤粮食，用于红旗渠工程的补贴，并拿出 1000 万斤储备粮支援了信阳灾区。

谭书记追问原报告材料的来源，赖进秋回答："你看看这支钢笔，是杨贵的秘书范自立给我的。我用范秘书的钢笔，记录范秘书的证言，哪能有什么虚假？地点就在林县人民医院的 108 房间。"

要落实此事，范秘书是关键。

事情是这样的：

范自立的一位战友到林县看病，住在 108 房间。一天，范自立去探病，同战友谈到三年困难时期，全国患浮肿病的不少，包括毛主席在内，也患浮肿病。在郑州召开的"七千人大会"上，县委书记们表现素质高、党性强，积极发言追查刮共产风、浮夸风的责任。中央的两个部委和南方的两个省委承认了错误，分别在会上作了检查。谈到浮夸时，提起了范自立的故乡南信县"鸦头村"，党支部书记刘玉奇跟伟人攀兄道弟、浮夸。警卫员让毛主席看糠窝头，也是事实，却不是林县而是南信县。谈到鸦头村因浮肿病，一个 47 岁的人死了，却不是饿死了 47 个人。从此，毛主席决定进口粮食，将中国的"粮食出口国"，逐渐改为"粮食进口国"，用三年的时间，彻底解决吃粮问题，保证饥荒不再发生。

赖进秋他们偷听了谈话的部分内容，本来应该证人签字盖章，他们却连见证人也没见，就用捕风捉影、张冠李戴的伎俩写了调查报告。

真相大白,谭书记对赖进秋说:

"捕风捉影,张冠李戴,群众称你为'不算书记',还真名副其实。你要认真检查,接受组织处理。"

有人说,赖不算擅长踢蹬人。谭书记不以为然说:"这是党内两种思想、两种作风的比拼。"随即宣布恢复了包建国的党籍和职务。

红旗渠第一期工程通了水,每秒钟20多个流量通过青年洞,每天200多万吨水哗哗奔流,震得太行山彻夜不眠。林县人高兴得热泪盈眶:

"引漳入林,渠水上山成功了!"

"毛主席万岁!"

红旗渠全面开工,十万大军战太行的劳动歌声响彻云霄。

中央人民广播电台播发了"全国人民学林县,自力更生建家园"的通讯,雄壮的声音传遍了长城内外、大江南北,激励了全国人民的心。

谭书记高兴得合不拢嘴,从红旗渠的精神,看到了全国的精神。他跟杨贵亲切握手,问:"杨书记,你谈谈修红旗渠的体会?"杨书记简略地说了32个字:

> 穷则思变群众呼声,
>
> 群策群力党章在胸。
>
> 自力更生时代使命,
>
> 不畏艰险造福百姓。

谭书记轻轻地拍了拍杨贵的胸部说:"党章在胸,你真正做到了。我再问你,有人说,新中国带着旧中国的基因,你怎么理解的?"

"基因这个名词是知识分子说的。我认为,新中国带有旧社会多种多样的习惯势力。毛主席说这种势力的力量是无穷的。我还认为,毛主席领导我们开天辟地走新路,毛泽东思想指导我们开展积极的思想斗争,就是战胜旧社会的习惯势力,使人们的私心杂念越来越小,大公无私的理念越来越强,共产主义事业永远向前,一步一个台阶。修建红旗渠的工作中,我们在各方面向旧社会的习惯势力作斗争,彰显了因公忘私、胸怀祖国、放眼世界的社会主义新风尚!"

谭书记跷起大拇指说:"修建红旗渠谈何容易?红旗渠要列入中国共产党的大事记之中! 穷则思变、群策群力、自力更生、造福百姓,永不褪色的红旗,永远的红旗渠精神!"

老支书让贤

——修建红旗渠的故事之八

一

　　繁星满天,亮晶晶的星星俯视人间,眨眨眼睛,透过夜幕仔仔细细地观看林县的山川。放荡不羁的漳河水,身不由己地听从林县人的指挥,规规矩矩地爬上太行山,钻过青年洞,流进林县益人、灌田、润山。红旗渠的干渠已经通水,星星们望着璀璨的太行山啧啧称赞:林县人真伟大!

　　忙碌了一天的林县人平静下来,夜幕中,只有人活动的地方灯光明亮。寂静的村落,安谧的小院,有人在院子里纳凉,妈妈教孩子说曲儿:青石板,板石青,青石板上钉银钉,钉的银钉数不清。

孝谐屯村的大队会议室里灯光雪亮,夜如白昼,全村的党员正在开会,议题是"老支书让贤",要党员们选出新的支部书记。

这个村坐落在山壑里,三面有山。人民公社化时选支书,碰巧三个支书的名字上都挂着"山"字。支书叫谷大山,两个副支书分别叫时孝山和车东山。于是人们又称这个村为"三山村"、"三山生产大队"。

谷大山身材魁梧,黑红的脸庞,几十年的沧桑岁月使头发变得白花花的,脸上的皱纹记录了他在血腥磨难岁月中的坚强不屈。一双长长的眉毛和一对乌亮的眼睛,标志着他的机智和勇敢,厚厚的嘴唇显示了诚实和厚道。他说话的声音像洪钟,善于开玩笑,平易近人。群众称他为"老支书",几乎忘掉了谷大山这个名字。

老支书是三七式共产党员,即1937年入党,至今党龄30多年,任孝谐屯村的党支部书记20多年。他当过民兵队长、农会主任,参加过抗日战争、解放战争、土地改革,组织过互助组、合作社、人民公社。今年60岁了,他主动要求辞职,换一位年富力强的支书。一听说他要辞职,群众都不同意,非要他继续干不可。

谷大山的作风是按《党章》办事,执行政策不走样,大公无私,吃亏带头,对群众一碗水端平。常言说:强将手下无弱兵。他带出的两个副支书、支委和各生产队的队长都同他一样,把群众的利益放在第一位,全心全意为人民服务,让全村人的光景一年更比一年强。他的心贴着群众的心,于是,人们还称之为"贴心支书"。

贴心支书不要人巴结,谁要给他送东西,不但不收,而且还要给个难堪。他经常说:"我受贿一分就不值一分,谋私利一寸就低人一寸。"孝谐屯村的党风正、作风硬,各项工作都在前边,年年受奖,是全公社闻名的先进生产大队之一。社员们也为此感到荣耀与自豪。

老支书主持会议,首先说明了选举新支书的重要意义,关系到孝谐屯村的新老干部交替,后继有人的大事,关系到红旗渠配套工程顺利进行的大事。要求党员们讨论出候选人。发言者都不同意老支书辞职,并且说:"如果投票举手表决,我们就都不举手!"

老支书不生气,哈哈大笑说:"不举手就没事了? 什么叫组织原则?"

讨论候选人，明摆着哩。老支书对两位副支书非常满意，时常夸奖时孝山和车东山是他的左膀右臂。新支书的候选人显而易见，党员们说："一是时孝山，二是车东山。"

真的要举手表决了，老支书乐呵呵地说："刚才发言说不举手，我要看看谁不举手。赞成的举手，反对的举手，弃权的也要举手嘛！只要你是正式党员，不举手由不得你。"

党员们一听情况严峻，不举手不中，立即又讨论起来，由大嗓门变成小声嘀咕，窃窃私语，悄悄传递，很认真的样子。

为啥不同意老支书让贤？重要的原因有两条：一是老支书心眼实在，红旗渠配套工程关系到浇地用水的具体事宜，孝谐屯村的地理位置在咽喉地段，涉及全公社的十几个村，没有实在的心眼，工程就难能实在。二是村里有个风水先生，利用新老交替宣扬封建迷信。春节刚过，他就说玉皇大帝的点化，"新"支书必须由姓"时"的取而"代"之，今年就要见高低。党员们下定决心，推迟两年选支书，看风水先生的烂脸往哪搁？

风水先生姓邓，叫邓二能，个子不高，留着小胡子，肮脏点多。以前，他用看风水迷惑人心，拐骗群众钱财。如今，他把选支书同迷信联系起来，以炫耀自己的威风，将迷惑人的手段推上了一个新的台阶。

前年，为了使红旗渠总干渠垒砌用上优质石材，将孝谐屯的一座"谷穗山"崩了。这座山的形状有点像谷穗，故取名"谷穗山"。从崩山的那一天起，邓二能就阴阴阳阳，在村里悄悄传递"天机"，说谷大山不行了。群众问其究竟，邓二能说："谷穗山的第一个字是谷，谷大山的第一个字也是谷。真山已倒，其人难存！"后来他又讲："谷支书的人品修行好，也难逃脱革职为民。孝谐屯村易主了！新屯主是谁？应该是挂'时'字的人。社会主义'新时代'嘛，姓'时'的该坐江山了！天意不可抗拒！"

党员们听到言传，真想揍邓二能一顿，可惜这些不见日月之言，难以追根问底。无奈，党员们硬着头皮说："谁敢换支书？"

又一次发言，党员们亮明了真实思想说："我们理解老支书的意思，想让贤于时孝山。我们双手赞成！但是，我们的共产党是世界一流的党，信仰马克思主义、毛泽东思想，要同封建迷信对着干！老支书让贤推迟两年，时支书推迟两年接班，有意见没有？"时孝山当然要表态，他说："休说两年，就是10年也没意见！我盼望老支书身体健康，心情愉快，多干几年!"

党员们兴高采烈,热情鼓掌。

二

老支书确实想要时孝山接班。在两个副支书中比较,党性素质和工作魄力一样高,相比之下,时孝山工作方法灵活,善于动脑筋。车东山预见性强,工作有点刻板。于是,老支书选定让时孝山接班。

今天,党员们不是反对让贤,而是要把风水先生的脸蹭展拽直。老支书想:红旗渠的配套工程需要两年,两年就两年吧,党员们说得在理,自己也必须服从,扑下身子再干两年!

老支书笑着问:"如果真的举手投票,什么对策?"

党员们异口同声回答:"14 票对 14 票!"意思是投时孝山 14 票,投车东山 14 票,都不超半数。

这时候,老支书清点了人数,共有正式党员 28 名,说明党员们铁了心。

老支书哈哈大笑说:"今天没投票却有了结果,选举无效,谷大山继续担任党支部书记!"

党员们欢声雷动,长时间鼓掌,并且请老支书讲话。

老支书说:"要我讲,还要讲红旗渠。这个话题讲不完,不但今天讲,而且几十年之后还要有人讲。我讲三点:第一,红旗渠修建需要钢筋、水泥,我们林县没有。新中国还年青,什么建材都奇缺。我们能不能等到国家富强了才修红旗渠?不能!我们林县有山,有石头,就凭着几块硬石头,非修成不中!第二,修红旗渠需要大公无私。县委和公社党委都做到了大公无私,咱们孝谐屯村也必须做到!现在国家很穷,不能开工资修建红旗渠,而是用大公无私的精神修建红旗渠。咱们的红旗渠就像一个身高万丈的巨人!一切私心杂念来到巨人身边都得自动消灭!什么叫练兵练人练思想?就是要取缔各种灰暗的私心杂念,变为光辉灿烂的大公无私!第三,修红旗渠需要艰苦奋斗。这个庞大的工程,不用电,不用机械,全靠咱们的一双手、两只脚、用车推、用筐抬,这就叫白手起家、艰苦奋斗。

我们今天苦,换来明日甜! 咱们这一代人苦,滋润了下一代人甜! 这就叫劳动创造世界! 下一步是红旗渠配套工程,永远需要发扬大公无私、艰苦奋斗精神! 这是锻炼人、考验人的工程! 在这里,我问党员们,感到苦不苦? 愿意不愿意带头?"

党员们齐声回答:"以苦为乐! 愿意带头!"

散会以后,只留下三个支书,老支书首先问时孝山:"孝山,你认为今天的会怎么样?"时孝山拍着巴掌笑着说:"就应该这样! 老支书身体硬邦邦的,还有掌舵的能力嘛。这样好,比从我嘴里说出强得多。我要说让老支书继续干,好像我不愿意挑重担似的。今天的会,非常满意!"

老支书又问车东山,车东山回答说:"风水先生胡说八道,我们不能当耳旁风,应该主动驳斥。这样推迟两年,影响我们的工作,有点小题大做,还显得被动。"

老支书郑重其事地说:"党员们心中有数,没有挑亮,只说 14 票对 14 票。"

党支部分工,红旗渠配套工程中,时孝山管拆迁的,老支书问:"拆迁怎么样了? 支渠选线到啥程度? 啥时候可以开工?"时孝山回答说:"选线工作结束,邮电局的一部分电杆需要迁移。在咱村,新的电杆需要从二山家的院子过,凡是电杆下的树木都要刨掉,这也是拆迁范围的大事。"

"什么大事? 二山不就是俺兄弟? 他能不同意?"老支书问。

时孝山说:"二山叔说了,你们兄弟俩还没分家,院子是他的还是你的说不定,拆迁物一一填表登记,写在谁的名下? 二山叔有想法,想趁此分家。"

老支书不以为然地说:"俺家的事岂能影响红旗渠工程? 马上分家,写一个分单不就妥了。我现在住西院,二山住东院,两个院儿相连,房子一样多,大小也不差几平方米。让二山拣,他愿意要西院也中,要东院也行。明天上午,孝山主持此事,写了分单就刨树,通知邮电局移电杆,越快越好!"

"刨树牵涉到赔偿问题。"

老支书根本没想到赔偿,说:"赔偿啥? 不就是几棵小树? 不用赔偿不用赔偿!"

时孝山笑了,说:"赔偿是修红旗渠的政策。按小树的直径说,5 公分以下一个标准,5—10公分一个标准,15—20公分一个标准,20公分以上视为成材,不赔偿。在拆迁中,各村都有钉子户,除按国家政策赔偿外,基层还得加码儿。"

老支书摆着手说:"算了算了,咱不用加码,按国家政策给多少算多少! 不赔没意见!"

夜深人静,三位支书各自回家。老支书与车东山同路,边走边谈,又提到拆迁问题。车东山说:"老支书,你和二叔一辈子没分家,这时因为红旗渠拆迁赔偿分家不太合适。我建议保持现状,只写分单,院子不换,你还住西院,二山还住东院。如果两院财产不平,可以从经济方面调整。"

"平。"老支书说,"俺兄弟俩相处很好,无任何矛盾,以老二说了算。这件事已经交给孝山了,他明天办成啥算啥。"说到这里,老支书认为东山年青,不晓得弟兄们分家只有抓蛋(阄)才公平,才没有任何后患,才没有闲言碎语。想到这里,他问:"保持现状有啥必要呢?"

车东山回答:"世间的一切事物都不是孤立的,任何事物的变化都会牵涉到相关的事物。特别是拆迁赔偿时,会不会枝生什么内容,造成不良影响呢?"老支书坚持己见,满不在乎地说:"不会不会,我和老二如一人,院子变了心不变。按国家政策,包赔几个钱也是光明正大,坚决不要基层加码。"

"电杆从院子过,无太大的影响。安阳市的大街上,高压电杆还往树头中间过呢,既能通电又能长树。"车东山说。

老支书回到家脱衣上床,还想此事:东山说世间的一切事物都不是孤立的,任何事物的变化,都会牵涉到相关的事物。他为什么提出保持现状呢? 小小的树苗能起什么风波?

老支书怎么也想不明白,渐渐进入了梦乡。

且说时孝山回到家里,说有客人等他。一看是风水先生邓二能,提着一瓶杏花村酒和一斤切好的熟肉,要祝贺时支书成了谷支书的接班人。

时孝山一听心里就冒火,岂不是给我的伤口上撒盐不成! 今天夜里应该我接替谷大山的,没有取而代之,够我心里难受了。都怨你邓二能惹了风波,你还来羞辱我? 时孝山黑沉着脸一句话也不说。

邓二能点头哈腰,皮笑肉不笑地说:"我猜时支书生气,果然不高兴,专门来给你解忧的。今晚的事,不是谷大山没选中你,也不是你的威信不中,而是他们违背天意。不过,时支书放心,两年之后这个位置还是你的,谁也抢不走! 你看,修红旗渠崩倒了'谷穗山',谷大山已经没气数了。如今共产党讲'新时代',应照了时支书必须取代谷大山。常言说,宰相肚里撑舟船,我知道时支书的宽阔胸怀。谷大山当众宣布你是他的接班人,这件事还是应该祝贺的!"

"还有啥话要说?"

"两年,只是转眼的瞬间,别看这么短的时间,也需要正确对待谷大山,天时、地利、人和三个要素缺一不可。太白金星给我托梦了,我虽然知道天意,但是,在时支书面前,草民不敢点化,只能说些供领导参考的话。"

"说完了没有?"

"人心不过寸。谷大山平时大公无私的架子很大,那是修红旗渠的需要。谷大山也有七情六欲,就像猫不能不吃鱼一样。"

"还有啥?"

"我提来了酒、肉,咱边喝边聊。"

时支书用鄙夷的语气说:"我的事我知道,咱不是一条路上的人。给我出去!"

邓二能傻脸了,万万没有想到能落到这么难堪的地步。多年来,我摇旗呐喊,为了要你时孝山坐上头把交椅。可这……想到这里,邓二能红着脸提上酒和肉匆匆而去。

时孝山躺在床上久久不能入睡,床嘎吱嘎吱地响。他想:谷大山是否真心让贤? 没说的,真心。党员是不是对我有意见? 也不是。邓二能你封建迷信、胡说八道,惹得党员对着干,不是好东西! 他思索着说:

"老支书说了,两年,两年以后还要我接班。我该怎样对待老支书呢? 怎样讨他的喜欢呢? 猫不能不吃鱼吧?"

"在政策范围之内——分家——抓阄——做文章。"

时孝山一直思考了几个小时,天快亮的时候才满意地睡了。

一轮火红的太阳从东方冉冉升起,放出万道霞光。太行山的云雾千姿百态,带状白云绕过一座山又一座山,浓厚成团者则沉在山川中遮村蔽树,浅淡稀疏的如戏台上的纱幕飘飘悠悠。无雾的清野同白雾挤挤扛扛,人们一会儿在白云中嬉戏,一会钻出来晾身。太美了,太行山的早晨太美了!

时孝山一骨碌起了床,简单地洗漱吃饭之后,急匆匆地走出了家门,穿过云雾直奔谷二山的家。二山正在院子浇树,时孝山说明来意,拉上二山进了老支书的家门。三人围着小桌坐下,说分家的事宜。

谷二山说:"分不分无所谓,几十年过去了,我和老大团结得如一人,他住西院我住东院很好嘛!俺哥想分家,由他拣。"听二山这么说,就没有分家的意思。

"兄弟没意思分家,我更没有这个想法。"谷大山说,"只不过昨天晚上孝山说电杆要从东院过,栽种的树苗必须刨……"

二山打断哥哥的话说:"积极支持修建红旗渠,需要刨多少就刨多少,按照政策,上级包赔多少我得多少,不包赔没意见!"

弟兄俩一个比一个姿态高,压根没有分家的要求,好像分家是时孝山的主意。

时孝山30多岁,中等个子白净脸,大背头。浓浓的竹根头发,发型威武雄厚。两条宽弯的眉毛,挂着熊熊浩气。一对乌黑的眼睛炯炯有神。小鼻梁薄嘴片,说话声音滑润,一看就是个能言善辩之人。

他哈哈大笑,向后抹拉了一下头发说:"兄弟两个一个比一个姿态高,不愧为革命家庭。大叔参加过抗日战争和解放战争,当了20多年支书。二叔当过民兵,在生产队当队长忘我劳动、奋不顾身,因工受伤丢了一只手,受到全村社员的爱戴。你们兄弟俩真可谓不是一家人,不进一家门!既然你们说到这个地步了,今天的分家就落到我时孝山的头上,我要你们分的,这就中了吧?"

大山和二山同时笑了。

"是这样。"时孝山继续说,"没有不散的酒席,没有不分家的兄弟。我时孝山是老支书培养出来的学生。今天,学生来给老师分家,是不是小人物管不了大事?"

"哪里哪里,你想到哪儿了?绝不是那个意思!"兄弟俩异口同声。

时孝山站起来,准备走的样子,说:"对不起,我走了。算我六个指头抓痒——多一道儿!"

谷二山赶紧站起来,双手薅住时孝山说:"咋能走哩?分家,我们都听你的。"

"二叔,你说得还不对。我是下辈人,今天来服务二位叔叔,可不是叫叔叔听小字辈的!"

"坐下坐下,坐下服务。"二山拉时孝山坐下,回头对哥哥说,"哥,你说咋着分家?"

哥哥问:"你愿意不愿意保持现状?"

"保持中,不保持也中,反正东西两个院的面积不差啥,房屋建筑都一样。所不一样的是,东院一片房基地每年春节唱戏当舞台占用几天,人家也不会要咱的。按习惯说,弟兄俩分家还是抓蛋(阄),谁也没说的。"老二说。

"好!"老大说,"就按老二说的办。抓蛋,街坊邻居听了都没说的。"

时孝山笑逐颜开说:"瞧瞧瞧瞧,两位叔叔说得多好!这样,我当侄子就好办了。这就叫服务两个叔叔。我再问一下:砖瓦、石块、树木、电灯、电线动不动?"

"一概不动!"弟兄俩一起回答。

"我再问一下:东院的小树包赔,执行国家政策,是东院所得,是不是这个意思?"

"当然是这个意思。"又是弟兄俩一起回答。

"你弟兄俩是全村的表率,都像你们这样,哪有分家不好分的!"时孝山笑乎乎地问,"下一步该咋着?"

"抓蛋!"兄弟俩再次异口同声。

时孝山拿出一张稿纸说:"现在轮到我服务了。"他撕成方方正正的小块,一块上面写"西院",另一块上面写"东院"。他边写边说:"我时孝山是个公平人,若不公平,老支书就不培养我。今天,我公平公正服务二位叔叔。谁叫我取名孝山呢?孝山就是孝顺、效劳两位山叔叔。叔叔看看两个纸单,有啥意见没有?"

"没有没有。"

时孝山把两块小纸揉捏成蛋状,放到小桌上,用手拨拉旋转,掉在了地上。他说:"这样不行,得拿个碗来。"说着,他拾起两个纸蛋进里间去了,待出来时,两个纸蛋装在碗内,使劲旋转之后放到小桌中央,问:"哪位叔叔先拿?"

其实,时孝山趁着拿碗的机会,用偷梁换柱的手法,已经把两个纸蛋换了。他来的时候衣兜里就装着两个同样大小的纸蛋,上面都写着"西院"。眼前碗内的就是带去的都写着"西院"的两个纸蛋。这样做只有他自己知道,老支书也被蒙在鼓里。为啥这样做呢?目的要老支书拿着东院。

时孝山又一次问:"哪位叔叔先拿?"

老大说:"要是好,大让小,老二先拿。"

老二说:"要是和,小让哥,哥哥先拿。"

推让一阵之后,老二先拿,打开纸蛋一看说:"西院。"

老大边拿边说:"你的西院,我就成东院了。"

时孝山见老支书欲打开纸蛋,伸手便夺了过去,说:"让侄子效劳!"他打开纸蛋作出让人看的样子,晃来晃去不让人看清,说:"东院东院,不用看也是东院!"随即,他把两个纸蛋撕碎了。

当面,时孝山写了两份分单,其内容主要是:头门守业东院,二门守业西院。院内房屋、砖瓦、树木、电灯、电线一概不动,经济互不补贴,年底誊清,互换居住。拆迁的小树赔偿归东院所得。双方各无异议,空口无凭,立字为证,永不反悔。

四

分家之后,老支书刨掉了树苗,邮电局迅速栽杆架线,拆除了旧的电杆,红旗渠的支渠全线开工。

这一天,负责拆迁的时支书送拆迁费,来到老支书家,将一个大信封放到桌子上。老支书掏出一看,吓了一跳,问:"咋这么多?"

信封里装着100块钱,这是刨树苗的赔偿,每棵1元。另外还有到木材公司购买一方红松的介绍信,这是拆迁小树苗的补贴指标。凭这封指标介绍信,可以按国家定价购买一方红松木材,只需要交90元,能买30根檩条,每根才花3元。拿到市场上,每根檩条至少可值35元,共计可卖

1050 元,轻轻松松从中赚取 960 元。老支书当然要吃惊了。

时孝山满面春风地问:"老支书怎么样? 满意吗?"

老支书皱着眉头说:"你弄错了吧? 不应该这么多。"

"怎么不应该? 每棵 5 公分以下的小树赔偿一块,公开的价格,你不是不知道。"时孝山佯装生气,想听"满意"和"谢谢"几个字,万万没有想到他嫌多。

"100 块钱不错。"老支书说,"干啥给木材指标? 指标值钱呀! 光这个介绍信就能卖 1000 块钱! 我每年分红才 300 块钱,相当于干了三年活,岂不是巨大财富? 国家能有这样的拆迁政策? 一定弄错了!"

时孝山感到面前的老支书脾气倔强,太可笑了,说:"老支书,我一点没弄错。从南京到北京,查查每个拆迁工程,没有一户嫌多,赔偿再多也嫌少! 你别得了窍卖窍! 我的老支书,装起来吧!"时孝山说着,将钱和介绍信装进信封中,重新放到桌子上,以为这样就没事了。

"不行! 不该要的不能要! 退回去!"老支书立场坚定。

时孝山又将介绍信掏出来,放到老支书的面前说:"老支书再看看,上面盖着大红印章,县委韩副书记亲笔签字,正正规规的县政府批准的手续,哪能有错? 你以前说过,按政策赔偿咱要,地方加码不干。这都是按政策办的,你不要,退给谁? 推翻政策?"

一听"推翻政策"几个字,老支书犯了嘀咕,本来想听一下按照哪一条政策给的补贴,时孝山怎么也说不明白。他看着那个大信封说:"先放这儿吧,我打听一下再说。"

时孝山以为自己胸无私念,没有从中沾任何光,问心无愧。他拍着胸部说:"老支书,我辛辛苦苦给你办事,跑折了腿! 是不是怀疑我管拆迁从中渔利?"

"不——"老支书确实没有怀疑办事人员从中渔利。

"我时孝山对天发誓,在修建红旗渠各项工程中,吃苦带头! 吃亏带头! 惹人带头! 没有沾任何光! 一心一意为党为群众卖力气! 有半点虚假,叫天打五雷轰!"

老支书笑着说:"坐下坐下。我只是感到咱林县很穷,不应该赔偿这么多。特别是补贴的木材指标,不应该补贴! 红松是从东北运来的,每方只卖 90 块钱,低于市场价 10 倍。为啥这么便宜? 支援基层社会主义建设。红旗渠工程需要哇！应该用到红旗渠,不应该支持我呀！你懂不懂顾全大局？"

时孝山辩驳说："拆迁也是红旗渠的工程,你带头拆迁,工程顺利,就应该这么使用,名正言顺嘛！"

"你问一下,"老支书坚持己见,"如果红旗渠别的工程需要木材,我情愿一分钱不要,把指标让出去！中不中？"

"中中中——"时孝山以为老支书给了下坡路,赶紧告辞要走。

送到门口,老支书拍着时孝山的肩膀说："孝山你想想,我如今不盖房,若把90根檩条按市场价卖了,我赚了钱,群众对我啥看法？党员对我啥眼光？我成什么人了？抬不起头了呀！"

时孝山也坚持己见,说："你想得过多了,这都符合政策！挺起胸来！"

分别之后,走到拐弯处,时孝山望了望老支书的家门口,咬着牙说："呸！好心肝落了个驴肝肺！"

五

次日凌晨上工时,时孝山听到背后有人喊,仔细一听是团支书习琴珠的声音。

"时支书——等一等！等一等！"

时孝山知道她要说垒砌舞台的事,是我授意她找老支书的。垒砌舞台这件事嘛——又是给老支书聚财。昨晚老支书不承我的情,管？不管？敢不敢再管？看老头子的倔劲儿,不管！时孝山眯着眼斟酌此事,自言自语地说："我不信猫不吃鱼！你谷大山今天不承情,明天承情,这一代不承情,下一代承情,好人一定有好报。"想到这里,时孝山停住脚步,看着习琴珠跑来,亲切地问："琴珠,啥事儿？"

琴珠说："我找老支书两次了,要求把土舞台垒砌成石舞台。我说舞台大了一是可以演大戏,二是演出效果好,群众欢迎！俺们团支部、宣传队在土舞台上演戏五六年了,党支部也该支持我们,别让我们宣传队一直寒碜。如今的集体力量大了嘛！土舞台也该上个新台阶了！"

"他说什么?"

"他说可以,计算了一下用石料得15方,每方20块钱,总共300多块钱就行了。他还说要和时支书、车支书商量一下。还表扬说,你们团支部的建议不错,不过不能心急,离春节演戏还有半年哩!"

时支书很满意的样子说:"只要一商量,准成! 我把石头都找好了。车东山领导的红旗渠干渠连队,剩下近20方料石,一分钱不用花,土舞台就变样了!"

"谢谢时支书!"习琴珠喜盈盈地说。

"谢谢,说得多亲切。"时支书说,"我是打青年时过来的,知道你们编排文艺节目的辛苦,顶着风寒演出不容易。支持你们的工作,团支部、宣传队的同志们不能说我坏吧?"

"时支书好,团员们都拥护你接老支书的班儿!"

看着习琴珠远去的背影,时支书像吃了蜜糖似的,自言自语地说:"垒砌舞台这件事又是一箭双雕呢!"

老支书果然召集两个副支书,商量舞台的垒砌问题。

时支书首先表态说:"这件事不但应该做,而且容易做。车支书的工地上余着近20方料石,支渠上用不着,拉过来垒砌舞台正好,易如反掌之事。"

车支书反对垒砌舞台,听时支书这么一说,估计老支书也同意,垒砌舞台就搁不住了。车支书想:垒砌舞台的事坚决不能办! 如何才能通不过? 只能从料石上打主意,绕个弯弯说假话,用不是法儿的法儿,达到正确的目的。他装作很抱歉的样子说:"对不起,这件事我还没来得及给支部汇报呢,上次咱决定建立千头养猪场,需要用大量石灰。我给桃园大队商量好了,一方料石换一吨石灰。"

"好好好!"老支书立即表态说,"换石灰好,咱正发愁没钱买石灰哩。这样一换双方有好处,就这样定了,垒舞台的事以后再说。"

散会以后,时支书心里很不高兴,眼看着就要成的事,被你姓车的一句话给蹭散了。换石灰? 哪有怎好的事? 纯粹瞎话! 真实思想是反对垒砌舞台! 好吧,将计就计,今天下午我就派车拉石灰,看你说的人话还是屁话! 放了空造成损失批判你!

时支书派车拉石灰没有拉成,果然放了空。回来的人说,人家也愿意

130

扛红旗的人

换，大队干部根本不知道这件事，要咱们的干部去，商量好了再拉。

抓住了车支书的把柄，时支书兴高采烈，找到老支书显出很生气的样子，汇报了拉石灰放了空，造成了损失。他说："桃园大队很生气，车支书根本就没有去说这事，还说把车东山叫来，当面证一证！"他又说："车东山这么做，是用屁话戏弄党支部，戏弄老支书！建议老支书召开党员会，批判车东山。否则，党支部的日子不能过了，我要辞职！"

老支书若无其事的样子问："要不批判他呢？"

时支书抡着胳膊吼道："不干！坚决不干！我还要找公社党委，让他们知道我为啥不干了！"

老支书心里已经有了数，答应了时支书的要求，开党员会。

六

晚上，会议室里气氛热烈，许多党员猜测老支书又要让贤了，两年太长等不上，今天就选新支书。也有人揣度，党支部内出分歧了。还有灵通人士传递消息，要批判车东山。

时支书到会特别早，洋洋自得的样子，一会儿坐到东边，同党员们夸夸其谈，一会儿坐到西边，说古论今谈笑风生。有的估计：时支书要接班了。

车东山到会较迟，一进门就很显眼，遭到党员们的嘀咕。看车东山的长相，一副诚实的农民模样，脸晒得黝黑黝黑，光着头不留发，头上经常系一块白毛巾，两条眉毛细弯而且长，眉宇宽阔，眼睛明亮。他少言寡语，却句句话掷地有声。他不善于开玩笑，却使人感到平易近人。他言语诙谐，却不能使人捧腹大笑。他对群众关心无微不至，却唯独没有自己。他对领导尊敬爱护，却不允许领导沾光。他看问题入木三分，却使人当时感觉不到，事后才赞叹不已。

有人思索：批判车东山？能批判啥呢？

老支书宣布开会，立即鸦雀无声。

"今天的议题有两个。"老支书把那个拆迁赔偿的大信封摆到桌子上，掏出里面的100块钱和木材指标介绍信，继续说，"第一个议题是讨论拆迁赔偿我的树苗一事,看合理不合理? 合理怎么办? 不合理怎么办? 大家要直言不讳、畅所欲言。第二个议题是垒砌舞台,该不该垒砌? 什么时候垒砌? 现在先进行第一个议题。"

讨论前,老支书介绍了分家和拆迁政策以及自己的态度,强调只要求按政策赔偿,不要拆迁补贴,更不能基层加码。

这件事好像冷水泼进了滚油锅,噼里啪啦响个不停。讨论的重点是木材指标,党员们不理解,为什么要给这个指标?

老支书曾经派人去调查此事,事情的经过是:

时支书找公社的陈书记,说谷二山当生产队长带头劳动、奋不顾身,打麦时被打麦机绞掉了一只手,因公残疾。拆迁的电杆要从他家院子过,100 棵榆树苗需要刨掉。现在的树苗已经成锨把那么粗了,眼看四五年就要成为檩条,毁掉树苗损失太大,于心不忍,表示同情,请上级给予拆迁补贴,照顾残疾人。说得陈书记动了心,趁着下雨,时支书和陈书记一块到县委找韩副书记,说得韩副书记也动了心。因此,以邮电局的名义要了一方木材指标,补贴谷二山。

党员们听罢情况介绍,心里气乎乎的,纷纷质问:

"二山因公致残是事实,这一方木材指标应该给二山,为啥给大山?"

"因为大山二山分了家,大山分得了东院。但是,办理补贴还是以二山的名义。这算不算弄虚作假? 算不算以权谋私?"

"倘若东院还是二山的,时支书会不会卖力去办?"

党员们问得时支书面红耳赤、无言以对。

老支书要党员们讨论:"现在这个木材指标怎么办?"不少党员回答: "应该给二山。"老支书摇摇头说:"车支书有个好意见,听听他的。"

车支书说:"二山叔如果分的东院,得到这个指标名正言顺。他分的西院,就是名不正言不顺。咱们在修红旗渠的各项工作中,坚决不能干名不正言不顺的事! 中央的谭书记说红旗渠精神是永久的。我认为,应该把这个指标原封不动地退给国家!"

党员们赞成,热烈鼓掌,只有时支书尴尬窘困,张口结舌什么也说不清。

老支书宣布进行第二项议题,讨论垒砌舞台事宜。这件事分明,几乎所有的党员都同意垒砌。

"开始说这件事——我也同意。"老支书说，"没有意识到分家后，那个土台子是我的房基地，十几方料石无代价就流进我的房基地了。根据这个情况，车东山给我谈，指明这叫以权谋私。我说，把那块房基地捐给集体，这中了吧……"

党员们打断老支书的话说："好办法！捐给集体，以权谋私就不存在了。车支书，你说呢？"

车支书反对捐给集体，说："捐给集体，乍听起来可以。其实，从长远说仍然不是一个法儿。在这个土台上演戏只是暂时的，两三年，我们集体力量强大以后，要选一个更好的地方，修戏楼、建剧场，还要盖化装室、道具仓库、配电室等。到那时，老支书捐献的房基地嘛，还要原封不动退给他。"

党员们恍然大悟："还是车支书胸怀大目标，办事有远见！这才是红旗渠精神！"

两个议题全部进行完毕。

老支书又提出了让贤事宜，说：

"村看村户看户，群众看的村干部。大梁不正二梁歪，上面先腐下面败。两袖清风一身汗，干部看的领头雁。红旗渠工程为啥能顺利进行？就是县委杨书记是一个好领头雁！胸怀党章，心系群众，不谋私利，目光放远，吃苦在先，改天换地，造福百姓。咱们的孝谐屯村在修建红旗渠工程中，锻炼出了人才。请党员们讨论，选出我的接班人！"

党员们踊跃发言："我们要选车东山！"

经过举手表决，车东山被选为新一任的党支部书记。

会议室里，传出了长时间的热烈鼓掌声。

鲁 班 豁

——修建红旗渠的故事之九

一

　　碧空万里,阳光炽热,南风吹来给人们带来丝丝爽意。地委机关的大院栽种了两行高大的杨树。常言说,杨树底下听风,桐树底下听雨。虽然南风不大,但是在杨树底下听起来哗哗啦啦悦耳,似乎大风似的。杨树那边是机关的干部食堂。正是开午饭的时间,三三两两的人边谈边向食堂走去。

　　"文革"办公室主任金凤仙,甩着两条齐肩小辫儿,手中掂着两个碗一双筷子,灵巧地走进了食堂。她不急于买饭,停下脚步用目光四处搜寻,要找文化革命办公室的葛庭献和鲁振汉,通知他俩下午开会。葛庭献和鲁振汉同坐一张桌子,正在低着头吃面条。金主任观察了好一会儿才找到,走到他俩跟前说:"报告个好消息!刘队长回来了,还带来北京丘教授的一幅中堂画和一副对联,画得可好了!通知你二位下午两点半到办公室开会。这不,我怕忘了,搁住吃饭先下通知。"

葛庭献是个有名的灵通人士,笑了笑说:"我早知道了,那幅画儿画的是林县的鲁班豁。刘队长可能在林县出新点子……"

"狗屁!她一撅尾巴,我就知道她屙啥屎!"鲁振汉打断葛庭献的话大声说,连面条都差点喷了出来,"刘队长叫刘国美,不是美丽的美,是霉烂的'霉'!"

葛庭献挑唆似的问:"你敢当着刘队长的面说?"

"我老鲁已经当面说过了,她说我——咋这么说话?我自己说我——狗改不了吃屎。她?门儿——也没有!"

金主任知道鲁振汉是个倔强人,经常跟工作队顶牛,就批评说:"老鲁,你的直爽是优点,不过,现在不是直爽的时候。要知道,刘队长是北京派来搞文化革命的,是运动,只能下级服从上级……"

鲁振汉又打断金主任的话,顶撞说:"狗屁!正确才是上级,反之就不是上级!"

葛庭献听了咯咯大笑,是嘲笑还是鼓励谁也说不清。他咬着鲁振汉的耳朵却大声问:"她为啥打先进县的主意?知道吗?"

鲁振汉回答:"我不知道,你也不知道!"

葛庭献用神秘的姿态压低声音说:"我——知道。"

鲁振汉黑沉着脸说:"去去去,啥也成秘密了?打先进县的主意叫缺德!"鲁振汉以为这个消息灵通人士今天不灵通了,继续吃饭。

金主任知道葛庭献肚里的灵通多,使了个眼神,葛庭献站起来。她悄声问:"先进县对她有啥不利?"

"理念嘛,16个字:'挡不住先进县的路,迈不开私有化的步。'"葛庭献用更小的声音回答说。

金主任不以为是,笑了,心想:"文化大革命"揭发出"走资派"的坏话多哩,这算啥。她继续批评鲁振汉说:"老鲁不要不服劲儿,工作队是老虎,咱惹不起!"

"知道!"鲁振汉抬起头,满不在乎的样子,"她老虎屁股摸不得,我偏要摸!能把我吃了不成?"

金主任感到鲁振汉越说越离谱,噘着小嘴白了他一眼说:"摸吧摸吧,瞧你咋着摸!"

她跺了一下脚买饭去了,边走边想:鲁振汉是个疙瘩头,谁也知道,以前没这么严重,自从刘队长来了就升了级。不过——鲁振汉跟她顶撞,好像也有道理。唉!这样下去也不行,我得想个办法调解一下,改变一下关系,要么给地委领导汇报一下,一是不让"文化大革命"走偏,二是不要鲁振汉栽了跟头。

见金主任走远了,葛庭献对鲁振汉说悄悄话:"刘队长是个美女,你打算咋着摸她的屁股?是晚上?是白天?当众?还是背地?"

"嘿!"鲁振汉给了葛庭献一拳。二人哈哈大笑,继续吃面条。

突然,鲁振汉抬起头,正颜厉色地问:"老葛,你还有秘密没给我说。"葛庭献眨了眨眼。二人同时看着金主任走远了,葛庭献咬着鲁振汉的耳朵说:"那幅中堂根本就不是北京丘教授画的……"

"谁画的?"

"焦主涵。"

"哪个焦主涵?"

"参加过国民党,是国民党特务组织'复兴社'的骨干成员,当时号称'焦骨干'。后来混进革命队伍,成了诬陷革命干部的专家,外号'焦专家'。"

鲁振汉摇了摇头说:"专家不假,不一定会画。就说会画,何必称丘教授?"

"这个你又不知道。"葛庭献说,"他原来姓丘,母亲改嫁姓了焦。后爹脾气暴躁,经常打他,一提姓焦的就发火,还想恢复姓丘。焦主涵扬言,文化革命中,我要大展神通,东挖焦裕禄的墓,西罢杨贵的官!"

"哈哈哈哈!"鲁振汉朗朗大笑说,"当骨干、当专家不过瘾,还当教授?他的教授是'叫兽'!"

鲁振汉是林县人,家庭饱经逃荒要饭、妻离子散之苦,保卫红旗渠、保卫杨贵铁了心。他经常说:"林县百分之百的老百姓拥护修建红旗渠,并且积极参加修建红旗渠,红旗渠是救命渠!"因此,在他的身上产生了敏感的神经质,谁反对红旗渠就跟谁拼! 刘队长来了之后,鲁振汉感到她同焦主涵观点相近,与红旗渠反贴门神不对脸,于是经常顶牛。

下午两点半准时开会,"文化大革命"是在上级派来工作队的领导下开展的,不论什么会议,同志们只是听会、领取任务、一言不发。金凤仙为办公室主任,葛庭献和鲁振汉为副主任。这仨人说话办事更必须同刘队长保持一致。虽然鲁振汉不尊重队长,但是其交给的任务却都完成了。

人到齐了,在会议室里闲聊。刘队长一进屋,说话声立即停止,似乎肃然起敬,会议很严肃的样子。

刘国美,名字上带着"美"字,论长相确实很美,瓜子似的脸庞,白皙的皮肤,乌黑的烫发,修长的眉毛弯且细,两颗黑葡萄明亮闪光,天然的嘴唇不用涂口红,自然润丽。鼻子小巧适中,秀气十足,标致无比。

在热烈的掌声后,刘队长讲话:

"我们现在进行的'文化大革命'是按照中共中央《五一六通知》精神搞的,是波澜壮阔的运动! 全国都派了工作队。我们有严格的组织纪律,按照清华大学、北京大学试点上的工作经验进行,坚决做到学试点不走样! 于是,我们要求在座的各位,必须同工作队保持口径一致!'文化大革命'是考验各位干部的试金石,每个干部都在自己写自己的历史。我要宣布,文化革命结束之时,就是各位干部的选拔晋升之日! 该提拔的要当书记、县长、局长! 没有入党的要入党,成为伟大光荣的中国共产党党员! 在这里,我要问一问大家:能不能同工作队保持一致?"

"能!"众人异口同声。

刘队长笑乎乎的样子,继续讲:"革命歌曲里面有一句叫'一切行动听指挥',能同工作队保持一致,就做到了一切行动听指挥。今天,我从北京带来了丘教授的一幅中堂画儿,包括一副对联,大家看一看,认真思考一下其中的用意,学以致用嘛! 对咱们目前正在进行的'文化大革命'有什么启迪? 特别要联系到先进县的具体工作上,有什么指导意义?"

二

打开中堂画儿,画的是太行山上的"鲁班壑"。太行山南北走向,像摩天墙。相传,原来没有这个豁,从远古就没有这条路,隔绝了交通。历史上出了一个能工巧匠鲁班。他成了神,见老百姓交通受阻,就用自己的斧头在太行山上砍了一个豁口,从此百姓受益,故取名为"鲁班豁"。不过这个豁口还是摩天似的很高,行走艰难,尽管如此,对发展太行山的经济起到了推动作用。

中堂画儿画得细致逼真,一眼就认出是鲁班豁。画中有喜悦的气氛。鲁班豁内有一张石桌,上面摆着一瓶酒,一只烧鸡,两根香肠,三段黄瓜,一包花生米,四个穿古服的人正在喝酒,甚至海天阔地夸夸其谈。画儿的半边写着一首诗:

> 昔过鲁班趣如诗,
>
> 再走清亭满荆棘。
>
> 千秋万人磨明路,
>
> 今朝路易心不移。

中堂两边的对联为:

> 书法未必尽师古,
>
> 文章贵在能通今。

在场的人看得入神,不由自主地三三两两议论起来,有的窃窃私语。

金主任提醒大家说:"一定要同政治、同'文化大革命'联系起来讨论,要同大批判紧密结合!工作队从北京带来的东西,不是让我们白看的,一定要有政治意义!"

大家你看看我,我看看你,怎么也同"文化大革命"联系不起来。于是,要求刘队长解读一下画儿上的诗。

刘队长不推辞,解释的大意是:

在抗日战争和解放战争中,丘教授多次走过鲁班豁,亲身体验到千丈高的盘山"之"字小路幽深,耐人寻味。上到鲁班豁,不论山下有风没有,鲁班豁中清风沁人心脾,故又称清亭。有一次,他还真的带着一瓶竹叶青酒和一只道口烧鸡,几个人坐在石台上取乐,庆祝攀登鲁班豁趣味无穷。"昔过鲁班趣如诗"是丘教授亲临其境的感受,特别是喝罢酒下山时,他大声对半山腰的农家喊:"田大哥!我们想喝小米粥,给熬四碗!"田大哥应声。丘教授用了近一个小时才下来。当田大哥将香喷喷的小米粥端到面前时,丘教授的那个甜蜜劲儿无法形容,把林县的小米粥说成是世界上最好的美餐,胜过"海参鲍鱼燕窝汤"。从此,他写了许多歌颂鲁班豁的诗,将鲁班豁定为"千秋万人磨明路"。近日,丘教授听说林县的杨贵要废除这条路,在鲁班豁的右下面修一个"太行隧道"。丘教授听到这个不谐和的消息,怀念鲁班豁的雅乐心情难分难舍。他知道今后再走鲁班豁要成为"满荆棘"了。"今朝路易心不移"抒发了丘教授对鲁班豁终身难忘的深厚感情。

　　大家共同认为这是一首抒情诗,丘教授是多情善感的领导,同《朝阳沟》中的王银环相似,"这个树叶可以送朋友,那个石子可以做纪念"。如此之说,还是联系不到"文化大革命"。金主任又一次要求刘队长进一步解读。

　　刘队长笑容可掬,把解读的程度提高到阶级斗争上说:"我们学习这首诗,要带着阶级感情。不少人一提林县就认为先进县没什么问题,不需要搞'文化大革命',事实上不是那么回事。60年代初,毛主席在郑州召开七千人大会,解决吃饭饥荒问题,决定用三年时间,将中国的粮食出口国逐步改变为进口国。全国的县委书记都参加了会议,他们追查饥荒原因,反共产风、反浮夸反得很厉害,直到中央的两个部委和两个省委在大会上低头作了检查,进而将中央主管宣传工作的领导人也拉了进去。七千人大会发现,越是先进越是冒进、浮夸,在先进的背后存在的问题就越多。先进省、先进部都有问题,何况一个先进县? 林县,修了一条红旗渠成为先进县,红旗渠的背后是什么? 主观主义! 官僚主义! 命令主义! 所以说,红旗渠就是资本主义! 听说林县又别出心裁,要修什么'太行隧道',废除鲁班豁。废弃一条路就那么易如反掌? 这与红旗渠同出一辙! 几千年来,鲁班豁为发展中原经济立过汗马功劳。如果废除了鲁班豁,就等于砸了脚夫们的饭碗! 这个群体的生活咋办? 因此,我们必须提高认识,这不仅仅是废除鲁班豁,而是牵涉到几千年祖宗的大事。"她提高嗓门,严厉地批判说:"废弃的是中华民族的优良传统! 废弃的是几千年的尖端圣人! 废弃的是祖先们的文化经典! 废弃的是祖祖辈辈的生活习惯! 一切事物都必须思前想后! 在这里,我问问在座的各位同志,这是大事还是小事?"

　　"大事!"

　　刘队长进一步提高嗓门说道:"有个别人四肢发达、头脑简单、熟视无睹,总认为林县什么问题也没有,这样的人不是好人! 他是什么人呢? 他就是——"

气氛紧张了,队长要给人扣帽子,人们屏住呼吸,忧心忡忡地看着队长的表情。

"他就——是——"她抬高嗓门吼道。

"他——就——是——"嗓门一次比一次更高,简直是咆哮。

在场的人紧张得不得了,出了一身鸡皮疙瘩。

刘队长见大家鼻尖上出了汗,静观了一阵,放低了声调,用和颜悦色的口气说:

"他是什么人? 就是这样的人吧。"

听了最后这句话,全场哄然大笑,严肃的气氛烟消云散了。

别看没给扣帽子,从很凶恶的氛围到嘻嘻哈哈的结束,这样的讲话艺术提高了刘队长的威信。多数人都说:刘队长真了不起,不愧为北京来的工作队,讲话艺术超凡脱俗,就凭这一套本事,咱们就得听人家的!

干部们发言,"焦专家"第一个表态,完全赞成对鲁班豁的解读,他与刘队长是一拍即合的莫逆之交,拼命维护工作队的权威,赞扬《鲁班豁》这幅画儿寓意深刻,是革命的好画儿,那首诗更是符合毛泽东思想的诗词。他进一步说:"《鲁班豁》的诞生是毛泽东思想的伟大胜利! 是'文化大革命'的丰硕成果! 有人污蔑刘队长搞勾心斗角,那是污蔑文化革命! 有人说林县的红旗渠是经济建设,也不对! 林县赶时髦、搞冒进、搞命令,就是走资本主义! 就该批判!"

刘队长见把问题联系到林县,高兴得手舞脚蹈。

鲁振汉气得脸红脖子粗,独自坐在最后边,一句话不说。刘队长见了,估计鲁振汉被触动了灵魂,正在忏悔,心想:鲁振汉越在痛心的时候,我越要关心。这是重要的工作方法。于是,她乐呵呵地走到鲁振汉的身边,用关心的口吻问:"鲁主任,多么好的小伙子,长得一表人才,天太热,你出了汗不是?"刘队长掏出自己香喷喷的手绢,双手递过去说:"擦擦汗擦擦汗,你要不舒服,回去休息休息。"

"啪"的一声,鲁振汉把递过来的手绢打落在地,瞪着眼说:"你倒不舒服!"

刘队长傻脸了,瞬息的尴尬一扫而过。她笑乎乎地说:"没事儿没事儿,我不小心掉在地上了,拾起来拾起来。"她低头拾起手绢拍了拍灰尘,叠好装进衣兜。

全场人都把目光投过去,看着队长的一举一动,悄悄议论说:"不服劲儿不中啊!四乳女人太不平凡!"

刘队长压根儿没把鲁振汉的顶撞放在心上,乐呵呵地对大家说:"毛主席讲,实践是检验真理的标准,刚才大家的发言都是实践。我们中华民族五千年,实践非常丰富……"

鲁振汉"噌"地站起来说:"狗屁!红旗渠才是实践!"

葛庭献见鲁振汉又跟队长顶牛,吓得慌了手脚。金主任提示了一下,葛庭献才赶紧过去,把鲁振汉摁了下去,同他并肩而坐,使劲拉着鲁振汉的手不放,只恐怕他再站起来。

不能站,他就坐着说:"太行隧道是红旗渠的配套工程,长 1500 米,开通以后,群众走路缩短三四十公里,而且平坦,汽车可以对开,货流量要比鲁班壑增加几万倍,向上级并党中央写过请示,群众要求利用红旗渠的钻山技术尽快建成通车……"

葛庭献捂住鲁振汉的嘴,不让其再往下说。

三

金主任积极为刘队长捧场,说:"刘队长还没讲完哩,欢迎刘队长接着讲!"她带头鼓掌,全场响起了掌声。

刘队长特别机智,刚才讲鲁班壑有人顶牛,我讲'文化大革命'目前发生的事,人人知道的事,看你咋顶牛?她说:

"'文化大革命'开始,报纸上刊登了一篇文章,叫做《爱国主义还是卖国主义》,说的是电影《清宫秘史》,意思是批判光绪皇帝和康有为是卖国主义。前几天,我们让集中搞'文化大革命'的'臭老九'即中、小学教师观看此片,教师们多次鼓掌,为光绪和康有为的变法喝彩。这说明了什么?说明了广大教师认为《清宫秘史》是爱国主义,而不是卖国主义!又说明什么呢?实践是检验真理的唯一标准!广大教师拥护康有为是中国的圣贤!"

鲁振汉听了肺都气炸了,驳斥说:"狗屁!康有为是狗屁圣贤!杨贵修红旗渠才是老百姓的圣贤!"

葛庭献捂住鲁振汉的嘴说:"刘队长继续讲,鲁主任发脾气压根儿不是针对你的,他拥护你,批评别人胡说八道,不要误会。"

刘队长见小金、小葛多次为其解围,暗暗地想:文化革命结束时,一定提拔小金、小葛任县委书记。

刘队长继续讲:"中、小学教师实践了这个真理。今天晚上,我们安排地委大院的干部去看电影《清宫秘史》,你们都要去,亲眼看一看咱们地委干部鼓掌不鼓掌。"

会议结束。干部们欢天喜地:"看电影嘞——"

《清宫秘史》这部电影艺术性超凡,能笼络全体观众同情康有为,赞扬康有为,视康有为的对立面为敌人,并且接受康有为的思想观念,同康有为站在一个立场。

你看那电影镜头:光绪变法失败,被慈禧软禁到颐和园,奸雄太监李莲英负责看守,致使光绪和康有为失去联系。康有为的请示无法上报,光绪的指示不能下达。康有为出了个点子,让仆人端着一盘子新莲藕请皇上品尝。莲藕中有孔,把请示写在纸条上卷成细卷儿塞进孔中。光绪和珍妃一看就明白其意,作了分工,光绪巧妙地对付太监,珍妃将莲藕端进内间,掏出纸条观看,并将皇帝的旨意写在纸条上装进莲藕孔。珍妃从内间出来佯装生气,说莲藕腐烂皇上不用,摔在地上。仆人也机智万分,拾起莲藕走了。就在李莲英的眼皮子底下,变法派上报了情况,收到了皇帝的旨意。观众看到变法派精明过人,影院响起了雷鸣般的掌声。

鲁振汉坐在刘队长背后,用心观看队长的举动,队长带头鼓掌,以致形成谁不鼓掌好像落后,撵不上革命的形势似的。

看了珍妃被慈禧逼迫跳井的镜头,观众们气愤填膺,恨不得剥掉慈禧和李莲英的皮。

电影结束了,观众大声议论:"《清宫秘史》太好了,地地道道的爱国主义,而不是卖国主义。"

金主任请刘队长讲话,观众热烈鼓掌。

刘队长站到台上讲:"今天的观众全部都是地委机关的干部,素质高、思想好。同志们,你们为《清宫秘史》鼓掌几次?"

"数不清了!"

"数不清就好。前几天,中、小学教师看了《清宫秘史》也是掌声四起,也是数不清了。说明我们的机关干部、我们的教师同样素质高,识别香花和毒草的能力强。我们不能白看,看了就要宣传。把咱们的观点讲给全地区,要蔚成风气!"

又一阵热烈鼓掌声。

鲁振汉又发火了,喊:"你们工作队把中、小学教师说成'臭老九',当作资产阶级学术权威进行批判,又说素质高,矛盾不矛盾?"

刘队长在舞台上,当然听不见,继续说:"看了《清宫秘史》,你们要有一双识别先进县的慧眼,什么先进? 强迫命令先进……"

葛庭献怕鲁振汉找事,紧紧拉住他的手说:"老鲁走吧,大势所趋,神仙也没法子。"

四

鲁振汉回到宿舍,心情怎么也不平静,躺在床上辗转反侧,脑海里想的全是红旗渠,想林县的老百姓。《清宫秘史》的镜头又从脑海中泛起,还想丘教授的那幅《鲁班豁》画儿。他自言自语地说:"弯弯曲曲的爬山险路,老百姓早就恨透了,盼星星盼月亮走光明大道,你丘教授怀旧,怀什么旧? 是剥削阶级的立场!"他义愤填膺,顺口作了一首诗,内容如下:

> 脚夫血汗苦,
>
> 富商酒肉足。
>
> 同是一条路,
>
> 天堂与地府。

鲁振汉念了几遍,很满意,想:旧社会脚夫流血汗,都为富人卖命赚钱,富人酒足饭饱当然"趣如诗"了。这是阶级不同认识也不同。

翌日,鲁振汉起得特别早,找到葛庭献问:"老葛,我是好人还是坏人?"葛庭献回答:"当然是好人。"鲁振汉又问:"我的工作你支持不支持?"其回答:"当然支持。"鲁振汉说:"我老鲁一人做事一人担! 要把这首诗写在'丘叫兽'的《鲁班豁》上。现在就去,不用你动手,只见证我即可！明人不干暗事！"

葛庭献拿过诗观看,觉得此诗实在,写出了不同阶级的天壤之别。只是写在丘教授的画儿上有点过分。鲁振汉看出他的心思,大声喝问:"你去不去?"葛庭献知道自己不承担任何责任,于是就答应一块去。

趁上班之前,鲁振汉把此诗写在了画儿上,又将《鲁班豁》挂在原处。

金主任一上班就发现了,问谁写的,鲁振汉坦率地说:"诗是老鲁的杰作,字是我的墨宝！"

刘队长大发雷霆,气得血压升高手冰凉。她直接找到地委书记,要批判鲁振汉,罪名是反党、反社会主义、反毛泽东思想的三反分子。

"鲁振汉惹大祸了！"金主任找地委书记,要求当面谈话之后再批判。

地委书记应允,把金凤仙、葛庭献和鲁振汉三人召集到一起,谈谈思想观点。

鲁振汉理直气壮地说:"咱应该批判工作队,刘队长借用圣贤迷糊我们,把文化革命搞偏了,走进了邪路。"

地委书记心平气和,正想听听刘队长怎么样把文化革命引进了邪路。

鲁振汉说:"文化革命是按照党中央的《五一六通知》精神搞的,通知中明确规定要批判教育界、新闻出版界、文艺界、知识界的资产阶级学术权威。全国派了工作队,工作队做了些什么? 以批判资产阶级学术权威为名,批判了群众。在北京批判教师,甚至批判学生。在基层,批判广大中、小学教师。拿咱们地区来说,没有一所大学。中、小学教师多数都是'大跃进'以来聘用的,文化程度很低。他们辛辛苦苦教书,怎么一夜之间就变成学术权威了? 他们是教育工会的会员,属于教育工人！ 被工作队残酷批判斗争！ 写大字报、游街、罚跪、戴高帽子、小燕飞、拳打脚踢,上厕所也被看着,失去了人生的基本权利。更可恨的是,他们用《鲁班豁》画儿向先进县引导,要倒红旗渠。矛头直指党的优秀干部。"

金凤仙和葛庭献同意鲁振汉的看法,也认为无辜的教师挨批斗,资产阶级学术权威被保护。她又打林县的主意,说林县冒进、浮夸、官僚、命令,其目的是打倒杨贵。

地委书记承认工作队偏激,但是他指出:全国派驻文化革命工作队是毛主席同意的。

金主任立即抢着说:"毛主席要他们批判资产阶级学术权威,没有叫工作队斗争群众、斗争教师、斗争学生！也没要她联系林县！"

地委书记点了点头，肯定了金凤仙的看法。

鲁振汉又说："她的目的是要红旗渠停工！批斗杨书记！"

地委书记对文化革命的做法百思不得其解，于是决定不能批判鲁振汉。但是，下级必须服从上级，必须无条件地支持刘队长的工作。

第二天，刘队长见了地委书记问其打算。地委书记真的问道："你们是不是想批判杨贵？"

刘队长递过一张纸条，上面写着 16 个字。

地委书记笑了，说："开玩笑吧？小道消息？"刘队长也笑了，说："不是小道是大道，这句话被批判过，不过——是不是会十年河东变河西？"地委书记笑得前俯后仰："这更是玩笑，不可能不可能！"

刘队长见地委书记不信这个真理，就转了话题，提到丘教授的画儿说："鲁振汉竟敢给丘教授的画儿上写诗，真是不晓得天下还有羞耻二字！"

地委书记也听说丘教授就是焦主涵，便问："听说丘教授姓焦，真不真？"

"毛主席还姓过李呢！只要画上落款为'丘'，就只能说是'丘教授'！"

听刘队长这么说，丘教授肯定就是焦主涵了。窗户纸不能戳破，顺其自然为好。于是，地委书记笑容可掬地说："我管教不好，有罪！你让丘教授再画一幅，我亲手挂起来，看小鲁再放肆？我严惩，怎么样？"

刘队长无可奈何，说："据说丘教授画了三幅，都是内容不同的《鲁班豁》。我明天回北京把第二幅拿来。"

五

第二幅拿来了，画的是脚夫们兴高采烈地向鲁班豁爬，富商在上面招手。配的诗是：

> 百姓爬山步步高，
> 打工聚财乃妙招。

人世若无奋斗路，

终身平坦太可笑。

鲁振汉一看就气坏了：岂不是歌颂剥削与被剥削的关系！他当即作了一首诗，又写在画儿上。这首诗是：

引漳入林不平坦，

挡路顽石旧观念。

社会主义大家庭，

共同致富不能偏。

刘队长的鼻子都气歪了！就在她决心批判斗争鲁振汉的时候，中国共产党中央委员会通过了《关于无产阶级文化大革命的决定》即十六条，在中央广播电台全文公布。

全国的"文化大革命"工作队立即撤销。刘队长浑身是劲儿用不上了，上级指示工作队撤离不准欢送。辛辛苦苦工作了100天，就这么不清不白地销声匿迹？岂不说明我们工作队犯了错误？刘队长心里很不是滋味。

最后一次会上，刘队长暴露了狰狞的面目，恶狠狠地说：

"共产党饶过谁？一个坏人也不能漏网！揭发出来的材料是坏人的铁证！你们要组织人马继续批斗！我们一定会老虎归山、原神归庙！"

刘队长知道，因为"文化大革命"工作队是代表共产党的，在群众的心目中，党的一切工作都是正确的，所以老百姓不会反对工作队。各级党委一定会按照我们的路子继续走下去的。

各地都派了"观察员"替代了工作队。批判斗争的狼烟有增无减。

高校的大学生到各地串联。

鲁振汉抱怨说："以前我给工作队当走狗，如今工作队走了还得给'观察员'当走狗？"他怎么也想不通，毅然辞退副主任职务，参加了群众组织。

有一天，葛庭献拉住鲁振汉的手悄悄说："昨天我去省委机关，见到刘国人了。"

鲁振汉吃了一惊，问："她几个人？什么地方见到的？"

"办公楼门口，她们三个人。我想上前打招呼，她怕我认出，一扭脸走了。她们窃窃私语，好像搞什么秘密。还听人说，他们在省委、地委都有人。"葛庭献回忆着说。

"认错人了吧?"鲁振汉不相信。

葛庭献恳切地说:"没认错! 四个乳房,得意洋洋的神色,挺着胸脯。"

鲁振汉仍然不相信,葛庭献再怎么讲,换来的只是摇头。

有一天晚上,看门的老汉刘恭成,急急忙忙跑进葛庭献的办公室说:"不好了不好了!"葛庭献见刘恭成惊恐的样子,问:"什么事?"老刘说:"地下室又打人了! 前几天打,能听到娘啊爹呀的哭声。今天只听到扑哧扑哧打,挨打的连哼一声也不,咬着牙就是不喊疼,真有骨气! 我听了心揪得慌,再打不就打死人了? 你猜打的谁? 鲁振汉! 快去救救他吧!"

葛庭献气得咬牙切齿,愤怒地说:"这还了得! 打人打到地委机关?"

打手的后台就是四乳女人和"丘叫兽"。

只见鲁振汉的胳膊被反绑着跪在地上,两个彪形大汉带着红袖章拿着三角带制作的鞭子,边打边说:"你鲁振汉是一条好汉,我们的拿手戏就是服务好汉!"

四乳女人进来,带着吃惊的样子斥责说:"胡来! 这是鲁主任! 怎么能这样对待? 解开解开!"彪形大汉站着不动。四乳女人说:"我亲自来亲自来。"她边给鲁振汉解绳子边说:"鲁主任,你受委屈了。"

四乳女人搀鲁主任坐下,笑乎乎地说:"鲁主任,中央停止了各地的党团活动,我现在不是工作队了,是造反派! 造反二字的涵义知道吗? 中央的十六条决定,不批判学术权威了,要批判走资本主义道路的当权派。我和焦主涵合作得非常好,互利共赢。你要是个明白人的话,咱就联合起来,共同造反!"

鲁振汉用鄙夷的眼光看着四乳女人,从牙缝里蹦出一句话:"你们狼狈为奸、互相利用,打倒的是好人,保护的是坏人!"

"嗯——"四乳女人仍然笑哈哈的,问:"杨贵是走资本主义道路的当权派,你能保护了吗?"

"杨书记走的是社会主义! 不但我保护,而且林县全体人民都保护!"

"这就说对了,我保护的人,更是走的社会主义,咱不能分道扬镳。今天,我从北京又带来一幅画儿,还是《鲁班豁》。请鲁主任批评指正。"

鲁振汉一看,仍然画得细腻逼真,与上两次不同的是"清风亭"上画了一本厚重的书,名为《论语》,旁边还有一首诗。鲁振汉想:"丘教授"是地地道道的儒家,何必与林县人民对着干呢?想到这里,他突然醒悟,什么丘教授?又是"焦专家"冒充"丘教授"?对着干就对着干!

四乳女人见鲁振汉深思,分析用《论语》征服人起到了成效,鲁振汉姓鲁也不敢鲁了。她用圆润甜蜜的语音问:"这首诗写得怎么样?还能对一首吗?"

《鲁班豁》上的诗为:

> 风动叶舞鸟蝉凄,
> 千秋明道改则痴。
> 於论鼓钟警人世,
> 国学《论语》不可弃。

鲁振汉一心想的是改变林县缺水面貌,谁能改变这个面貌谁就是圣贤。古代的圣贤顶什么用?唱对台戏就要唱到底!想到这里,他问:"敢给我笔墨吗?"

"太小看人了。"四乳女人说,"比陆地宽阔的是海洋,比海洋宽阔的是天空,比天空宽阔的是我的胸怀!笔墨侍候!"

鲁振汉掂起毛笔就往《鲁班豁》上写,配诗如下:

> 学焦学红新《论语》,
> 为民办事红旗渠。
> 杨贵为公不谋私,
> 新型圣贤好书记。

四乳女人见这首诗把学习"焦裕禄"、"红旗渠"精神说成中国的新《论语》,杨贵为新型圣贤"好书记"。这个观点扎了四乳女人的心。

四乳女人不愧为"比天空还宽阔"的人,压抑着胸中的怒火,看着鲁振汉写完,问:"你竟敢把杨贵称为圣贤好书记?"鲁振汉理直气壮地回答:"你到林县走走,这是老百姓的原话!"四乳女人的感受不是理屈词穷,而是鲁振汉不可救药,必须势不两立。她摆了一下手,两个彪形大汉立即上前捆绑了鲁振汉。一阵拳打脚踢之后,又要用鞭子毒打。

鲁振汉问:"你们为什么对杨贵、对红旗渠视为眼中钉肉中刺?"

四乳女人递给鲁振汉一张纸条说:"看看这16个字。"

鲁振汉看了看说:"坦率就好,咱是两股道上跑的火车,随便打!"

这时门开了,进来两位解放军,拿着《毛主席语录》说:"要文斗不要武斗!"他们把鲁振汉解救走了。

六

把林县红旗渠视为眼中钉肉中刺的"焦专家"与四乳女人狼狈为奸,指使一群暴徒去林县带杨贵,让其接受批判。

"今天要批判杨贵!"

一个惊人的消息不胫而走,安阳全城不得安宁。

会场设在体育场,通知参加会的一万人,实际到会的有十万人。四乳女人洋洋自得,以为自己是"口有风雷笔有神"的伟人。

解放军官兵到了会场,他们排成两行,中间形成了一个通道,从会场外一直通到舞台。杨书记昂首阔步地从通道走过,像李玉和一样登上舞台。

这时,十万颗心扑通扑通地跳着,看他们怎么样批判杨书记?

舞台上有许多人,个个带着红袖章,发言批判揭发杨贵罪行的林县人只有一个,是一位老太太。她被搀扶着走到麦克风前,用颤抖的声音只说了一句话:

"我儿子参加修红旗渠牺牲了。"

说罢,老太太扭头就往回走。搀扶人员命令她再揭发批判,老人执意回去,谁也挡不住,只好让老人走了。

观众们舒了一口气,会场乱了套,人们大声呼喊:

"这算什么罪状? 根本不是罪!"

"搞工程能不死人? 坐汽车每年还上万死人呢!"

"红旗渠流芳百世!"

听到群众的呼喊,预备好的批判人也无法登台。

只听"嘿"的一声喊,鲁振汉跃上舞台,对准麦克风喊:"我来批判!"随即,高校、高中的50多个学生也上了台。他们个个也臂戴红袖章,上面印着"红卫兵"3个大字。

四乳女人一看形势不对,欲动用打手上台。解放军庄严发出:"要文斗不要武斗!"学生们庄严呼喊:"全国高校大学生,坚决捍卫红司令!"学生们呼喊捍卫红司令指的是毛主席,四乳女人以为是指红旗渠的红司令,于是不敢轻举妄动。

鲁振汉说:"红旗渠,就是好,杨贵书记有功劳! 红旗渠象征了林县人民浴血奋斗求解放;象征了林县人民真正翻身当家做主人;象征了林县人民告别了逃荒要饭、妻离子散的苦难岁月;象征了林县人民今后的生活会芝麻开花节节高。谁批判杨书记,谁就是我们的敌人!"

鲁振汉不拿稿子,声音洪亮,言辞清晰,字字掷地有声,感人肺腑,赢得了观众雷鸣般的掌声。

鲁振汉最后说:"谁拥护杨书记就来舞台亮亮相!"

整个会场上高喊:"红旗渠,就是好,杨贵书记有功劳!"人们像潮水般向舞台涌去。鲁振汉组织亮相者从西边上从东边下,10 万人过了一个遍,好像挤挤扛扛的一个团队又一个团队,每个团队都向杨书记致敬。

四乳女人与"焦专家"无奈,只好采取换地点、换方式对杨贵批判。

在杨贵遭到不公正待遇的岁月里,李先念、王震、宋平、宋任穷、钱正英等老一辈无产阶级革命家和主持正义的 8 位省部级老同志,多次呼吁为他讨回公道。

周恩来总理听说后,在京西宾馆拉着杨贵的手,当面斥责在河南的某领导说:"你为什么要砍林县的红旗渠? 为什么要整杨贵同志?"

经毛主席批示同意,中共中央发出 42 号文件,再次肯定林县红旗渠。不久,杨贵担任河南省委常委,又当选第十届中央候补委员……

1973 年 3 月,杨贵被任命为"河南省委常委兼安阳地委书记、兼林县县委第一书记"。

杨贵复职之后,继续率领林县人民修建红旗渠,共削平 1250 个山头,架设 152 个渡槽,凿通 211 个隧洞,修建筑物 12408 座,挖土石 1515 万立方米。红旗渠总长 1500 公里,宣告全部竣工。有效灌溉面积达到 54 万亩。从而结束了林县人民世世代代十年九旱、水贵如油的历史。

与之配套的"太行隧道"开通了!

周总理在接见外宾时说:

"当代中国有两大奇迹,一个是南京长江大桥,一个是林县红旗渠!"

粮　仓

——修建红旗渠的故事之十

　　"喜鹊喳喳叫,贵人必定到。"这是林县人民的谚语。

　　马家井村是阳光生产大队第一生产队,今年用上了红旗渠的水,小麦丰收了,夏季粮食入库49万斤。全村人乐开了花,不少人哭了。有的说是高兴得哭了,有的说是委屈得哭了。高兴和委屈都是因为"粮仓"。

　　今天,林县县委书记杨贵要来阳光生产大队考察各生产队的粮仓。马家井村的群众制作了一朵大红花,要给杨书记戴。

　　"杨书记来了! 杨书记来了!"社员们欢呼。

　　如何带花? 我必须认真观察。

　　我是到林县上山下乡插队的知识青年,在马家井村已经生活了三年,

耳闻目睹了这个生产队粮仓的沧桑,心里激动不已。写小说是我的爱好,于是,围绕粮仓发生的人和事,笔耕如下:

一

　　天阴得像一盆水,烦死人!

　　农谚说:云往南撑舟船,云往北旱死鳖。你说不?现在就是云往南,满天灰白色的云团像浓雾一样向南奔跑,三天了,滴雨未下。瞧瞧地里的庄稼,歪着头卷着叶,眼看就要枯死了。社员们心急火燎,盼星星盼月亮似的盼下雨,然而这么好的阴天就是滴雨不下,谁能心里不烦?

　　气象台天天预报有雨,老天好像故意给气象台作对,你预报有雨,我偏偏不下,看你明天咋预报?

　　马家井村只有两道街,称前街、后街。后街西头的一所院子,是政治队长马明义的家。妻子卜新莲出得屋来,抬头看了看阴沉不下雨的天空,长长"嗨——"了一声,心里烦躁不安。忽然听到屋里挂钟的报点声,心里一怔,又该预报天气?她快步拿来收音机,坐在院子的石头上,拧开旋钮,想得到下雨的预报信息。只听得播音员说:"今天夜里到明天白天,阴天转多云……"卜新莲听了更烦,老天连阴也不阴了,下雨的气候跑远了!遥遥无期。

　　"咔嚓"一声,她关掉收音机,独自坐在院子里生闷气。

　　生产队长马开田来找马明义,没在家,妻子卜新莲问啥事。马开田不想给她说。卜新莲是个好问事的人,非问不中。马开田想:我是二把手,政治队长是一把手,卜新莲是政治队长的贤内助,生产队里的事没有不知道的。公事公办,不是什么秘密。

　　于是,马开田说:"跟俺哥商量打井的事儿。"

　　卜新莲吃了一惊,问:"在哪儿打井?"

　　"在你家院子里打井。"马开田回答。

　　"俺家院子?给俺家打井?"

　　马开田笑了,说:"在你家院子里打井,让全后街人吃水。愿意不愿意?"

"那么,前街人不让俺后街人吃水了?"

看了卜新莲惊恐的样子,马开田心里发笑,谁能不让后街人吃水?自从合作化和人民公社以来,马家井村前街、后街团结用水,没发生一次争水。你卜新莲这么幼稚!马明义比马开田大一岁,马姓中辈分相同,尽管卜新莲比马开田小6岁,还必须叫嫂子。山区的习惯,兄弟可以跟嫂子开玩笑。因此,马开田故意正着脸说:

"嫂子,你可不要跟别人说,从明天起,不准后街去前街打水,光你一人知道。"

说罢,马开田就捂着嘴偷偷笑着走了。

阳光生产大队共管辖6个自然村。马家井村是其中的第一生产队,坐落在四面环山的深山区,有200多口人,600余亩耕地。全村都姓"马"。相传其祖先姓"孔",明朝时在北京翰林院任大学士,因犯满门抄斩,一部分人逃到林县,隐姓埋名改为姓"马",建立了"马家井村"。

第一生产队选举的两个队长硬邦邦的。政治队长马明义,战争年代任过民兵指导员,如今社员们还称他为"指导员"。生产队长马开田,战争年代任过民兵队长,至今群众还称他为"队长"。

按照往日的习惯,丈夫不在家,生产队长要走,卜新莲应该送出门口。今天她的心情烦躁,又听了这么一句沉重的话,更压得心里透不过气来,没有心思送队长,一屁股坐在石凳上,半天没有动。

二

她回忆起20年前打井的事:

马家井村的名字上带着"井"字,其实村里根本没有井,吃水要翻山越岭跑十几里。山区取名的习惯,挂河字的没有"河",带井字的没有"井",只是表明一种期盼。

抗日战争时期,八路军路过这个村,提出要该村打一眼井,说是"人定胜天"。马家井村的族长请来一位风水先生,风水先生摇了摇头说:"试试吧,托八路军的吉言,可能能打出水来,不过必须有个条件。"族长问:"什么条件?"风水先生回答说:"必须100匹马拉井,否则没水!"

拉井就是打井时往上拉石渣，一般用牛拉。马家井村全村只有一头牛，去哪儿弄 100 匹马呢？其言外之意不就是打井不成吗？

族长带着贵重礼品找到风水先生的家说："我们马家井实在穷得叮当响，只有一头牛，弄不到 100 匹马。别说俺一个小村，就是整个林县也没有 100 匹马。请先生高抬贵手，用牛拉井，要么拜拜神灵。"

"神灵已经拜过了！"风水先生说，"100 匹马拉井，一匹也不能少！而且还必须是骘马（公马），骒马（母马）一匹也不能用！不然没水！"

族长更犯难了，除非到蒙古草原去买马，岂不是异想天开？打井这事只能说说而已？他彻底取消了这个念头。

马开田队长和马明义指导员打井的决心很大。他俩回忆起八路军首长讲"人定胜天"的真理，全村这么多人就打不出一口井？有水没水咱实践一下，哪怕能打出一担水也心甘情愿。

指导员和队长一块去找族长，说出了这个想法。族长态度生硬，坚决反对。但是，在这两个拿枪杆子的人面前，不敢懈怠过分，只好违心地说："我没意见，再去找风水先生商量商量。"

次日，族长到风水先生家，诉说了自己的苦衷。

风水先生哈哈大笑说："没有 100 匹马，两坛酒可以弄到吧？我给你找 100 匹马。"

族长喜出望外，立即买了两坛好酒送去，把风水先生请到了马家井村定井位。族长、指导员和队长三人陪同，在全村看了几个地方，最后说前街西头有水。风水先生要找个属相为"牛"的男子，说是"卧牛有水"。正好一位叫马牛的民兵从此路过。族长喊："马牛过来！"

马牛莫名其妙地问："你们不是找水吗？我有啥用？"

"你的属相是啥？"风水先生问。

"我叫马牛，属牛的。"

风水先生笑乎乎地拍着他的肩膀说："属牛的，今天叫你来，用用你的眼力，你看一看这块尖石头和那块平石头，哪一块高？"

"哪儿用我？指导员、队长的眼力都比我强！"马牛说着就要走。

指导员一把拉住马牛说："你小子咋了？用不动你了？"

"中中中！"马牛一看指导员要他这么做，满心欢喜。他蹲下左右张望了一下说："别瞧尖石头有尖儿，没有平石头高！"

风水先生兴高采烈,点头称是。马牛弄不清啥事说:"没事了吧? 我要走哩!"

风水先生在马牛蹲过的地方栽了个木橛,说:"这就叫卧牛之地,必定有水! 明天开工,放一把万头鞭炮,我亲自来烧香上供,神仙保佑,旗开得胜!"

族长的心七上八下悬空着,哭丧着脸问:"100匹骠马在哪儿呢?"

风水先生还是哈哈大笑,说:"100匹马呀,孙大圣吃梨糕——小糖一块! 交给指导员、队长就妥了! 不用你犯愁!"

"那哪儿行?"族长如丈二和尚——摸不着头脑,回过头问:"指导员、队长,咋办?"

指导员和队长笑得前俯后仰,异口同声说:

"咱马家井村都姓马,任何一个小伙子都是一匹雄马!"

族长摸着脑袋恍然大悟:"我过桥比你们走的路还多,咋着就没想到这?"

就这样,打井开工了,一组10个人,编了10个组,轮流换班,起火做饭。用蚂蚁啃骨头的精神,一錾一锤,叮叮当当,一筐一筐的石渣用滑轮拉上来,小伙子拉渣、抬渣、倒渣,整整苦战了一年零四个月,水井有水了! 全村人欢欣鼓舞,敲锣打鼓,热火朝天。附近的几个村庄奔走相告。尽管马家井的水源不旺,只够饮用,全村人也心满意足,外村人刮目相看,而且效仿。

1942年,太行军区动员林县的民兵同山西省的民兵联合作战,歼灭长治市的日军。指导员马明义和队长马开田率领民兵赴山西参战去了。这一年大旱,庄稼颗粒不收,地里旱得崩了裂缝,地下水严重下降,马家井村水井的出水量天天减少,全村发生水荒,形成了前街和后街争水角斗、大打群架。在这样的饥荒年代,别看同族同根同姓孔,争起水来,六亲不认。老族长是前街的,有"近水楼台先得月"的观念。在其支持下,前街打败了后街。就这样,后街的人只好重走翻山挑水的老路。

后街人意见很大,同样出钱儿,同样参加一百匹马队,为啥不能吃水? 他们经常找族长吵闹:"谁是亲的? 谁是后的?"

老族长自感理亏,无言以对,患了心病,年底就死了。

直到1943年,雨水多了井水旺了,指导员和队长从山西长治得胜还

粮仓

乡,才解开了前街同后街争水打架的疙瘩。

虽然和解了,但是后街人产生了神经敏感,只要谁一提水井吃水,立马就上了头。

卜新莲高高的身材,宽大的四方脸庞,明眉大眼说话声音洪亮,群众起了个外号叫"铜锣"。她好说好笑,只要走到哪里,隔壁就能听到"铜锣"响。

一听队长说从明天起,不准后街到前街打水这句话,"铜锣"心里发蒙,那年争水打架的往事不得不从心头涌过。

"铜锣"想起队长说的,你可不要给别人说……光你一人知道。她想:不跟别人说,后街的人照样去前街打水,不就又打成架了?我非说不中!

三

"铜锣"带着怔忪的神色,到后街的各家各户"敲锣"。开始人们听了根本不相信,如今不是枯水季节,何必如此?"铜锣"拍着胸部说:"我说假话就是吃屎长的!"既然赌咒了,又是指导员妻子说的话,社员们不得不信以为真。于是,这件事弄得沸沸扬扬。

傍晚,政治队长马明义回村,一进后街就被几个社员揽住,不让他走,问:"为什么前街不准咱后街吃水?"人越聚越多,马明义不以为是,笑着说:"没有的事!明天该打水照样还去打水!今天晚上各家各户到粮仓开会,每户都去当家的,具体表决一下后街打井的事儿!"

后街社员心里的疙瘩没有完全解开。他们议论说:"指导员说叫咱照样去前街打水,还说今晚开会表决后街打井,说明不是没有的事,而是真有的事。今晚开会好说,咱们后街一口咬定'不打井',看他们前街怎么样?不叫吃水就打!如今咱后街的人马硬了。指导员又在咱后街,不是20年前了!族长死了,怕他个屌!"

晚上,粮仓的灯光雪亮,保管员预先打扫得干干净净,摆放了几根檩条作座位。人快到齐了,社员们又搬来两个凳子让指导员、队长坐。

几年前,该村修建了一个能容百万斤粮食的"粮仓",好气派,拖拉机可以直接开进去。门口的正上方用水泥雕刻了两行字。上边的小字为"阳光第一生产队",下边的大字是"粮仓"。大字是宋体字,撇为刀,点为桃,油漆涂抹红光闪耀。社员们兴高采烈,赞不绝口。

可是,这么好的粮仓派不上用场,成为社员们的心病。

如此好的粮仓空荡荡地闲着,社员们心里的火气油然而生,议论、谴责的呼声越来越高,对领导的不满情绪越来越严重。

指导员和队长进粮仓以后,看了看房顶和四周,长长"嗨——"了一声,显示出心揪疼的样子。社员们理解,都不说话了,等待开会。

队长组织开会,群众全神贯注。

队长说:"队委会的几个人感到这一段劳动力有点闲,研究了一下,想搞个工程,关系到马家井吃水的问题。社员们同意不同意,工程能搞不能搞?让指导员讲讲,大家讨论发言,最后举手表决。"

指导员又环视了一下粮仓,又长长"嗨——"了一声,不高兴地说:

"按情理说,咱们的劳力应该不够用。大家都想想,红旗渠干渠已经通水了,繁忙的配套工程应该开工。可是,'文化大革命'来了,咱们的杨书记被人家看管批斗,红旗渠的工程一律停工,咱们的劳力有劲儿用不上,只好闲着,没有办法。于是,我们商量,趁这个空当,搞个打井工程,给后街打一眼吃水井。1942 年大旱,前街、后街不是发生过争水打架吗?现在给后街打一眼吃水井,以后再遇见大旱年也不会发生争水械斗的丑恶现象。这叫做从源头上根除不文明,使咱们马家井村永久成为团结和睦的好村庄!"

"劳力用多少?"

"投资得多大?"

"时间有多长?"

指导员的话一落音,社员们就提出了许许多多的问题。

队长回答说:"这次打井同上一次大不一样,上次用了 100 匹马拉井倒渣,那是风水先生捉弄咱姓马的人哩!现在,生产队富了,有 6 匹马、6 头骡子、12 头牛,拉井根本不用人。上次打井全部用手工錾石头,这一次采用修红旗渠的技术放炮崩石头!可以加快进度十倍!用劳力 10 个,投资千元以下,时间嘛——大约 2 个月!"

听了指导员和队长的打算,前街的社员都同意,说这个计划不错。

后街的社员带着"不打井"的逆反心理去的,虽然心里嘀咕:指导员、队长都是为全村操的好心,但是从嘴里说出来还是"不同意"。

两道街的看法不统一,不能表决。

群众要求复员军人马白海发言。看来,这个发言将成为今晚开会的关键。

马白海40多岁,参加过抗日战争、解放战争和抗美援朝战争,在朝鲜战场上失掉了一条腿,政府给他配发了轮椅。他高高的个子,方正的脸庞,说话的声音像洪钟,带着改变家乡面貌的坚强意志复原回乡。别看他只有一条腿,平时他却丢掉轮椅,做家务用拐杖,走路骑自行车,什么活都会干。他骑自行车出了名,一只脚蹬车,上坡很利索,遇见泥泞的水洼,一条腿蹬车也要顺利过去,人人见了赞叹不已,问他咋过泥洼? 累不累? 马白海回答说:"只要拿出打鬼子的精神,什么困难都不在话下!"

马白海胸无私念天地阔,看问题高人一筹,说话办事利索,在村里威信很高,乡亲们都愿意听他的。社员们鼓励他发言,给他鼓掌。

马白海不是粗浅人,他很爱读毛主席的书,随身带着《毛主席语录》,把毛泽东思想作为座右铭。

"咱们先学习一条毛主席语录。"马白海说。只见他从衣兜掏出《毛主席语录》,认认真真地读起来:

"任何过程如果有多数矛盾存在的话,其中必定有一种是主要的,起着领导的决定的作用,其他则处于次要和服从的地位。因此,研究任何过程,如果存在着两个以上矛盾的复杂过程的话,就要用全力找出它的主要矛盾。捉住了这个主要矛盾,一切问题就迎刃而解了。"

他说:"社员同志们! 咱们按照毛主席的教导琢磨一下我们的工作计划。我问一问父老乡亲:咱们林县最困难的是什么?"

"水——"

"解决林县缺水的有效措施是什么?"

"修建红旗渠!"

马白海激动得站起来,比着手势说:"群众心里都有一杆秤! 说到点子上了! 红旗渠是我们林县的命根子! 流的不是水,是粮食! 只要我们能抓好抓牢这项工程,一切问题就迎刃而解了! 咱们村打一眼吃水井,那是芝麻大的小事! 不足挂齿! 咱们应该讨论红旗渠为什么停工? 哪块石头挡着道？咱们要拿出打日本鬼子的精神,把拦路的石头砸个稀巴烂!把红旗渠的工程进行到底!"

"呱……"全场响起了雷鸣般的掌声。

"咱们再琢磨一下打井的事,"马白海继续说,"红旗渠配套工程中,规划咱村修一个鹰门水库,能蓄水100万立方米。只要这个水库修成,地下水位就迅速上升。咱们前街的一眼水井,就有吃不完的水! 修一个水塔,铺上水管,通到各家各户,人人不用挑水,只要用手一拧,自来水就哗啦哗啦流出来了! 你们说好不好?"

"好——"

听了马白海的话,社员们高兴得乐开花,鼓掌声、欢呼声交叉重叠,把个大粮仓抬了起来。

指导员拧着眉头拍着双手说:"白海说得实在! 就应该这样。红旗渠的总干渠通水了,凡是能浇的地每亩收六七百斤、七八百斤。配套工程不搞了,咱们不能浇地,每亩只收一百多斤,相差几倍呀! 咱们第一队有600多亩耕地,如果每亩每季收700斤,就是45万斤,全年就可以收100万斤! 这是个什么数字? 意味着什么? 红旗渠流的不是水,而是粮食! 都看看都看看,这个粮仓能容100万斤粮食,多么好啊! 可是,事与愿违! 红旗渠停工是断了咱的粮路! 这么好的粮仓没有用途,只能开会用! 无能为力呀! 我一看这个粮仓闲着,心里就像刀剁一样!"

"去公社到县城找领导去!"社员们气愤填膺地呼喊。

"领导们同咱一样。"指导员接着说,"着急,发火,得了高血压也不顶用! 大队、公社、县政府都愿意开工。省里有人卡脖子! 地委有个焦主涵,外号'焦专家',陷害革命干部的专家,根子深哪!"

有听到过地委"文化大革命"消息的社员说:"这个'焦专家'心事大,目标是'东挖焦裕禄的墓,西罢杨贵的官'。"

马白海对红旗渠停工的情况更加理解了,说:"'焦专家'故意出坏,跟咱老百姓作对!"

指导员说:"他就是出坏作对,来咱林县拔红旗、踢摊子、肃流毒、换班子……批判咱们的杨书记……"指导员的鼻尖一酸,泪水扑簌扑簌地流了下来,哽咽着说:"有一次,我和公社几个干部去看杨书记。他被看管,失去了人身自由,精神很不好,瘦……瘦……了……"

指导员越说越悲痛,脸色发白,血压升高,四肢麻木,瞳孔扩张,视线模糊,口齿不清,身子一歪倒在地上。

"指导员！指导员！"

人们赶紧搀扶,大声呼喊,想听到应答声。尽管喊破嗓子,指导员闭着眼睛,周身像软面条,昏了过去。

卫生室的医生来了,扒开眼睛观察,测量血压,听了胸部心跳之后,诊断说:"这是极度愤怒引起的高血压,脑已经出血,很危险！必须去县城抢救！"

在社员的心目中,指导员是领头雁,听医生这么一说好像天塌了似的,不少人都哭了。

队长指挥抢救,找来担架,挑选了几个精壮的小伙子抬着指导员,以最快的速度往县城去了。

四

社员大会开了半截,指导员和队长都走了。马白海成为这个会的关键人物。人们围过来吵着说:"红旗渠停工憋死了人命,不行！咱们找当官的算账！"

"官逼民反！这就叫官逼民反！"马白海怒火满腔,气宇轩昂地说,"乡亲们！当官的强迫红旗渠停工,等于骑在咱们头上拉屎拉尿,给咱们心中插刀！这口气不能咽！"

"给咱心中插刀！这口气不能咽！"

"咱们不能再忍了！"

"白海,你说咋办？都听你的！"

马白海斩钉截铁地说:"造反！咱们马家井村成立一个造反团,叫农民军造反团,打进县城,砸烂批判大会,把杨书记解救出来,继续修建红旗渠！"

社员们精神焕发,齐声呼喊:

"解救杨书记！修建红旗渠！"

发自农民肺腑的呼喊声响彻夜空,震撼得太行山久久不能平静。

第二天,一辆轮椅缓缓地来到了马家井村。

人们围过去一看:"孙书记!你怎么啦?坐上轮椅了?"

孙书记不自然地笑了笑,跟社员们打招呼。推车的是他的妻子,看样子同孙书记年龄相当,40多岁。妻子见群众关心地问长问短,鼻尖一酸眼圈湿了。她怕别人看见不雅观的形象,赶紧装出笑乎乎的样子,然后扭过脸沾了沾眼角儿。

孙书记叫孙良勇,任公社的副书记。他魁梧的身材,虎背熊腰,浓眉大眼,雄赳赳气昂昂的气魄。在朝鲜战场上他是机枪手。有一次,子弹打完了,他轮着机枪跟敌人拼杀,一口气砸烂了4个美国鬼子的脑盖,其他的美国兵吓得鬼哭狼嚎,屁滚尿流地抱头鼠窜了。

前年在红旗渠总干渠隧洞施工,发现洞顶掉土,孙书记吼了一声,一个箭步上前双手托住洞顶石头大声喊:"快撤!"十几个民工全部撤完,他才撂下石头砸在地上,避免了一场砸伤人的事故。民工一看:"好家伙!落下的是一块千斤巨石!"

人们摸着孙书记的双臂问:"两只肉胳膊能顶千斤?"

孙书记故意黑沉着脸说:"尅你!我的胳膊光是肉?"

在场的人都哈哈大笑,孙书记也笑了。

这么一位生龙活虎的孙书记,怎么坐上轮椅了?社员们越聚越多,个个莫名其妙。

队长马开田来了,人们自动让出一条路。他走到孙书记跟前说:"孙书记,让我看看你的左腿。"孙书记说:"左腿左胳膊都不管用了。"孙书记抬了抬左腿,举了举左胳膊又说:"有知觉,就是软,不敢使劲儿。"

见群众交头接耳,想知道孙书记的得病情况,队长面对乡亲们介绍情况说:"乡亲们,孙书记患的是脑出血,同咱们的指导员一模一样,是因为红旗渠停工生气引起的。有一次,孙书记到县城开会,接到的命令是要红旗渠停工。孙书记很生气,质问为什么要停工。领导说要肃流毒。孙书记问,红旗渠是谁的流毒?领导说我只管传达上级精神。孙书记不相信上级同老百姓离心离德,就喊:修建红旗渠是为老百姓造福!是建设社会主义!谁说肃流毒就是黑心烂眼的!就是我们的敌人!领导听了孙书记的话大发雷霆,当众批评,并且勒令写出检查,视其态度,以观后效,还要严肃处理!散会以后,孙书记憋了一肚子气,怎么也不明白,大干社会主义成了流毒？如今的领导怎么替敌人说话？孙书记越想越生气，因此患了脑出血。经过及时抢救，虽然瘫痪了、残疾了，但是保住了性命。"

孙书记的精神抖擞，朗朗大笑说："不要说我瘫痪，不要说我残疾，我还有许多的事要做！不能坐轮椅享清福！"

马白海骑自行车来到跟前，孙书记说的话他都听见了。在朝鲜战场上，马白海同孙书记是战友，编在一个班。两个人的关系胜过亲兄弟，说话无拘无束。

马白海拍着孙书记的肩膀说："都瞧瞧都瞧瞧，这个老孙不说实话。你就是瘫痪了嘛！就是残疾了嘛！为啥不叫说？"

"哈……"在场的人捧腹大笑。

孙书记也笑了，说："老马，你害怕我把你当哑巴卖了不是？"

"你今儿来做啥？说吧。"马白海一笑也不笑地问。

孙书记说："向老马学习，扔掉轮椅，骑自行车。"

马白海摆着手说："算算算，老马不收徒弟，特别不收你这个老孙！"

社员们又一阵笑声。

"啥徒弟不徒弟，你教会我一条腿骑自行车就妥了。"老孙边说边站起来，使劲儿拍着左腿，显示了想叫左腿使劲儿的决心。

老马故意装腔作势地说："老孙你弄不清了？坐轮椅有人推，享清福多好？何必受罪？"

老孙举起拳头吼道："我要参战去！"

社员们怔了一下齐声问："什么战？"

老孙说："火山憋不住了要爆发！20万大军闹县城！解救杨书记！我老孙能不参加？"

"真的？"社员们喜出望外。

老孙掷地有声地说："风起云涌，众志成城，解救杨书记万众一心，势不可挡！红旗渠一定要复工！"

群众纵情欢呼，热烈鼓掌。齐声问："孙书记，咋咱想到一块了？"

孙书记说："父子则分身，学友颇异论。同事不同志，阶级乃同心。咱们都是林县人，红旗渠复工，解救杨书记，都是一个阶级立场！"

"这中这中！只要你参加解救杨书记，这个徒弟嘛——俺老马收下了！"

队长马开田说："咱们欢呼的不是老马收老孙这个徒弟,而是全县人民心往一处想,劲往一处使,解救杨书记!老马,一定要把你的本事拿出来!支持解救杨书记!"

老马笑着说："我有啥本事?一条腿骑车能过泥洼,这叫啥狗屁本事?叫艰苦奋斗!我心里明白,如果过泥洼不奋力拼搏,其结果就是倒在泥洼待毙。不如一条腿当作两条腿使用,闯过泥洼杀敌!"

社员们为马白海的博弈精神热烈鼓掌,齐声呼喊："倒在泥洼待毙,不如闯过泥洼杀敌!倒在泥洼待毙,不如闯过泥洼杀敌!"

老孙开诚布公地说："老孙今天来,就是学习'倒在泥洼待毙,不如闯过泥洼杀敌'的精神!咱们林县红旗渠下马,憋得一千多人患了脑溢血。全县人民看准了,都要学习'闯过泥洼杀敌'的精神!"

五

群众体会到孙书记同老百姓心心相印,高兴得合不拢嘴,催促马白海眼下就教。队长推来了自行车,一群人来到打麦场,观看马白海怎么教。

孙书记未患病之前骑车可棒哪,那是两条腿使劲儿,今天只能一条腿用劲儿,当然需要学了。

几个人把孙书记从轮椅上搀下来,问他："能不能站稳?"孙书记哈哈大笑说："能!你们都丢手!"孙书记果然站稳了。"你们看,还能抡胳膊哩!"说着,孙书记抡了抡右胳膊,又用右手薅住左手传了两圈,然后对大家说："怎么样?俺老孙还可以吧?"

"可以——"大家异口同声。

见孙书记有骑自行车的决心和气质,人人交口称赞,扶着他上了自行车。

马白海将孙书记的双脚放到蹬车的位置,大声命令道："开始——蹬——蹬——两只脚都用劲儿——再蹬——"

自行车缓缓前进,为了安全,队长在后边扶着自行车前行。

马白海命令说："左手使劲儿,左腿使劲儿!"

孙书记说："使劲儿了,不使劲儿不平衡,不由人啊!被迫使劲儿!"   *163*

群众看得入神,真奇怪,在轮椅上,孙书记的左腿左胳膊一点劲儿也不能使,骑在自行车上咋着能使劲儿了?

　　孙书记的自行车缓缓地转了一个圈儿。他谈感觉说:"左腿左胳膊真坏,不到迫不得已,就不听说。这一会儿有点儿听说了。"

　　转第二圈的时候,马白海暗示队长丢开手,不要扶,让老孙一人骑着走。队长害怕书记跌倒,仍然扶着转了第二圈。

　　马白海着急了,冲着队长喊:"不服从命令,修理你!"

　　队长想:从战场上下来的人心硬,不怕孙书记栽跟头!别瞧我是生产队长,同孙书记仅是上下级关系,没有他们的战友情谊深,不听命令不中。于是,队长悄悄地丢开了自行车。

　　孙书记压根儿不考虑谁给扶车儿,唯一的想法是自己不能叫自行车倒。在无人扶车儿的情况下,他独自骑车转了三个圈儿。

　　观众欢呼鼓掌。

　　马白海和队长同时上前拦住自行车,让孙书记休息。

　　孙书记哈哈大笑说:"马家井人杰地灵,俺老孙来到马家井神了!神了!"

　　稍休息了一会儿,孙书记就坐不住了,非要再骑车不中。就这样,一圈儿比一圈儿强,很快就学会了。

　　第二天,孙书记要离开麦场上路骑车。山区的路平坦少,出村就是鹰门坡。群众说:"老孙,只要你能上去这个坡。我们给你鼓掌!"孙书记信心百倍地说:"你们先鼓掌,非上去不中!"

　　人们边鼓掌边喊:"老孙加油! 老孙加油!"

　　在雄壮整齐的掌声中,孙书记果然上到坡顶。他停下车站在路中间,向鼓掌的社员们招手致意。

　　欢呼声和掌声更大,震得太行山回声连天。山鹰也来凑热闹,舒展双翅,盘旋了一圈儿又一圈儿。

六

　　指导员已经康复,明天就要出院。社员们议论说:"指导员回来见粮仓仍然闲着,不能储粮,心里生气,脑溢血再度复发怎么办?"有人提出把粮仓暂时改为纪念祖先的地方。大家听了都同意,队长领着几个人忙碌起来。

粮仓的正中间挂上了孔夫子的画像,意味着马家井村的"马姓"祖先源于"孔姓"。孔子像的左边挂上明朝大学士的画像,表示"家住北京翰林院,逃荒避难到林县"。右边挂着马自兰的照片,这是一位军医,马家井村的姑娘,在抗日战争和解放战争中立过特等功。再往两边,介绍了马家井村的家族史、村史、名人史等等。群众看了很满意,权衡此事,指导员一定没说的。

蔚蓝的天空飘着几朵稀疏的白云,巍巍太行,山青水秀,鸟语花香。一双双燕子在比翼,鹰鹫腾空盘旋,鹭鸶仪仗分列。满山玫瑰盛开,争奇斗艳,浓郁的清香扑面而来,好像喜事临门似的。

"指导员回来了!"

出人意料的是,指导员到粮仓看了很生气。他指挥人们把所有张挂的东西全部去掉,片纸不留。

队长问:"粮仓闲着? 不挂任何东西?"

指导员胸有成竹地说:"挂上红旗渠工地上的劳动模范,这是一件不能含糊的大事!"群众没说的,都赞成。

红旗渠工地上的劳动模范多得很,记不清了,凭印象回忆,共计挂了13张画像:

1. 好指挥长马有金;

2. 除险英雄任羊成;

3. 舍己救人李改云;

4. 神炮手常根虎;

5. 当代女愚公韩用娣;

6. 凿洞能手王师存;

7. 子承父业张买江;

8. 女继父业魏秀花;

9. 土专家路银;

10. 十二姐妹战斗班班长郝改秀;

11. 铁姑娘郭秋英;

12. 虎胆英雄郭财富;

13. 青年技术员吴太祖。

粮仓门口的外墙两边书写了巨型标语,左边为:红旗渠流的不是水是粮。右边为:谁截粮食路谁就是流毒。

指导员的脑溢血出血量小,同孙书记相比轻得多。他俩一块练骑自行车,互相鼓励,交流经验,不久都成了骑车能手。不仅学会了骑自行车,更重要的是左胳膊左腿都硬了,能像正常人一样走路。

"关押杨书记的地方找到了!就在县一中!"

群众奔走相告,互相串联,自发组织,统一行动。全县 15 个公社共计出动 20 万人,大张旗鼓营救杨书记。马家井村的"农民军"参加了营救。

负责看守杨书记的人员听说"二十万大军闹县城",是喜欢还是害怕,谁也说不清!他们预先放出话说:"汽车开进一中以后,我们就当午休不出去,你们拉上杨书记只管走吧!"

浩浩荡荡的大军救出了杨书记。

巍巍太行山,红旗渠工地重新插上了红旗!

红旗渠配套工程结束之后,有效灌溉面积达到 54 万亩,其中自流灌溉 52.2 万亩,提水灌溉面积 1.8 万亩,410 个行政村受益。

马家井村的鹰门水库是蓄水工程,丰水时将红旗渠的水存满,淡水季节不给下游争水。该水库建成蓄水之后,马家井村的地下水位升高 16 米。吃水井水源丰沛全村用不完,修了水塔,安装了水管,家家户户吃上了自来水。

久旱逢甘露的庄稼喝足了红旗渠的水以后,笑逐颜开,长势喜人。

这一年,马家井村的小麦亩产 800 多斤,入库小麦 49 万斤。粮仓派上了用途,社员们心里的高兴劲儿,比喝了蜜糖还甜。

猛听说杨书记要来考察各生产队的粮仓,社员们制作了一朵大红花要给杨书记戴上。

杨书记说啥也不戴。他指着粮仓内挂的 13 张劳动模范的画像说:

"红花应该给他们!你们数一数画像,有几张画像制几朵花,给他们戴上!"

飞来的无主钱

——修建红旗渠的故事之十一

一

姚福英一进门就大声喊:"宝山哥过来! 点点这多少钱!"

姚福英是姚山公社的四大胖姑娘之一,体重 80 公斤,比一般的男人还重。她圆圆的脸庞,黝黑的皮肤,蓬松的头发,明亮的眼睛,健壮的四肢。在红旗渠总干渠修建中是打钢钎的能手,一抡就是 100 多锤,脸不变色心不跳,平锤、斜锤、仰锤、定锤、活锤、撩天锤都不在话下。锤头抡起来

167

如满月一般,呼呼带风。她在洞里站着打、跪着打、左右开弓,年年被评为"青年突击手"。总干渠工程结束之后,各公社都成立了"红旗渠配套工程指挥部",姚福英担任了姚山公社指挥部的会计。

姚福英将装钱的提兜往桌子上一扔,顺手拿起一张报纸扇着风乘凉。

宝山姓柏,是指挥部的办公室主任。他正在用誊写油印机印《水利简报》,见福英喊他,就放下手里的活计过来。他知道福英的母亲患脑肿瘤住了院,马上要做切除手术。指挥长韦玉魁书记安排:在姚福英母亲住院这一段,会计业务由柏宝山代理,于是,姚福英将钱要交给柏宝山。

姚福英告诉柏宝山说:"这是买水泥的钱,你点点,锁到你的抽屉里,我急着往医院去。"

柏宝山说:"你母亲住院期间,还需要我做啥,你尽管说。"

"哎呀,你替我当几天出纳就承情不过了。"姚福英急忙说,"快点快点……"

"这是多少?"柏宝山提起提兜问,"应该有个数吧?"

姚福英说:"当然,刚从银行取的钱,6900元。"

柏宝山解开提兜看了看说:"好家伙! 这么多,甭查点了,6900元差不了。你连提兜给我算了。"

姚福英正想早点儿往医院去,听他这么一说正合心意,笑着说:"中,有言在先,钱少了我可不管!"

柏宝山拿出二联单,套上复写纸,写了一个收据:"今收到姚福英现金,大写:陆仟玖佰元整。小写6900元。落款:柏宝山。"

柏宝山递过收据笑着说:"钱儿少了不与你相关,多了二一添作五。"

姚福英看了看收据说:"陆仟玖佰元错不了!"

二人同时大笑。姚福英一阵风似的出门走了。

柏宝山把提兜锁进抽屉,又去印《水利简报》。

墙上的挂钟"嘀嗒嘀嗒"地响着。柏宝山一边印一边想着,再过半个小时就要开党、团员会。为啥开这个会呢? 修水电站买水泥需要9600元,如今只有6900元,缺额2700元。指挥部一个月之后才能进钱儿,工程不能等,否则水电站不能如期发电。有人提出一个"不是办法的办法儿",即指挥部全体人员筹资,每人借50元就绰绰有余。韦书记不同意,说只在党、团员中筹资。这种不给利息的借款,不能平均主义,只能在党、团员中进行。开党、团员会就是为了解决水利指挥部"缺钱"的困难。

群众称的"水利指挥部"全名称为"姚山人民公社红旗渠配套工程指挥部",负责全公社的水、田、山、林、路综合治理工程。指挥部目前有100多人,分为四部分:一是三个修建电站的工程队,各负责一个水电站的建设;二是石料开采队,负责供应水电站建设用石料;三是测绘队,负责全公社各生产大队的支渠、斗渠、农渠、毛渠、水库、池塘、道路等测绘、指导、协调工作,群众称之为"面上工作";四是指挥部办公室的成员,有指挥长、技术员、会计、保管、办公室人员等。

指挥部设在社员的一家小院儿,北屋为办公室,正中间挂着毛主席画像,两边写了一副对联,内容为:"百人大干一百天,三处电站三处转"。

不用说,修建水电站是指挥部的重头戏。

"丁零……"电话铃响了。柏宝山接电话,是韦书记的声音:"柏主任,开党、团员会的通知下了没有?"

"下过了。"

韦书记说:"人到齐了你先讲,让大家充分讨论,充分发表意见。大家同意则行,不同意咱再想别的办法儿,千万不要勉强。我脱不开身,回去晚一点儿。"

"中! 充分发表意见。"

柏宝山印完《水利简报》之后,想起了那么一兜子钱儿,该查点一下了。他开启抽屉,把钱从提兜倒出来,都是整捆整捆的,共计32捆。其中5元的16捆,1元的16捆。加起来计算,5元的8000元,一元的1600元,总共9600元。

"不对!"柏宝山自言自语地说,"福英明明说6900元,怎么成了9600元?"

他又查了一遍:5元的16捆,1元的16捆,重新计算了一次,一点儿不少就是9600元。这是怎么回事呢? 飞来的钱儿?

他百思不得其解,把钱重新装进抽屉。一个人托腮沉思:指挥部买水泥正需要9600元,这里就有9600元,何必筹资借钱? 这……飞来的无主钱——能不能用呢? 从哪儿飞来的? 为什么我们指挥部缺钱就偏偏飞到指挥部呢? 到底有什么奥妙呢?

"是不是查错了?"柏宝山腾地站起来,叮叮当当地开启抽屉,重新倒出一捆一捆的钱儿,分类查点计算,半点不差,还是 9600 元。

飞来的钱不能使柏宝山高兴,反而犯了愁。他拧着眉头看着一捆又一捆的钱儿,再看一看那张收据二联单儿上的字:6900 元,无可奈何,只得让钱儿再度睡在抽屉里。

突然,柏宝山眼前一亮:"福英的母亲住院——不是要交 2700 元吗?这是福英的钱儿! 福英母亲住院的钱儿!"

"福英一定要来找的! 不! 散会以后我给她送去!"柏宝山兴高采烈,自己对自己说。

二

开会的党、团员到齐了。柏宝山既是组织会议的办公室主任,又是筹资工作的动员者。

党、团们无拘无束,谈笑风生,有的坐在椅子板凳上,有的坐在小凳上,还有的两个人只坐着一个凳子。有两个年龄在 50 岁以上的老党员,一个叫史建河,另一个叫安见山,各坐着一块砖。年轻的团员让出一条板凳给他俩搬到跟前让其坐,史建河和安见山无论如何不坐,说坐石头坐惯了,很好嘛! 那条板凳闲着也没人坐。

柏宝山要大家静下来开会。他说:

"韦书记一会儿才能来,我先讲:咱们的指挥部遇到了困难,买水泥的钱不够。三个水电站共需要水泥 192 吨,每吨 50 元,共计 9600 元。咱们现在只有 6900 元,缺 2700 元。咱们的钱儿来源一是公社拨款,二是自力更生卖石料、石灰什么的,一个月之后钱儿才能进来。要紧的是,咱们不能等钱儿! 否则工程就要延期,不能按时发电! 大家看看这副对联:百人大干一百天,三坐电站三处转。三处转就是三座电站都发电。工程延期了,咱们每个人脸上都不光彩,特别是咱们党、团员,责任心会使咱们不安生! 怎么办呢? 活人不能叫尿憋死! 总得渡过这个难关! 好比家里盖房子,也不能把钱儿攒够了才动工。现在,咱们的指挥部提出:有困难交给群众,借钱儿! 指挥部这么多人,每人 50 块钱就用不完。咱们的韦书记反对平均主义,意思是不要兴师动众。今天跟党、团员商量一下,咱们动手——能不能克服这个困难?"

党、团员齐声回答:"能——"

"如果能的话,咱就要具体说了。"柏宝山扳着指头说,"咱们10名党员,每人150元,合计1500元。12名团员每人100元,合计1200元,总计2700元。借款时间一个月,还需要说明,没有利息。大家说中不中?"

"中——"党、团员们热情奔放,有的还鼓掌。

韦书记回来了。大家欢迎他讲话。

看着满面春风的党、团员,韦书记笑呵呵地问:

"同志们眉开眼笑,借钱儿的事——同意了?"

"同——意——"

韦书记听到回答心里比吃了蜜糖还甜。他神采奕奕地问:"大家同意了,是不是个别同志有困难? 不要不好意思,谁有困难实话实说,不要勉强,谁说?"

"没有困难——"又是异口同声。

韦书记环视了一下会场说:"既然没有困难,咱就定个时间交款,三天怎么样?"

有的说一天,有的说两天。韦书记一锤定音:"两天。"

韦书记在最后总结时说:"我代表姚山公社及全体社员表示衷心感谢!"

散会之后,柏宝山向韦书记汇报了姚福英交接水泥款的情况,着重说:"她应该交6900元,实际上交了9600元,多交了2700元。这2700元是啥钱儿? 可能是她母亲的住院钱儿,因为大家都知道医院要她交2700元。这笔钱给我了,她一点儿也不知道。"

韦书记看了看交接时打的收款二联单,担忧地说:"说不定福英正像热锅上的蚂蚁,忙着找钱儿哩。你马上给她送去!"

柏宝山说:"我也这么想,直接到医院。"

"快去快去!"韦书记摆着手说。

柏宝山开启抽屉拿出2700元,用报纸一包,装进提兜拎着就往外走。韦书记说:"慢,这一期《水利简报》出来了没有?"柏宝山回答:"出来了。"韦书记说:"带上几份,从医院回来往公社拐一拐,给领导几份。咱们做了工作,也得让领导知道。"于是,柏宝山拿了几份《水利简报》,骑上自行车，飞也似的向医院去了。

姚福英母亲住的是109号病房。柏宝山进去时福英不在，回家拿东西去了。她的妹妹福荣守在母亲的床边。福荣的长相同姐姐一模一样。她笑容可掬地站起来迎接说："柏主任来啦？"

柏主任回答说："我是来送住院费的。"说着就掏出了一包钱放到病床上，说："住院费2700元，你姐姐正在焦急地找钱哩吧？"

姚福荣一时摸不着头脑，左看右看了一会儿才说："住院费2700元已经交齐了。谁叫你送钱儿来的？"

柏宝山怔了，说："怎么交齐了？在哪儿弄的钱？"

姚福荣说："俺村大病住院都是生产队、生产大队交钱儿，根本不用社员犯愁。你没听听喇叭上唱的歌《社员都是藤上瓜》吗？"

提起藤上瓜，柏宝山才意识到中央人民广播电台播送的那首歌曲："公社是棵常青藤，社员都是藤上瓜，瓜儿联着藤，藤儿牵着瓜，藤儿越肥瓜越甜，藤儿越壮瓜越大。"侧耳静听，小喇叭正在广播哩！这时柏宝山才知道，在用钱儿方面，姚福英根本不用为母亲住院犯愁。

想到这里，柏宝山问姚福荣："那么——这2700元做啥用呢？"

姚福荣利索地说："柏主任，姐姐给你的钱儿是买水泥用的，不能只2700元吧？应该是6900元。"

柏宝山说："不是6900元，而是9600元，多出这2700元。"

姚福荣压根儿不相信，笑得前俯后仰："柏主任真会说话。"她怀疑柏宝山有别的目的。

"不是说笑话，这2700元真的是你姐姐的钱儿，给你给你，你收下！"

姚福荣不笑了，歪着头，一双眼睛像两条利剑射过去，瞪着柏宝山厉声厉气地说："你想做什么？觉得你有钱儿？几个臭钱儿有什么了不起！"

柏宝山的脸红了，感到姚福荣误会了，解释说："不……这2700元——真的是你姐姐的钱儿。"

姚福荣白了他一眼，"哼"了一声扭过脸去，小嘴噘得能拴住驴。

柏宝山是来送钱儿的，满以为光光彩彩，万万没有想到在姚福荣面前好像办了坏事似的。他心想：我不是小偷不是流氓，怕什么？因此，他理直气壮地说："好！以后让你姐姐找我吧！"

柏宝山从病房出来,姚福荣"咚"的一声关上门,说:"觉得你长得不错?英俊?帅气?30多岁的人了,癞蛤蟆想吃天鹅肉!呸!"

三

柏宝山是姚山公社姚山村的人,一米七八的个头,确实英俊潇洒惹人喜爱。他高中毕业以后在社办中学教学,1963年上级解散了社办中学,公社将他安排到红旗渠姚山公社施工营工作。他爱写作、善于用钢板、铁笔刻字,在办公室负责《水利简报》的编写,如今在指挥部依然如此。他编写的《水利简报》突出政治,内容丰富,题材新颖,读起来脍炙人口,全县出名。县指挥部的人说:"姚山公社的《水利简报》比县一级的质量还高。"当然这是过奖了。县指挥部几次想调走柏宝山,公社的程义江书记无论如何不放,说不能把俺的顶梁柱抽走。

柏宝山在医院对福荣说的"让你姐姐找我吧",看样子生气,其实不生气。他还认为那2700元是姚福英的,得想法儿还给她。

到了公社门口,柏宝山停下自行车掏出《水利简报》,准备进门时,只见公社会计徐家贞跑了过来说:"宝山,正想你呢你就来了!该今天的事儿成哩!"说着就拉住柏宝山的手,表示很亲切的样子。

"啥事?"柏宝山问。

徐家贞说:"你是姚山村的人,情况熟,找个木匠来,越快越好。"

"干吗这么急?"

"你进去看看,厨房快塌了,严重危房!还想凑合着用,怕出人命,找个木匠顶顶梁。"

"厨房?去年就成了危房。该翻修了,拆了盖新的算了。"柏宝山说。

徐家贞拍着衣兜说:"这儿没钱儿,翻盖返新,谁也知道好。核算了一下,得花2700元,去哪儿弄?只好危房危险算了。瞧瞧公社多可怜!时光多难过!"

柏宝山不往下说了,他知道,公社党委的指导思想是把红旗渠放在第一位,集中人力、财力、物力为配套工程服务。如果不是红旗渠及配套工程,休说一个厨房,10个厨房也早修好了。柏宝山想到这里,爽快地说:

173

"行，我去找木匠。让我把《水利简报》交给办公室。"

徐家贞揽住柏宝山说："别别别，把简报给我，你快去吧！危房在即分秒不等人哪！快去吧快去吧。"徐家贞接简报时拍了拍柏宝山的提兜问："鼓鼓囊囊的，这是啥？"

"钱儿。刚才拾的无主钱儿。"柏宝山故意炫耀说，"俺们指挥部的钱儿花不完，还拾钱儿。"

徐家贞索性看了看问："呀！还不少呢，有几千吧？"

"2700元。"柏宝山回答。

"太好太好了！正好翻修厨房！上交，归我了！"徐家贞眉开眼笑，将钱儿搂在怀里。

柏宝山也是笑乎乎的："上交就上交，归你了。"

徐家贞把钱儿还给柏宝山说："别把你吓住了。说是说笑是笑，上交还得请示韦书记。镜子里的烧饼不能充饥。快找木匠去吧！"

柏宝山找木匠轻车熟路，一会儿就领着木匠来了。木匠是个中年人，姓蔡，乡亲们称他蔡木匠，久而久之似乎忘了他的名字。柏宝山和徐家贞领着蔡木匠来到厨房观看，这是旧社会地主家的一座柴草房，几十年风吹雨淋，墙壁已经裂缝，大梁位移约5公分，房顶真有落架的危险。房子漏了可以糊，房子塌了砸死人怎么办？后果不敢想象。

蔡木匠马不停蹄，立即动手顶梁。

柏宝山要走，徐家贞一把薅住他说：

"柏主任，你那2700元一定要上交公社，修厨房等着用哩。咱说好的事，不能变卦，厨房成危房，光显得我没成色？黑猫白猫，修好厨房才是好猫！为了此事，第一书记也很着急！上次开会，程书记批评企业不上缴，公社连个厨房也修不起！你能上交也好哇！救厨房如救火呀！"

柏宝山听徐家贞这么说，不像是开玩笑了。相反，他却开玩笑说："给你拨款？门儿也没有！徐会计光想好事儿！"

回到指挥部，柏宝山仍然挂念着姚福英因找不到钱儿犯愁。他通过医院办公室找到姚福英通电话说："福英，你给我的钱儿不是6900元而是9600元，多出2700元……"

"知道了，听妹妹福荣说，你来到医院给我送钱儿，我表示衷心感谢！实话给你说，我现在不缺钱儿。谢谢你的好心意！"

"多出的那 2700 元咋办？"

"那是你的事，我管不着！"

姚福英说罢，"咔"的一声挂了电话机。

这件事中间，姚福荣给姐姐传话时说："指挥部的柏宝山，借咱妈住院花钱儿之际，拱着来交住院费。操的什么心？向你求婚哩！只要一收他的钱儿就把你拴住了！一个30多岁的人了，赖蛤蟆想吃天鹅肉！呸！"听了妹妹的一席话，姚福英信以为真，于是一听柏宝山打电话，警惕性就很高，决不能让 2700 元给粘住，说明意思赶紧挂电话。她说的"那是你的事，我管不着"，实质上就是说那 2700 元是你的钱儿，跟我没关系。

柏宝山犯难了：飞来的钱儿？真是飞来的无主钱儿？他坐在椅子上，眯起眼睛，思绪万千，如何处理？

他还想：不是不好处理，等着花钱儿的地方多着哩！只是花得符合不符合毛泽东思想？符合不符合社会主义制度？符合不符合社员们的意愿？符合不符合红旗渠精神？

韦书记回来了，柏宝山将医院送钱儿碰钉子和与姚福英打电话遭拒的情况一五一十地作了汇报。

韦书记听了哈哈大笑说："好办，别犯难，2700 块钱你花了算了。"当然这是开玩笑。韦书记琢磨了一会又说："奇怪，奇怪！大千世界无奇不有，姚福英说钱儿不是她的，拒绝收，难道真的能成为飞来的无主钱儿？"

韦书记在屋子里踱来踱去，见柏宝山的眉头上仍然拧着一个疙瘩，思考着说："世上的一切事物，没有无缘无故的存在，也没有无缘无故的消失。我的柏主任，打算怎么处理？有个想法儿没有？"

柏宝山的脑海里出现了公社厨房的裂缝墙和位移梁，缓缓地说："公社的厨房是危房，弄不好要出人员伤亡，是不是先修了厨房，随后有了失主再向公社要，你看中不中？"

"不中！我表示一百个反对！"韦书记斩钉截铁地说，"你想想，公社是党政机关，是红色的，怎么能花这黑钱儿？"

"那么，咱不说……"柏宝山欲说咱不说这钱儿来路不明，他怎么知道呢？说了半截反悔了，不敢往下说。

韦书记也反悔了，说："不不不——咱不说来路不明，就说咱的工程款花不完。公社修了厨房，待有了失主往回要也好要，有保证。"

柏宝山高兴了,韦书记同自己想到一起了,怎能不高兴?

"不过,"韦书记又具体起来,"我的柏主任,你是共产党员,这件事办好办坏,考验你的党性!"

柏宝山问:"怎么就能办好?"

韦书记胸有成竹地说:"事事都必须有手续记录!你先把这笔钱儿存到咱的账户上。给公社不拿现金,用转账单儿。款项来源:工程款。用途:修建厨房。备注:暂借。待将来讨回谁也没说的!"

柏宝山高兴得合不拢嘴。

四

徐会计收到转账款 2700 元以后,高兴得不得了,到处宣扬:"我要翻新厨房了!专款专用!"有人问从哪来的钱儿。他洋洋自得地说:"靠我的本事!"

公社机关翻新厨房毕竟是件大事,需要请示第一书记程义江。徐会计将工程设计、预算、资金来源全部汇报完之后说:"程书记,万事俱备,只欠东风,你一声令下,一个月之内用上新厨房!"他以为程书记会满面春风,痛痛快快地说一个:"马上动工!"

只见程书记笑乎乎的,一双明亮的眼睛看着徐会计,好久好久不说一句话。徐会计有点儿尴尬:怎么啦?多好的事?程书记怎么不表态?是太高兴了?还是怎么着?

程书记终于开口了,笑逐颜开地问:"你咋想起翻新厨房的?"

徐会计回答:"去年厨房就成了危房,不翻新出了人命咋办?人命关天呀!"

"水利指挥部为啥给咱拨款?你给他们要的,还是他们主动上交?"程书记问。

徐会计回答:"光我一个会计说顶个屁!上次开会你批评几个企业不上缴款,使公社许多事都办不成,甚至连个厨房都不能翻新。这不。我帮着你的腔,给指挥部的柏主任一说就成了。柏主任不错,办事真利索!"

程书记坐在椅子上仰面大笑说:"徐会计呀,真有你的,还为我帮腔,翻新厨房立了一功!"

受到程书记的表扬,徐会计高兴了。他谦虚地说:"不能叫立功。区区小事不足挂齿。喜鹊搭窝,大小都得衔一枝儿吧!"

"水利指挥部的钱儿,烫手不烫手?"

"黑猫白猫,能翻新厨房才算有本事。"

程书记收敛了笑容,郑重其事地说:

"家贞同志,你的想法儿错了。咱是社会主义社会,尤其是在共产党领导下修建红旗渠,就必须树立社会主义的形象!执行社会主义的经济运作方式!咱们公社管辖的部门中,实行的是'以工养农'方针。企业必须上缴利润,比如面粉厂、榨油厂、化工厂、制鞋厂、木器厂等,每年都定有上缴任务,不上缴不中!催他缴!水利指挥部是农业事业单位,是花钱儿的单位,是服务农业的单位,只能公社给他们拨款,不能允许他们给公社上交!否则就是颠倒是非!黑猫白猫不择手段抓钱儿是剥削阶级的伎俩!会影响社会主义经济运作,影响老百姓的生活,制约生产力的发展!你作为公社的会计只有执行这个政策,才能管好财务!"

"是——是是是。"徐会计脸红脖子粗回答。

程书记吩咐:"凡是事业单位一律不允许向公社缴款!也不准借他们的钱儿。"程书记怕会计不理解,进一步说:"执行这个经济运作方式,要提高到红旗渠精神上,中央的谭书记说过:永久的红旗渠精神!"

徐会计表态说:"知过改过,保证不收事业单位的款。这笔款立即原数退回!"

从程书记的办公室出来,徐会计"嗨——"了一声,见了公社干部就说:"好心肝落了个驴肝肺!多一事不如少一事。厨房不翻新,不是我没本事。"他的打算是:以后永远不提翻新厨房,顶好梁之后再修修门窗就收工。

徐会计打电话,通知柏宝山到公社办手续,2700 元原数退回。柏宝山问为什么,徐会计说:"我挨批了,你也得挨尅!"

柏宝山来到会计室办完手续,准备回去,想起厨房顶梁好几天了,应该看看梁顶得怎么样,走到厨房门口,只听蔡木匠说:"柏宝山这个人哪——把你们都骗了!"

蔡木匠跟谁说话?是指挥部的老党员史建河。柏宝山不由自主地停下脚步侧耳静听。

史建河问:"咋着骗了?"

蔡木匠:"你们指挥部筹资 2700 元干啥用的?"

史建河:"买水泥的。"

蔡木匠:"老史呀,开会那样说是柏宝山骗你们的! 真实的情况是巴结公社的! 你看,厨房成了危房,程书记弄不来钱儿,不能翻新,怎么办? 柏宝山会巴结,筹款 2700 元全部拨给公社,修厨房马上开工!"

史建河:"有这事儿? 骗我?"

蔡木匠:"不光骗了你,骗了你们全体党、团员!"

史建河:"哎哟——你叫我想想,想想。"

蔡木匠:"别想,你来找我,知道你做啥! 借钱儿! 你是党员,有 150 块钱的借钱任务,差不差?"

史建河:"不差不差,就是 150 块钱。"

蔡木匠:"回去吧,巴结人的钱儿,有钱也不借! 走人!"

史建河:"哼——不行。必须借给我。我姓共啊! 是共产党员! 组织上有困难我不能袖手旁观。修厨房也是为公啊! 全公社的社员都有一份儿,其中也有你的一份儿! 不借不中! 掏!"

蔡木匠:"你黏住我了?"

史建河:"谁叫你跟我不错? 不借你的借谁的? 你有手艺挣得多,有这个义务!"

蔡木匠:"借也中,你得承认受了骗。"

史建河:"好说好说,受了组织的骗不丢人! 说实话,我开始借了王三的钱儿,已经交给了柏宝山。今天王三他爹病了要住院,我能忍心不还人家? 借你的还王三,他爹病倒人命关天。你说能搁住不能?"

"还王三? 共产党员有良心。借! 一定借!"说着,蔡木匠就掏出了钱,"拿住,150 块!"

史建河:"谢谢你帮忙了。"

蔡木匠:"建河,咱弟兄俩今天谈的话是关着门儿说的,出了这个门儿就不能说,特别不能叫柏宝山听到!"

史建河:"我 53 岁了,你以为我是筒的货!"

二人哈哈大笑。

蔡木匠：“还有个秘密，你们指挥部的安见山也是借的。”

史建河：“借谁的？”

蔡木匠：“铁匠邵山春的。”

临出门走的时候，史建河看了看顶着梁的厨房说：“这个厨房是地主家的柴草房。你看，大梁粗伦伦的，檩条圆滚滚的，椽直顺顺的。我家的屋是弯小的梁，狗尾巴椽的。别看这个厨房用木柱顶着梁，也比俺家的屋结实得多！不翻新照样可以！”

柏宝山准备进厨房去，想到蔡木匠说我骗了他们，提及此事跳到黄河也洗不清，真的给公社拨过 2700 元嘛，算了，背黑锅也无所谓。想到这里，柏宝山骑上自行车，慢悠悠地回指挥部去了。

五

一进门，韦书记就拉住柏宝山面对面坐下。韦书记哈哈大笑说：“给公社拨款弄脏脏了。程书记打电话批评我，说我打肿脸充胖子，买水泥的钱儿还不够，充什么胖子？是老鼠给猫逮虱子——不要命巴结！”

柏宝山的脸一下红到耳根儿说：“咱俩一块挨剋。”

韦书记哭丧着脸说：“飞来的无主钱儿烫手！惹是生非！赶紧打听打听谁的钱儿，推出咱的门！”

柏宝山同时认为飞来的无主钱儿是惹祸精。他问：“程书记打电话时，你说没说是飞来的无主钱儿？”

“敢说？”韦书记站起来摇着头说，“不敢说不敢说，一说飞来的无主钱儿，肯定又得挨批！既然飞来的钱儿，为啥不写《招领启事》？这么做岂不是给林县抹黑，给红旗渠抹黑！”

柏宝山不以为然地说：“不是不写《招领启事》，咱不是在路上拾的钱儿，是姚福英兜里的钱儿，肯定是姚福英的，要么也是跟姚福英有密切关系的钱儿！写《招领启事》岂不是画蛇添足？”

韦书记承认柏宝山说得有道理，拍着手说：“共产党的政策好，红旗渠的精神好！咱必须记住：不是自己的钱儿不能花，不是该花的钱儿不能花！这是千真万确的真理！”

柏宝山也认为今后坚决不能违反共产党的财经纪律。他又说："还有个情况需要向你反映。"

"什么情况？快说!"

柏宝山说："咱们号召党、团员借款，开会时他们表态很坚决，好像衣兜里装着钱似的。其实，有的根本没钱儿。有的借了别人的，然后再借给我们。"

"有这事儿?"韦书记吃了一惊。

"耳闻目睹。"柏宝山说，"老党员史建河借蔡木匠的钱儿，安见山借铁匠邵山春的钱儿。"

韦书记皱着眉头在屋里转了一圈说："劳动模范，越是劳动模范越穷。他们一心扑在集体，因公忘私，固然就显得不富裕。现在你发现借钱儿的有两个，没有发现的呢？恐怕还有。柏主任，你估算一下借钱儿的比例有多大?"

"三分之一。"

"恐怕还要多吧?"

柏宝山问："程书记知道了——会不会又要批评?"

"不会。"韦书记蛮有把握地说，"毛主席说，密切联系群众和批评与自我批评是共产党的作风。集体有了困难借群众的钱儿名正言顺。蔡木匠和邵铁匠的钱儿也是群众的钱儿，自愿借出来的，既不是强迫，也不是挪用公款。"

柏宝山说："韦书记，我还有个想法儿。退回来的 2700 元，在手里攥着也生不出一个小的来，用这笔钱儿还给党、团员，兴许在社会上能起点作用。待姚福英查明了是谁的钱儿，咱想法儿还她也容易。"

"不中!"书记旗帜鲜明地说，"柏主任哪，吃一堑——你就不长一智!"

柏宝山见韦书记的态度那么坚决，不说了。

指挥部内，也有悄悄言传：拍马屁没有拍到地方儿，落了个长脸儿。柏宝山听之任之，不去解释。

党、团员借款筹资是很正常的事。不说别人，柏宝山也是借的，自己只有 50 元，借了贺光建 100 元。贺光建是姚山公社农业银行的行长。

这一天，柏宝山有了钱儿，去银行找贺光建还款。贺光建笑着说："别还了,那是我自己的钱儿,你花了算了。"

柏宝山很不高兴的样子,将钱儿塞进贺光建的衣兜。

贺光建风趣地说:"听说你办了件漂亮事儿,受到了程书记的表扬?有这回事吧?"

柏宝山笑了,给了贺光建一拳说:"好事不出门,坏事千里行。其实,我也不是巴结,是一笔飞来的无主钱儿,找不到失主心里不舒服。暂且让公社修建厨房,待以后找到失主原数归还。真没想到弄得沸沸扬扬,我跳到黄河也洗不净啊!党、团员筹资的2700块钱真的买了水泥,没有骗人!一些人硬说我拍了马屁,有口难辩呀。谁爱说啥就说啥,不在乎。"

提到飞来的钱儿2700元,贺光建眼前一亮,"嘿"了一声说:"是不是我们的钱儿?银行脱了现金2700元,这几天费尽心机寻找,怎么也没有线索。今天你送上门儿来了!好好好,我请你喝酒!"

柏宝山思考了一下说:"银行的钱儿?很可能!只不过不是我取的钱儿,姚福英取的钱儿,需要叫姚福英回忆一下,当时如何查点?在场人都是谁……"

贺光建为了抓住这条线索,打断柏宝山的话,立即到营业厅找到姚福英当时取款的票据,在场的工作人员也来了,几个人围住观看票据,上面清清楚楚地写着6900元,绞尽脑汁回忆,怎么也想不出如何能多给姚福英这么多的钱儿,2700元不是小数啊!

柏宝山坚定地说:"必须把姚福英叫来!"

贺光建心急,借了一辆车,一会儿就把姚福英拉来了。

姚福英坦率地说:"我取款后没有查点,直接交给了柏宝山。"

柏宝山朗朗大笑说:"这就对了。你没有查点?我替你查点了!票据上6900元,实际金额9600元,多出2700元。不用说,这2700元有主了,就是银行的钱儿!"

"柏主任,真有你的!"

这几天,银行由于脱了钱儿,人们心里像压着一块石头,饭吃不香觉睡不成。听柏主任这么一说,这块如铅似铁的石头终于落地了,人们乐开了花。

贺光建更是高兴。但是,他身为行长不能草率,必须将此事弄个水落石出。用他的话说不能囫囵吞枣,不是俺的钱儿给了俺,会惹出更大的麻烦,到那时脸上尴尬难堪。

姚福英分析说:"6900 和 9600,相似,一定是念颠倒了!这个人念颠倒了!那个人听了,看看票据也意识不到颠倒,因此就按 9600 元查付了。"

这个分析受到大家的认可。

贺光建又问:"福英,你收到款为啥不查点?"

柏宝山抢着说:"她母亲住院,心里有事顾不及……"

"不是不是……"姚福英摆着手说,"母亲住院根本算不上原因。取钱儿不查钱儿是我的习惯。人熟了,没有出过差错,取钱儿不查是常有的事。"

大家听了议论这是事实。

姚福英继续说:"别说取钱儿,就是存款,银行有时也不查。今年春天,有一次发工资,我到信用社取款 8888 元。一说发工资,信用社主动给的零钱多,5 角的、1 角的、5 分的、1 分的,当然也有 5 元的、10 元的,弄了一柜台。我没有查。信用社的办事人员找了牛皮纸包好,我就拿回来了。突然,领导说不发了,两个星期之后再发。那么多的钱儿,我的抽屉盛不下,只好到附近的农行存款。银行的办事人员解开一看,这么多的零钱儿,查一遍得多长时间? 影响多少顾客? 他问我多少? 我回答 8888 元,刚从信用社取的。他又问你动过没有? 我说没有。他说,你没动我就不查了,两省事。他说罢立即给我填写了存折儿。"

在场的人好像听故事,其实姚福英说的是真人实事。

"银行的工作人员和我们都是交心的,从来没有发生差错!"姚福英站起来说,"这是什么精神? 红旗渠精神!"

众人听了无不称赞,兴高采烈地鼓掌:"呱呱呱……"

贺行长的忧虑烟消云散了,眉开眼笑地说:"交心和不出差错,这样的红旗渠精神要发扬! 但是——"贺行长突然严肃起来,说:"从今以后,取款、存款必须查点清楚! 否则严肃处理! 你们说为什么?"

"飞来的无主钱儿更麻烦!"

拍电影的学问

——修建红旗渠的故事之十二

一

"摄影师来了!"

"专门拍咱红旗渠工地的纪录片!"

这一消息不胫而走,红旗渠工地的民工们欣喜若狂。巍峨的太行山红旗招展,人声鼎沸,写在峭壁上的大字是:"引漳入林,重新安排林县河山。愚公移山改造中国,胸怀祖国放眼世界。"28 个大字闪着耀眼的

183

光芒。

摄影师叫安东昔,50 岁左右的样子,四方脸庞,尖长的鼻子,蓬松的头发,小巧的胡子,眼睛和眉毛贴近,眉头经常拧个疙瘩,一看就知道是一个老谋深算的潇洒汉子。他说:"我姓安,就叫我老安得了。"尽管如此,人们还称呼他为"安影师"。

安影师从事摄影工作 20 多年,尽心尽责,颇有成效,硕果累累。拍摄的电影片生动活泼、栩栩如生、耐人寻味。据说,他在国际上也有一定的名气,会赶时髦、抢风头,凡是世界上的奇迹,他均要跑着去拍摄。这不,河南省安阳的林县红旗渠工程惊动了世界,安影师决不落后,立即来到红旗渠工地住到普通的百姓家,拍摄纪录专题片。他十分清楚,这是一箭双雕的好事,既使林县人民爱戴,又彰显我的业绩,留给后人的是伟大摄影家安东昔拍摄的《红旗渠》,将流芳百世、光宗耀祖。

安影师已经拍摄了几个镜头,今天要拍虎愁山,是青年突击队的工地。

这是一架沉积岩山头,石头特别坚硬,钢钎打下去火星四处飞溅,只显现出一条白道道,半天打不成一个炮眼。人们的胳膊肿了,钢钎磨秃了,炮眼死皮赖脸就是不往下钻,满山的石头似乎得意洋洋的样子,故意同人们作对,藐视人们无能。人们叫这架山为"虎愁山"。

青年突击队的队长来吉英一拍胸部说:"虎愁山,我们包了!"

青年突击队就是哪里有困难哪里去,一切困难不在话下。当地群众的方言把"好得很"说为"好得上"。于是,群众提起青年突击队就翘起大拇指说:"青年突击队好得上! 来吉英好得上!"

安影师得知这个情况之后,心里痒痒的,兴冲冲飞快地赶赴现场,欲钻进突击队的肚里,寻找奥秘。只有奥秘钻进我的镜头,才能显示我老安的神通广大。

青年突击队这班人都是"乐天派",年纪都在 20 岁上下,脾性都是风风火火的,着绿穿红、装束不一,一个个头戴安全帽,心里的一团火熠熠闪光。遇到困难,他们说"困难是弹簧,看你强不强,你强他就弱,你弱他就强"。干起活来,恨不得三天任务一天完,汗流浃背才痛快。工作之余,说、唱、吵、闹才高兴,热火朝天胜过一台戏。

安影师走近虎愁山,只见蜿蜒起伏的太行山,披上了一身金光灿烂的朝霞,峰峦叠翠白云缭绕。大红旗上的 8 个大字"红旗渠青年突击队"特别光彩夺目。100 多名男女青年胸前佩戴的团徽,在灿烂的阳光中闪耀着光辉。这时,他们手中的钢锤抡得旋花转,一个个弧圆、一道道银光如满月一般。锤头砸得钢钎当当响,石粉随着响声腾腾往外喷。

安影师看呆了,自言自语地说:"盛景啊盛景! 了不得的盛景!"

安影师打定主意,今天明拍,即给被拍者打招呼之后才拍。但是,在拍劳动盛景中,必须探索到突击队的奥秘,这是我唯一的心愿。

纵观虎头山,这 100 多名劈山健儿中,只有人们喊他为"林保怀"的小伙子不干活,证明他是监工的、当官的。安影师又想到:"保怀"二字在我的故乡是"队长"的意思,这里也是如此,真巧合。

安影师走近林保怀,用浓重的方言问:"官人贵姓?"

林保怀没听清"官人"的称呼,只听到"贵姓"二字,于是回答:"免贵姓林。"

安影师拍着林保怀的肩膀哈哈大笑,翘起大拇指说:"林队威望的有! 锦绣前程光芒万丈!"

林保怀完全听不懂安影师说的是啥,只是应付着说:"我叫林保怀。"

安影师伸出右手,林保怀应邀热情握手。

安影师自我介绍说:"我姓安,名叫东昔,是来拍电影的。你们修建的红旗渠中国闻名世界瞩目。我为歌颂红旗渠的精神而来! 林队,你要配合,上级有指示必须好好配合!"

林保怀多数听不懂,只听到"拍电影"、"红旗渠"、"配合"几个字,于是问:"什么叫配合?"

"简单简单!"安影师说,"听我的安排,用当地的话说,我叫你咋着就咋着,听懂了吧? 中不中?"

"中!"林保怀表示乐意配合的样子。

安影师要林保怀摘下安全帽,面对工地,横眉怒目地站好。他才打开摄像机,对准林保怀,旋转着把热气腾腾的劳动场面拍了一遍。

他指着一个四肢健壮的剪发头姑娘说:"林队厉害呀! 强将手下无弱兵! 你看那个正在挥汗打钎的姑娘,姿势特别优美,锤头特别有力。这说明'林队'带兵有方! 监工有方! 用你们当地的话说:林队好得上! 今天拍林队的特写镜头嘛——也是好得上!"

林保怀听不懂安影师的方言，只听懂"好得上"3个字，问："安影师，你为啥要我站到高地方？还必须那么严肃？那就叫好得上？我认为，那样做不是好得上！"

"小伙子，你做对了！"安影师眉开眼笑地说，"我是摄影师，不听我的，我有权不拍！知道吗？我的突击队长。"

"什么？"林保怀吃了一惊，"我不是突击队长！我是安全员，今天才上任，头一天。外工地出现悬崖落石砸伤人的事故，指挥部开会，每个工地都必须设立安全员。我是脱离生产的专职安全员！专门巡视峭壁、发现险情、排除险情的安全员！"

"别开玩笑嘛——只有队长可以不干活，只管监督。"

林保怀慌忙解释说："不不不，安影师，我不是队长，真的不是队长，队长在那边。你看，那个抡锤打钎的才是队长！"

安影师感到惊诧，顺着手指望去，只见是那一位四肢健壮眉清目秀的剪发头姑娘。安影师摇着头说："林保怀，你骗不了我！她是你的兵，给你洗脚还差不多！你的下人漂亮啊！给你洗过脚吧？"

林保怀听了很生气，认定安影师的脑袋有问题，义正词严地说："安影师，不许你这么说！什么下人？她是中国共产党党员，青年突击队的团支部书记、兼青年突击队队长！"

安影师懵了，吼道：

"不可思议！不可思议！"

二

安影师打听清楚了，那个四肢健壮眉清目秀的剪发姑娘姓来名吉英，确确实实是青年突击队的团支部书记兼队长，第一把手。他心里琢磨：突击队100多人，相当于军队的一个连，就这么交给一个姑娘带兵？真是特天下之大殊！来吉英带兵到底怎么样呢？

安影师走到林保怀跟前，笑着踢了他一脚说："你个狗小子，顶顶糟糕！我拍的片子白搭蜡，还得从头来，滚！"

林保怀回敬了一脚，见安影师平易近人，开怀大笑说："你个狗影师！

糟糕活该！"他又拍着安影师的后脑勺说："这里边破烂，再拍还是白搭蜡！"林保怀说罢扭头就走，做他的安全工作去了。安影师想跟他握手未成。

"来保来保！"安影师去求队长来吉英，亲切地喊道。

来吉英没有停止打锤，问："来保是什么意思？"

安影师有点尴尬，笑着回答："用我们的方言，'来保'就是'来队长'的意思！"

来吉英说："别称我队长，就叫我吉英，红旗渠上的习惯。"

"习以为常习以为常。"安影师点头哈腰，"吉英同志，我是拍电影的安影师，采访红旗渠歌颂红旗渠的，请你到那边去，配合摄一下像。"

来吉英停下手里的活，跟随安影师走到高地上问："怎么配合？"

安影师说："我是个直性子，直说吧，要拍好红旗渠工地上的热烈场面，你当队长的也必须听我的，否则，我有权停拍！"

来吉英拍打着身上的灰尘说："当然，你为我们服务的，咱们就得心往一块儿想劲儿往一处使。你说咋着就咋着，行了吧？"

"行行行，不愧为当队长的！"

安影师要求来吉英学着林保怀的样子，站到高台上，摘掉安全帽，横眉怒目地监视整个工地。他说："你要彪显出威风凛凛的队长神态，以致使突击队的每个成员心怯胆颤，干活不敢怠慢。"

"为什么这样？"来吉英问。

安影师回答："为了泾渭分明，层次清晰。"

"什么叫泾渭分明？什么叫层次清晰？"来吉英又问。

"这是中国亘古以来的规矩，乃至世界的伦理。当官的不能和当兵的一个层次。就拿你们修红旗渠来说，当官的职责就是指挥，当兵的任务就是苦力干活。这是千真万确的真理！我们影视界拍片有学问。什么学问？就是必须遵循世界的伦理！只有按照这一学问拍出的片才有生命力！……"安影师滔滔不绝地讲。

来吉英听了心里火辣辣的：这是什么学问？混蛋学问！她打断安影师的话说："安影师，你的学问同我们红旗渠的学问，是两股道上跑的火车，方向不一样！你口口声声说是歌颂红旗渠的，宣传红旗渠的，真是这样的话，就该实事求是，原汁原味地拍片！"

安影师不以为然,问:"红旗渠的原汁原味是什么?"

来吉英诚恳地说:"县委领导同志在工地和青年突击队员们同打一根钎,同吃一锅饭,同烤一堆火,同宿一个棚! 何况我这个小小的突击队长,更应该同吃、同住、同劳动,这才是红旗渠的原汁原味!"

"不可思议!"安影师的头摇得像拨浪鼓似的,认为欺骗他,表示不相信,继续说,"不,不,不,听我的,你必须听我的! 否则,我有权不拍! 我有权不拍! 我有权不拍!"

来吉英见安影师那么固执,用不拍压人,准备放弃拍片,说:"安影师,你有你的学问,红旗渠有红旗渠的学问……"

"你们的学问要服从我的学问!"安影师打断来吉英的话说,"否则,我有权不拍!"

来吉英不卑不亢地说:"对不起。安影师,你说服不了我,我也说服不了你。你就是把红旗渠走个遍,也找不到你的学问。我不拍了,你走吧,哪儿有你的学问你就去哪儿拍吧!"

来吉英说罢,快步走下台阶,抢起了8磅锤,又忙忙碌碌地打钎。安影师碰了一鼻子灰,脸红脖子粗,气急败坏地喊:"不能理解! 不能理解! 我不信鳖不拱污泥!"

"没有调查研究就没有发言权。"安影师学习过这个真理。在被迫无奈的情况下,只得走进群众,问问这问问那,重复询问。

他问一个抬石头的男青年:"来吉英是不是每天都干活?"回答说:"没有一天不干活的,而且比我们干得还多。"他又问:"有人说她还给下人洗脚,是不是夫妻或恋爱关系?"回答说:"不是夫妻关系,也不是恋爱关系,是红旗渠的官兵关系。去年,我的脚冻了之后,她用茄棵熬水给我洗过脚呢!"安影师又是摇头:"不可思议! 不可思议! 红旗渠咄咄怪事!"

安影师又问一位打钎的姑娘:"红旗渠别的工地上怎么官兵一致? 大队干部、公社干部都干活吗?"回答说:"别说大队干部、公社干部,县委、县政府的干部也干活,规定了每月不能少于多少天,谁肯落后?"

他又问一位干部:"干部们不觉得苦吗?"回答说:"当然苦了,不苦那是假的。反过来说也是甜的,因为这是甜蜜的事业。新中国成立以后,老百姓翻了身,要过幸福生活。幸福从哪来? 不是从天上掉下来的,而是靠吃苦干出来的。需要干几十年，才能干出个变化，才能过上社会主义幸福生活。"

安影师默默地想：不无道理不无道理……

三

快到下班的时候了，人们收拾工具，炮手装药准备点炮。田大娘来了，她每天义务给突击队送开水，下班时把空桶挑回去。

来吉英给安影师介绍了田大娘送水的情况，说："田大娘半百有余，给她拍一下义务送水吧。"

安影师多次听说过田大娘义务送水，一听"义务"二字，尤其感兴趣，连忙说："行行行，行……不过，你必须推迟放炮时间，15 分钟即可。"

来吉英说："半个小时，让林保怀服务你，中不中？"

"中中中。"安影师边说边准备摄影。

他直视着田大娘问："您为啥义务送水？"

田大娘回答："新中国成立了，劳动人民地位高，反动派被打倒，帝国主义夹着尾巴逃跑了，全国人民大团结，掀起了社会主义建设高潮，逃荒要饭不见了，老人个个乐陶陶，咋不送水上山腰？"

安影师听了喜滋滋的，老婆子怪能说哩！看她会笑不会笑？不会笑不及格。为了逗田大娘笑，他说："过八月十五我吃了两碗肉，放个屁也是香的！"

田大娘听了"噗嗤"一声笑了。

安影师摇了摇头不拍片。林保怀问情况，安影师说她不会笑，笑得不好看，要田大娘回去，换个会笑的来。他拿着鸡毛当令箭，说这是来吉英的安排。林保怀无奈，只好按照安影师说的办。

新来的是姚大娘，和气自然，见到林保怀之后，未打招呼先笑。

安影师见她笑得像一朵刚出水的芙蓉，太美了！立即安排林保怀指导姚大娘做 4 个动作。

在林保怀的指导下，姚大娘做到：挑水上山——给碗中舀水——双手捧给林保怀——

安影师这时大声喊:"笑! 笑! 笑——"

姚大娘本该自然地笑,听了安影师歇斯底里的喊声,怎么也笑不出来。姚大娘定睛一看,怔了一下说:"你? 安阴险? 可找到你了!"

林保怀问:"你俩认识?"

姚大娘叙说了她卖笤帚的经过:

一天,姚大娘在街上卖笤帚,安影师走过来问多少钱一个,姚大娘回答2角。安影师拿了一个笤帚,扔给一块钱就走。姚大娘说别走,找你8角钱。安影师不但不停,反而加快脚步,使姚大娘怎么也追不上。因为此事,姚大娘成了一块心病,饭吃不香觉睡不着,逢人便说:你有钱怎么样? 俺老婆不是贪财的人!

今天见到了安影师,姚大娘一肚子气,掏出那应该找回的8角钱,放到安影师面前,大声斥道:"8角钱! 小看人! 收下!"

"收收收……"安影师理屈词穷,点头哈腰地拾起来装进衣兜。

姚大娘的气还未消,白了他一眼说:"知道你骨头里长的什么丁?"

安影师嬉皮笑脸:"什么丁?"

姚大娘咬着牙说:"嘲笑红旗渠畔的人!"

安影师对林保怀说:"红旗渠畔的人——厉害呀!"

姚大娘"呸"了一声,拔腿就走。

安影师惊慌失措地喊:"拍片,还没拍完呢!"

姚大娘回过头说:"不切实际的片不能拍! 再拍批你!"

林保怀同安影师成了忘年之交,背后拍了安影师一巴掌说:"老安,你的破烂学问吃不开了,卷旗收兵,回老家抱娃娃去吧!"

安影师的脸一下红到耳根儿,羞得无地自容,停了好久才说:

"我老安没有干不成的事,今天拍不成,明天拍。来吉英怎么样? 有人管她! 今天不配合明天配合,她不配合有人配合!"

林保怀和安影师掰手腕,第一盘故意让给他,以后取胜的当然是小伙子。

四

风和日丽,万里无云,灿烂的阳光给太行山带来生机,虎愁山悬崖峭壁上的大字标语闪闪发光。左边是：引漳入林重新安排林县河山。右边是：愚公移山改造中国，胸怀祖国放眼世界。

安影师又出现在工地。他今天请来了领导做"帮手"。只见一个中等身材、五官端正、能说善辩的男子与其并行。这个男子姓来名融冰，来吉英的哥哥，县里的干部。

来融冰是转业军人，原先分配到公社工作，任党委委员。他逢人处事和谐，不管走到哪里都好说好笑一片声响。他口才好善于调解矛盾，村与村发生殴斗、生产队与生产队发生纠纷、干部群众之间发生恩怨，只要来融冰一去，没有调解不了的。于是，公社的丁书记送了他一个外号"和事专家"。久而久之，"和事专家"一传十、十传百全县闻名。去年秋天，"和事专家"被调进县政府大院工作。有人说他在人民武装部，有说水利局，还有说在统战部，究竟在哪个部门谁也说不清楚。

"和事专家"在县里更出名，说来也奇怪，只要他一出场，矛盾的双方就都听他的。安影师拍片遇到了麻烦，来吉英不按照他的学问配合，只好求助"和事专家"，来融冰也乐于帮忙。

安影师向"和事专家"介绍了情况，重点谈了谈与来吉英水火不相容的学问分歧。来吉英是来融冰的同胞妹妹，当然"和事专家"认为这是小糖一块了。

来融冰问："安影师，你的拍电影学问有多深？"

安影师笑笑说："很简单，按照我的思路拍就是我的学问，这是拍电影的世界学问，不是我发明的。"

来融冰不愧为专家，知晓许许多多的事。他说："按规矩，你拍片必须听你的，不然拍不成。反过来说，你也得尊重红旗渠的事实。你应该多拍一些镜头广泛取材，把方方面面的情况都拍摄到，回去之后，想做长袍可以，愿意做裤头也中。是不是？"

"是是是，极是极是。"安影师诚心佩服的样子说，"县政府的领导站得高看得远，与一般的人见识就是不同，天壤之别！有你这个英明领导配合，一定能施展拍片的学问。我表示终身难忘，深深感谢！"

来融冰哈哈大笑说："按照你的学问办，如何谢我？"

"提出要求，达到你的满意！"

来融冰收敛笑容说："说笑话的，根本不用谢。要求嘛——我有要求，今天你跟我配合，我说拍啥你就拍啥，必须听我的，这就是我的要求。按照我的要求做了，你的学问也就达到了！中不中？"

"中中中中……"

二人达成一致，兴致勃勃地并肩而行。

他们一进入工地，就有人向队长来吉英报告说："好消息，你哥哥来了。"来吉英听了噘着嘴说："什么好消息，知道来做啥，都别理他。"来吉英继续抡锤打钎，别的青年都按照她的意图，各干各的活，忙忙碌碌，都不给"和事专家"打招呼，好像不认识这个人似的。

人嘛，经的事多了就要豁达大度。来融冰根本不在乎这些，只考虑拍片的事，如何拍？拍什么？他环视了工地的劳动场面，望了望虎愁山悬崖峭壁上的巨幅标语，偶尔跟安影师嘀嘀咕咕、指指画画。他俩定了计划，必须做到两点：一是劳动场面上要有来吉英的身影，同时也必须拍没有来吉英的身影；二是必须拍摄来吉英站在高台上监工的镜头。二位又商讨了如何实施，待胸有成竹之后才跟妹妹谈。

来融冰领着安影师走到妹妹身边，大声喊："谁是来队长？来队长在哪儿？谁见到来队长了？"

几个抡锤打钎的青年"噗嗤"一声一齐笑了，有的把鼻涕喷了出来，停下打钎，把目光投向来队长。

来队长一笑也不笑，慢条斯理地说："县政府的领导来了！好稀罕，什么指示？"

"哦——你就是来队长？"来融冰故意装出惊讶的样子，"请来队长指教。"

青年们感到很有意思，认认真真地听兄妹对话。

来吉英也是胸有成竹，郑重地说："指教不敢当，胡说八道还可以。"

来融冰笑容可掬："好好好，听来队长讲个故事。"

来吉英讲了这么一个故事：

国民党夜里抓壮丁，尽管严格保密，风声还是泄露了。铁头爹听说要抓他，跳墙逃走。国民党的部队扑了个空，没有抓到铁头爹，见到了铁头，一问才15岁，个子长得高，同成人差不多，长相精干，就把铁头抓走。铁头年幼，在部队给钱团长当勤务兵。行军途中，钱团长不吃士兵的饭，要铁头去老百姓家捉鸡捞鱼，稍一息慢就得挨打。有一次同解放军作战，全团被俘,经过整编,这个团改编为解放军。钱团长仍然任团长,共产党派来了政委。行军中,每天晚上住宿之后,政委就要主持召开批判会。让士兵诉苦,批判钱团长的军阀作风:打骂士兵,行军要士兵用竹椅子抬,抢老百姓的鸡、鸭、鱼肉等等。钱团长受到批判之后表示坚决改正,行军不用士兵抬了,对士兵不敢打骂了,不抢老百姓的肉、食了,士兵吃什么他也吃什么。有一天中午,钱团长拿着玉米面窝头吃。铁头问:"团长,怎么样?"钱团长说:"蛮好蛮好!"这个团被俘之前,官兵分阶层时,光打败仗,改编为解放军以后,官兵一致,准打胜仗。这个团还出国参加抗美援朝战争,打败了美帝国主义。

讲完这个故事以后,来吉英问:"县领导,我讲错了没有?请批评指正。"

来融冰哈哈大笑说:"来队长真不简单,对哥哥的经历讲得一字不差。'铁头'这个名字是咱爹给我起的。部队整编时,政委给我改名为'融冰'。在部队多年的酸甜苦辣生涯中,我深深体会到:不论在什么地方,都必须官兵一致,这是共产党的作风!官兵一致就能取得胜利!否则就要失败!"

来吉英眉开眼笑地说:"这就是县领导的指示:官兵一致就能取得胜利,否则就要失败!"

几个青年热烈鼓掌。

来融冰的脸唰的一下红了,摆着手说:"都瞧瞧都瞧瞧,当哥的没有妹妹的本事大,叫妹妹说得我没啥说了。"

五

来融冰故意显示出很尴尬的样子,看着在场的人一句话也不说。安影师心急,用胳膊肘捣了捣来融冰,意思是,咱来做啥?你得说话呀!

来吉英早看出了安影师的心思,说:"把俺哥搬来,知道你想做啥!"

来融冰的兴致来了,立即反问:"妹妹你说,哥来做啥?"

有人问:"猜准了咋办?"

"你们说咋办就咋办。"

青年们都把目光投向来吉英。当然,她知道哥哥要帮安影师的腔,我们必须顶住,官兵一致就拍,违背共产党作风的纪录片坚决不拍!休说哥哥来了,就是地委干部来了,也不能改变我的主意!想到这里,来吉英坚定地说:

"我若猜准了,你们乖乖回去,不拍!"

来融冰满口应承:"行行行,你若猜准了,我们二话不说,走人!"

来吉英一笑不笑地说:"安影师要拍我不干活的场面,门也没有!走人!"说罢,来吉英就拿锤准备干活。

来融冰嬉皮笑脸地拦住妹妹说:"别!没猜准!我是帮你说话的,脱离群众,队长不干活的片坚决不拍!你们各就各位,拍有红旗渠精神的片儿!没啥说了吧?你没有猜准,必须得拍!"

来吉英听了心里热乎乎的,担心哥哥同安影师一鼻孔出气的心理烟消云散了。她乐呵呵地对青年们说:"干活!"

突击队员们干得热火朝天,有的打平锤,有的打斜锤,有的打撩天锤。锤头呼呼带风,钢钎随锤转动,石粉呼呼冒出,好不热闹。

安影师支起摄像机,对准来吉英精心调整镜头。拍了来吉英抢锤的特写镜头,镜头旋转拍摄整个场面之后,又对准了来吉英。

来融冰用开会似的大嗓门说:"安影师是为歌颂红旗渠而来,拍摄的纪录片是为了宣传红旗渠精神,宣传林县十万大军战太行,宣传我们的青年突击队!不但要全国宣传,而且要走出国门,让全世界都知道林县有个遇难而上的青年突击队!有如铁似钢的突击队员!"

来吉英听了心里嘀咕:要宣传突击队,需要以青年团员为主。于是她要别的青年抢锤,自己坐在地上扶钎。

安影师高兴了,把摄像机移至来吉英的背后,旋转摄像机,拍摄了没有来吉英抢锤的劳动场面。

来融冰也很满意。他不是不帮安影师的腔,而是不明出大卖地帮腔,要圆滑地站到安影师一边,拍摄出既能使妹妹不反感、又能使安影师满意的镜头。

他喊上妹妹,指着峭壁上的大字说:"引漳入林,重新安排林县河山。愚公移山改造中国,胸怀祖国放眼世界。这 28 个字多好!必须摄入镜头,需要有人,不然就是空镜头,你站到这块石头上。"

来吉英一眼看出，哥哥这么安排，心怀叵测，实质上是要拍摄队长监工的镜头。

她对哥哥说："一撅尾巴，就知道你屙啥屎，又要叫我当监工？不拍了，滚！"

哥哥捶胸顿足地吼道："你错怪哥了！刚才说好的，我帮你说话，脱离群众的镜头，队长不干活的镜头，坚决不拍！我说的话掷地有声！你看你看，这幅标语气吞山河，拍一拍有啥不好？"

"你不愧为和事专家！走人！"妹妹坚持己见。

哥哥急得脸红脖子粗："这样，再过来一个人，两个人站到这儿，你就不是监工了吧？"

其实，两个人分开站，回去剪辑，还能成为一个人。

来吉英喊了十几个人，肩并肩地站在石头上，高声歌唱："火红的太阳照亮了太行山，林县人民斗志昂，胸怀愚公移山志，誓叫山河换新装，手拿开山斧劈开太行千重障，喝令漳河绕山行，荒山变成米粮仓。"

安影师面对这群小老虎毫无办法，满脸懊丧的气色，迫不得已，只好拍了下来。

就要走的时候，来融冰为了气妹妹，狠狠地说："回去一剪，只留你一个人！"

安影师笑着打圆场说："不不不，不剪，我明天还要来，跟踪到底！"

林保怀说："老安，姚大娘送你的那两个字，忘了没有？阴险——阴险——阴——险——"

安影师大笑："你说对了，明天继续阴险！"

二人又扳了一阵手腕。

六

是日，劳动的号子声震撼山谷，巨石滚动，一阵阵朗朗笑声。青年们正干得起劲，突然，石壁上自然落下一块比磨盘还大的巨石，眼看就要砸到一个穿学生装的人头上。在危急的瞬间，安全员林保怀使了个箭步穿过去，用力推走那个青年，自己也来了个鹞子翻身，躲开了巨石，解除了生命危险。但是,拳头大的碎石却砸在林保怀的身上。

"保怀受伤了!"

安影师全神贯注,抓紧时间抢镜头。他要观看、记录青年突击队队长的行为,看一看怎么对待舍己救人的安全员?"下人"在队长眼中的位置如何?是不是真正官兵一致?

随着喊声,人们跑过去,只见林保怀倒在地上,脸上、手上都是血。保怀忍着痛苦哈哈大笑,硬是站了起来,给了落下的巨石一脚说:"怎么?想砸我们?没这个本事吧!"

围过来的青年赞扬林保怀舍己救人的勇猛精神。学生装的青年表示感谢。

安影师对林保怀的乐观精神倍感兴趣,跟踪拍摄。

林保怀毕竟受了伤,支撑不住坐在地上。来吉英端来一盆水,蘸上毛巾,轻轻地把林保怀身上的血迹擦净。仔细观看,均为皮毛之伤,头上比较重一点,用药棉胶布抱扎,其他用红汞碘酒一抹即可。顺着腿往下看,袜子上有血,来吉英给他脱下袜子,发现脚被砸得较重,不能走路了。

包扎好以后,来吉英要背他去休息。林保怀说自己会走,来吉英搀扶他下山,还是不能走,只好让来吉英背他回去。随即给他服了跌打丸、去疼片。

林保怀真有汉子气,根本没把受伤当作一回事,躺在床上就呼噜呼噜睡着了,鼾声如雷,惊动了院子的一对白鹅嘎嘎直叫。当林保怀睡得正香的时候,只觉得脚底板痒痒的,醒来一看,原来是队长来吉英端来一盆热水给洗脚呢!强烈的红旗渠精神感动着他,双眼湿润了。他望着来吉英的面孔,看着那认真洗脚的样子,鼻尖一酸,滚烫的泪水夺眶而出,什么话也说不出来。

安影师继续跟踪拍摄。他想:人的脚是臭的,脱袜子、洗脚这种活儿,不是下人不会去干的。然而,今天美女队长甘愿当下人!不能说不是红旗渠的学问!

安影师感动不已!拍摄下了他认为红旗渠上的特殊学问!

安影师说来吉英是美女,名副其实。她的长相的确很漂亮,乌黑的短发,嫩白的肌肤,健壮的四肢,走起路来虎步生风,比力气、凭干活敢与青年小伙子媲美。这是林县人民评价女子美的首要标准。

可不,新中国刚刚成立,国家一穷二白,蒋介石留下的烂摊子需要收拾,新中国的基础设施必须建设,靠什么来着?靠的是人民的力量,靠的是扑下身子大干。因此,有力气、肯出力是最美的女子,青年突击队中有100多人,其中就有40多名这样的美女。

组建突击队之前,这些姑娘并不美。在村民的眼中只是个"黄毛"丫头,吃闲饭之人。老人们说:"小子不吃十年白,闺女都是伸手牌。"意思是男孩子10岁就可以干活,自己养活自己。闺女们不能自己养活自己,吃饭是"伸手"牌的。这种偏见成为社会公认的真理。

自从组建了青年突击队,老人们亲眼所见,闺女们在红旗渠工地上不怕苦不怕累,小伙子能干的活她们都能干,打钎放炮、抬筐拉车、洗石垒砌样样都行。老人们刮目相看,村里人茶余饭后议论不休,啧啧称赞。闺女们从此改变了模样,越赞扬越漂亮,越看越耐看。当母亲的以前不舍得让闺女穿戴,如今都愿意打扮闺女。于是,突击队的姑娘们真正成了美女,而且带动了别的女青年。

母亲们谈论起家常互相比闺女,开心地说:"深山出俊鸟嘛——来吉英还管男人哩!"

次日清晨安影师又来了,只见林保怀戴上安全帽就要上工。来吉英拦住他说:"林保怀,你给我回去!三天之内不许上工!"

林保怀笑哈哈地跺了跺脚:"队长你瞧瞧,我的脚全部好了,咋着不能上工?"

"好了?"来吉英一笑不笑地说,"好了是你装的,给我看的,不能上工就是不能上工,回去!"

林保怀的脸红了,大声说:"我不能上工?你也不能上工,瞧你那胳膊肿的,也是石头砸的嘛!"

好说歹说,林保怀非上工不可。讲情的也不少,说突击队员不是泥捏的、纸糊的。来吉英没办法,只好少数服从多数,答应林保怀上工。

安影师拍下了这些镜头。他思潮翻滚,久久不能平静,思索着说:

"不能置信!不能置信!"

"拍电影有学问,红旗渠也有学问!"

"红旗渠的学问是什么?中央一位副总理说:永久的红旗渠精神。永久!"

婚　礼

——修建红旗渠的故事之十三

一

　　"太行山的骨头是硬的,再硬也硬不过林县人民的脊梁!"

　　林县人民手牵漳河蜿蜒70公里,穿过谷维寺、鸡冠山、鸻鹉崖三座险峰,进入了林县。放荡不羁的漳河水变得循规蹈矩,丢掉了千万年来的野性,好像一个温柔的姑娘,戴上了红色面纱,当新娘子似的。

　　"红旗渠水已经到了梨树园村!千年的荒山有水啦!"

“太行山荒山变江南!”

“端上了金饭碗,再也不用逃荒要饭了!”

人们奔走相告,欢腾雀跃。

红旗渠配套工程在太行山中紧张施工,梨树园连队的工地上一片繁忙。

威风凛凛的太行山还真不好惹呢!只见山峰白云缭绕,山谷雾霾翻滚。霎时,恶风从崭崖上猛扑下来,掀翻山石,刮断树干,发出雄狮般的吼叫。峭壁森恶,布满横一道竖一道的大黑缝,就像蒲松龄笔下鬼脸一样。崖壁一抹平光直指苍穹,犹如一道冲天巨墙。一处处倒崖上吊的石悬,山风吹来,吱吱作响,眼看就要劈头盖脸地压下来。

潘金山是梨树园连队的料石组组长,正在领着几个小伙子清基,准备扩大工作面,开辟新料场。一阵狂风过后,石缝中的土石开裂,坍塌下滑,“嗡”的一声巨响,潘金山被掩埋在土石之下。其他人有的被扑了很远,有的被撞翻在地。人们站起来一看:“老金叔被埋!”潘金山 40 多岁,小伙子们称他为老金叔,也有人称他老金。

小伙子顾不得拍打身上的土,立即用手刨土,抢救潘金山:“救命要紧!时间晚了会死人的!”小伙子边喊边刨,用手太慢,人们改用铁锨挖,这样速度快。

连队指导员得知以后,立即跑了过来。他询问潘金山被掩埋的位置,强调用铁锨挖不能伤人。几个人谁也说不清被埋的位置,救人心切,只好如此。一个个小伙子站在土石堆上,心急火燎地挖,嘴里不停地喊着:“快!快快!”慢了,潘金山就没救了。

一个个小伙子用尽了吃奶的力气,还嫌挖得慢。他们用双手把铁锨往土里面猛插,随即用右脚使劲往下踩,以致使铁锨插得更深,然后双臂狠狠地使劲,把土扔得远远的。一锨又一锨,一锨接一锨,挖呀扔啊,一个个汗流浃背,气喘吁吁。比比谁的用劲猛,看看谁的铁锨利,观观谁的挖土多。

“头发!”突然,一个小伙子惊叫起来。

人们立即围住观看,只见铁锨擦着潘金山的头部插了下去,露出了那花白的头发。

人们又惊又喜。惊的是,如果铁锨偏东一点儿,锋利的铁锨就照准了头部,潘金山的性命非断送不可。土埋不死,铁锹也要挖死。由此可见,小伙子们就站在潘金山的身上挖,快露出来了也不晓得。

指导员大喝一声:"把锹放下!用手刨!"

小伙子从土堆上下来,用手扒土、搬石头。

突然土动了起来,慢慢地向上凸。

"金山叔没有死!"小伙子们高兴地呼喊。

人们用最快的速度扒开土石,露出衣服。潘金山的姿势是面朝下的,慢慢爬动。小伙子们挽住他的双臂,逐渐抬高,先扶着他坐在地上,又挽扶他躺在草垫上。

潘金山的脸上沾满了黄土,紧紧地咬着牙,神态坚毅,丝毫没有痛苦的样子。

指导员解下自己头上的毛巾,一边擦土一边说:"金山哥,能说话吗?哪儿难受你就说。"

全场鸦雀无声,众人的目光均投向潘金山,等待他的第一句话。

"把我急死了。"

指导员以为听错了,也可以说不理解"急死了"什么意思,问:"什么?你再说一遍!"

"把我急死了!"潘金山抬高了声音说,"你们不刨我,我自己就拱出来了。你们说的话,我在土里都能听到。你们站在我的脊梁骨上,往外拱,拱不动,急死我了!"

"哗"的一声,大家都笑了,异口同声问:"你能拱出来?"

"这有啥了不起? 不在话下! 光那些土石能有多重? 俺老金不是泥捏的! 一撅屁股,一支锅,拱它个底朝天! 你们踩着我的脊梁,有劲使不上,不着急咋着?"

指导员乐了,鼓励说:"红旗渠工地上的人真是不简单,在困难面前,就是硬骨头,气吞山河,有重新安排林县河山的豪迈气派!"

"呱……"

指导员鼓掌,在场的人都鼓掌,好像梨树园连队的工地上没有发生事故,而是发生了喜事似的。小伙子们互相看看,一个个乐融融的,为潘金山叔叔的大无畏精神所感动。人们不由自主地望着潘金山,跷起大拇指啧啧称赞。

几个年轻人兴致勃勃地请求:"金山叔,给我们讲一讲你年轻时上山找水的故事吧?行不行?大家欢迎!"

"呱……"又是一阵掌声和呼喊声。

指导员摆手制止说:"今天不讲了,想听明天讲。"他知道,潘金山被土块、石块砸,埋在土下承受沉重的压力是痛苦的。必须立即到医院检查,说不定内脏什么的砸坏了。潘金山这样乐观,表现了林县人民修建红旗渠的英雄气概,并不是他的身体不疼痛。于是,他派人去拿担架,要去县医院检查、透视、拍片。

关于潘金山独自上山找水的事,梨树园村的老人都知道,不断给年轻人讲。常言说,一人传十人,越传人越神。趁着拿担架的机会,指导员讲起了这件真人真事:

那是1930年,豫北大旱,颗粒不收。全县各村都闹水荒,梨树园村的水井干枯,没有水吃,去外村担水,别的村同样闹水荒,有点水也不让挑。那年潘金山才十几岁,农忙时跟着他爹给地主歪脖子打短工,农闲时拉上几个小伙伴上山摘野果子充饥。

旱情这么严重,潘金山想:老祖宗把咱们领到太行山,难道咱们就没有本事生存下去?天无绝人之路嘛!太行山应该有水,一定有水!他同几个小伙伴一嘀咕,决定上山找水。这个消息泄露了,村里的老人都说山上没水,有老虎、有蟒蛇,上山找水有去无回。

一个个小伙伴都被大人看管起来,不准出门,唯恐上山找水丢了性命。

潘金山的父亲给歪脖子当长工,没时间看管,于是潘金山人身自由。他心里痒痒的,就是一个人也要上山找水。主意拿定之后,他借了一支猎枪,独自一人悄悄地进了深山。

爬悬崖,蹬峭壁,潘金山进入白云深处。这是断层后的褶皱大山,全部结构为起伏状的石灰岩,干梆梆的,滴水不粘。走哇爬呀,发现叠形漏斗状的岩层底部石缝中湿漉漉的。漏斗的底部应该有水,可是为什么不外流呢?他狠狠地敲着大山想:那湿漉漉的不就是水吗?是不是有水流不出来?在这里放上一炮,崩个大豁口子,能不能流出来呢?潘金山左右上下观看,决定在这个石缝中放炮,一炮不中两炮,就是崩不出水,我也在所不惜!

就在潘金山专心致志观看石缝时，一条蟒蛇发现了他，慢慢地向潘金山迂回，这是难得的美食，决心饱餐一顿，趁潘金山不注意，悄悄地越靠越近。蟒蛇选择了有利地势，张开血盆大嘴，猛烈地向潘金山扑去。只听呼呼一阵怪响，潘金山回头一看，血盆大口已经在自己的头上。才十几岁的潘金山没有输胆，拿出猎枪迎敌，一下子把猎枪插进蟒蛇的嘴里，疼得蟒蛇摇头摆尾嘶嘶叫。这时，潘金山才想到没有扣扳机。他迅速扣动扳机，嗡的一声巨响，蟒蛇疼得上下翻滚，跌进悬崖一命呜呼。

枪声惊醒了一只猛虎。这只猛虎伸了伸懒腰，摆了摆尾巴，吼叫了一声，向潘金山走近张望。幼小的潘金山胆战心惊、毛骨悚然，慌慌张张将猎枪装上弹药，瞄准猛虎，全神贯注，颤颤抖抖迎敌。猛虎看看猎枪，再看看悬崖死去的蟒蛇，估计这位猎手不好惹，便摆着尾巴远去了。

潘金山望着越走越远的猛虎，胆子硬了，高喊："软蛋，你别走！"咱较量较量！咱较量较量——"洪亮的喊声在山谷中回荡："咱较量较量——较量较量——"

次日，潘金山又来到这里，把炸药装到石缝中，一声撼山的巨响，将石缝崩裂，泉水真的哗哗流了出来。流水量不大，却够梨树园村饮用。

乡亲们如获至宝，把潘金山抬了起来，披红挂花，热闹非凡。

警察局来了几个黑兵，把潘金山带走，关进了监狱。罪名是："偷财主歪脖子的水。"有原告，有事实，罪名成立。

财主歪脖子说山是他的，水也是他的。老百姓吃水可以，用钱买。"荒年发大户嘛！"歪脖子从此有了取之不尽用之不竭的财源。

梨树园村的老百姓去官府请愿，要求释放潘金山，说他无罪。

官府回答："山是财主的，石是财主的，土是财主的，树是财主的，水怎么不是财主的？潘金山就是偷嘛！"

当官的有了理，老百姓就无理了，人们恨透了私有制。

听罢这个故事，小伙子们更加尊敬潘金山。他们议论："老金叔是英雄，咱们学习的榜样！"也有的说："老金叔不怕蟒蛇，不怕老虎，偏偏怕老婆。"还有的说："胡说！人家根本不怕老婆！"有人问："老金叔给儿子举行不了婚礼，咋着不怕老婆？"

二

　　担架拿过来了，议论立即停止。指导员派了 8 名小伙子，组成了担架队，轮番抬着潘金山上县医院，说走就走。

　　潘金山的妻子叫竹凤仙，有人给她取外号叫"竹鸡仙"，说她没有凤凰的风度，只有"老母鸡"的厉害。竹凤仙听说清基工地出了事故，老金被埋在土中，就慌慌张张跑来。潘金山见她来了，故意闭上眼睛一句话也不说。指导员暗示小伙子们也不要说。

　　竹凤仙问问这个问问那个，看到的只是摇头摆手。她吓得出了鸡皮疙瘩，是不是老金不中了？再看看躺在担架上的老金，"哇"的一声哭了。

　　竹凤仙趴在老金身边，抚摸着他的头泣溜着说："老金，你咋着了？"潘金山仍然不回答不睁眼，好像走了魂似的。

　　竹凤仙嚎啕大哭，泪水洗面，边哭边喊："老金——老金——你不能走啊——不能走啊——"

　　看到这个情景，小伙子们偷偷地乐。

　　担架队抬上潘金山要走，竹凤仙哭着向指导员说："我也要去！"

　　指导员停住脚步，回过头瞪了竹凤仙一眼，假装生气地说："靠边站，没你的份儿！"

　　"怎么没我的份儿？"竹凤仙抹了一把泪，歪着头质问。她以为，丈夫出了事住院，妻子跟着去侍候，是天经地义的事。

　　"别打渣中不中？打渣也不派你去！"指导员挺着脖子，理直气壮。

　　"我非去不中，住了院端屎端尿方便！"

　　指导员吼道："梨树园村的人有多少？"

　　竹凤仙一把薅住指导员咆哮："我是他的老婆！我们是夫妻，夫妻！"

　　指导员笑了，然后挖苦说："什么夫妻？离婚了。"

　　"那是假的……"竹凤仙赶紧解释说。

　　指导员打断她的话问："离婚证上的公章假不假？"

　　竹凤仙"嗯"了一声，一时说不明白。

　　"凤仙同志。"指导员进一步放低声音说，"在梨树园村乡亲的眼里，你和老金已经不是夫妻了。什么关系？乡亲关系。你现在是红旗渠工地上的民工，必须服从我的领导！派你去，你不去不中。不派你去，你去也不中！凤仙同志，对不起，安心干活去吧！"指导员说罢，一阵风似的走了。

竹凤仙瘫软在地上，压根儿没有想到那张离婚证会带来这么严重的后果。怎么办？我不是老金的妻子！她坐在地上望着天、拍着地"哇哇"地哭个不停。梨树园连队的几个妇女来劝阻。竹凤仙向劝阻的乡亲提出个要求："谁能给指导员说说，批准我去县医院？"乡亲们回答："谁也没这个本事，谁说也是白搭蜡。"费了九牛二虎之力，竹凤仙才停止哭闹，跟着民工干活去了。

在去县医院的路上，几个小伙子问指导员："为啥不让凤仙婶子来？"

指导员哈哈大笑，让几个小伙子猜。多数说："不用猜，就是她跟老金叔离过婚。"也有的说："凤仙婶子说离婚是假的也是事实。离婚不离家，还是一家人嘛！"指导员摇摇头，表示小伙子们猜得不对，并且批评说："你们只看见树木，看不见森林。"

小伙子们一听，好像一瓢冷水泼进了滚油锅里，噼噼啪啪炸开了，非要指导员解释不中。

指导员拗不过，只好用提问式解释说："凤仙为啥要离婚？她跟老金合不来？没感情？还是有外遇？"

"都不是！"小伙子们异口同声。

"那么，为啥要离婚呢？"指导员说，"她为了包办婚姻，搅散儿子潘学林的婚礼。"

小伙子们愕然：当妈的谁不心疼儿子？搅散儿子的婚礼？

指导员继续说："或者说竭力反对潘学林的对象，决心拒之门外。她只有一个儿子叫学林，在青年突击队，修红旗渠青年洞时，谈了一个对象叫郝亚琴。这个姑娘可好了，中等个子，脸蛋白生生的，梳着两条辫子，说话清晰柔和，走路利索，干起活来像小伙子一样生气勃勃，有使不完的力气。你们见过没有？"

大多数都说见过，一致认为这是个好姑娘。还认为老金叔和凤仙婶子都应该同意，这是打着灯笼难找的好媳妇儿。也有的说，好是好，老金叔同意，凤仙婶子坚决不同意，而且不是一般不同意，是强烈反对。什么原因？谁也说不清楚。反正一提亚琴，凤仙婶子就黑了眼，就像见了仇人一样。

指导员说:"这就是离婚的根源。凤仙为了夺取老金当家作主的权利,就离婚,写离婚证时,专门写上儿子学林随母亲,离婚不离家。虽然离婚了,从外表上看还是一家人似的,但是学林的婚礼得凤仙说了算。这就是凤仙搞的假离婚。"

"这一手厉害呀!她平常也经常欺负老金叔!"

"她是咱梨树园村的四大母老虎之首嘛!就得厉害!"

小伙子们议论了一番之后,有人提出:"母老虎为啥反对亚琴?亚琴哪儿不好?谁知道?"

指导员确实知道此事,只是母老虎从未公开谈过。她说亚琴是个黄花闺女,这个病必须保密,不让任何人知道。于是,指导员也支支吾吾,不讲亚琴的病。

常言说,纸里包不住火。小伙子们中间还是有人知道的,压低声音说:"亚琴的脖子患了老鼠疮。"

指导员听了不参与谈论,也不制止。

悄悄谈论一番之后分歧出现了。有的说:"老鼠疮怎么了?吃了五谷杂粮谁能不生病?不治之症?"也有的说:"可能就是不治之症。凤仙婶子反对,有反对的道理。"更多的则说:"真的假的?大概不真实。是不是母老虎不同意就故意中伤人家?"

三

县医院到了,经过透视诊断,潘金山没有骨折,肝肾被砸以后出现炎症,没有生命危险。医生要住院输两天液,观察一下,没问题之后出院。指导员安排留下一人护理,其余一律回工地。

回去的路上,指导员多了个心眼,打算利用潘金山住院的契机,迫使凤仙复婚。他把这个想法告诉小伙子们,受到交口称赞。大家达成共识,见了凤仙就说:老金伤势严重,正在急救室抢救……

竹凤仙得知潘金山命在旦夕,如同滚油浇心似的,决心去县城看望。她给乡亲们说:"万一抢救不成,他临终时就没见我一面?俺们是20多年的夫妻呀!"

她去找指导员请假。一进门,指导员正好一人在屋整理住院单据。竹凤仙未开口便鼻尖一酸,流着泪说:"你得准我的假,我去看老金。"

指导员笑着说:"老金好好的嘛——你别哭,擦擦泪,哭着请假不算数。"

竹凤仙擦着泪说:"你越说好好的,我的心越疼,这一辈子对不起他……"

"怎么对不起他?"指导员问。

"老金是好人,修红旗渠的模范。"

"什么好人?"指导员故意撇着嘴说,"好人还离婚?你是凤凰他是鳖,凤凰绑在鳖腿上多难受!你跟他离了婚,可以远走高飞了,多好!"

"红旗渠一通水,咱梨树园村成了太行山的江南村。我压根儿就没有远走高飞的打算。先不说这些,你准了我的假,老金住几天院我待候他几天。"竹凤仙说。

"你去待候,名不正言不顺,不能准假。"

竹凤仙又哭了:"指导员呀,你想叫我给你叩头不是?还是有啥条件?"

指导员哈哈大笑说:"叩头更不准假,什么条件也没有。只要能说真心话就中!"

"中中中,我说真心话。"

"亚琴哪儿不好?为啥反对她跟学林结婚?"

竹凤仙站起来关住门说:"咱关着门说的,不要往外传。亚琴的脖子粗,得的是老鼠疮,那病是治不好的。老百姓叫'讨账病',花一火车钱还是死!她嫁给谁,谁倒霉!我上辈子欠她?叫她来讨我的账?"

指导员"哎呀"了一声说:"凤仙嫂子,你是个文盲,根本不懂,脖子粗是缺碘病,是咱林县的六大地方病之一。咱的县委书记采取了多种措施,坚决防治地方病。对待粗脖子病应对的办法是食盐加碘,各施工连队的伙房多吃海带。亚琴的粗脖子病已经治好了。"其实,亚琴的粗脖子病好了没有,他也不知道,只是这样说说而已。

竹凤仙的头摇得像拨郎鼓似的说:"当指导员的骗我这老婆子易如反掌。亚琴明明是老鼠疮,你说成'缺碘病'。老金明明在急救室抢救,命在旦夕,你却说好好的。指导员,你哄不了我,得了老鼠疮,没一个能治好的!"

指导员被打了下巴壳,刚才说"老金好好的",本来这是实话,但是,他们约定好的,都说在"急救室抢救",单独一人的实话便成了假话。竹凤仙不相信是应该的。指导员没法辩解,不由得脸红了。他想:凤仙这只母老虎真是钢嘴铁牙,我当指导员的还说不过她,可见老金哥平时吃了她多少拼。老金哥呀老金哥,你荒年找水好样的,参加游击队抗日好样的,打还乡团好样的,修红旗渠好样的,怎么在老婆跟前就不好样了? 常言说,一物降一物,卤水降豆腐。你这个好样的就该叫老婆降? 怕老婆顶灯? 凤仙厉害,你老金就不能管管她? 今天,让她打我的嘴巴? 真是,给你小鞋穿活该! 想到这里,指导员转了话题说:

"凤仙嫂子,我这个指导员没成色,说啥你也不相信,不相信就算了,说老金哥吧。你刚才说老金是好人,是否有打算复婚的想法?"

"自离婚的那天起,就做好了复婚的准备。"

"哎呀,竹凤仙了不得! 你真有长远的计划! 我现在给你提个要求,能不能给个面子?"指导员觉得说合他俩复婚有门儿。

"你把嫂子看扁了。我这个妇道人家恁不懂礼?"

"我想做个大媒,让你俩复婚!"

"能。怎么样? 给你面子了吧!"

指导员高兴了,拍着手说:"中,给了我面子! 老金哥出院就办手续,中不中?"

竹凤仙胸有成竹地说:"不中,必须有一段时间。"

"一段时间是多长?"

"待那个闺女有了婆家。"

"你的主意就这么硬? 我这个面子扫地了?"指导员吃了一惊,这只母老虎真是谁的面子也不给。

竹凤仙不卑不亢的样子:"面子给你了,再给你说实话。我来修建红旗渠,就是看守老金的,决不能让老金在工地给学林偷偷地办婚礼。就是反破天,也不能允许郝亚琴进俺家门!"

指导员没好气地说:"山区找媳妇儿不容易,你是苦学林呀!"

竹凤仙蛮有把握地说:"只要亚琴不追学林,太行山的闺女随便挑!" 207

"竹凤仙!"指导员见她傲气十足,火爆地说,"你活势大,我说服不了你,但是有一点,敲明亮响地说,不复婚不能去医院!"

竹凤仙"啪"的一声,狠狠地拍了一下桌子说:

"我是有胳膊有腿的,别怪我不懂纪律!"

竹凤仙气乎乎地拂袖而去。指导员望着她的背影,摊开两只手,摇了摇头,无可奈何地"嗨"了一声。

刚出门,就有人拦住了凤仙,说是凤仙的母亲来了,听说老金在工地被砸了,来瞧瞧女婿咋样儿?在工房等候。

母亲已经是70岁的人了,脸上的皱纹密密麻麻的,头发全白了,身体很结实,走路蹬蹬响,说话声音洪亮。她提了3斤鸡蛋来瞧亲人,民工们告诉她:"老金在县医院,什么问题也没有,输两天液就回来了,不要挂念。"

门"吱扭"一声响,凤仙见到母亲,满脸不高兴的样子。娘问老金的情况,凤仙学着指导员的话说:"老金好好的,没事儿。"

娘问:"老金好好的,你为啥不高兴?在指导员那儿哭过?"

"没有。"凤仙强装笑着说,"娘你放心,没事儿就是没事儿。"凤仙这么说只是为了让娘放心,母亲老了,心里装不下事了。她知道老金还在急救室抢救,说违心的话,也得佯装乐呵呵的。

娘见闺女笑得不自然,产生了怀疑。她站起来,摸着闺女的头发说:"不对呀?老金在医院输液,你应该在跟前啊?"

"去!我已经给指导员请了假,马上去。"竹凤仙还是苦笑的样子。

娘更怀疑了:请假?请什么假?入院就该去呀?想到这里,娘拉闺女坐下说:"凤仙,叫娘看看你。"母亲先摸闺女的头发,又抚摸脸,然后再摸脖子。突然,她摸到闺女的脖子有个疙瘩,惊叫了一声问:"这是个啥?"

凤仙不以为然地说:"皮下小疙瘩,村里的医生说是有了火气,小小的脓包,待几天开了口一挖,啥事也没有。"

"多长时间了?"

"两个月了。"

娘的警惕性更高了,说:"不对!如果是个毒疙瘩,这么长时间了,早该开口挖了。你的皮肤是本色皮,不显有火有毒的样子。"

竹凤仙的确到农村卫生室看过,一个姓宁的医生说小疙瘩是脓包疮,有火了,一挖即可,而且马上就挖。宁医生拿来手术刀,准备打麻药针挖的时候后悔了。他说挖得早了不好,待几天发红、发肿,开了口子才是挖的好时期。

就这么一过两个月了,小疙瘩还是不红、不肿、不开口,凤仙认为本色皮肤要比发红、发肿强得多,感到很庆幸。于是,她仍然娇气地说:"娘——没事的——没事的——"

"有事就晚了!"娘生气了,抬高嗓门锐了闺女一句,随后又压低声音说:"脓包疮小疙瘩,听了好像并不可怕,挖了啥事也没有。怕就怕本色皮,疙瘩活活动动很硬,顽固,这样的疙瘩顽固!"

"一个小小的疙瘩还能要了命?"

"就是要命!"娘进一步加重口气,郑重其事地说,"咱青石垴村有几个中年妇女得了老鼠疮,都是长在脖子上,都是本色皮肤,都是活活动动的小疙瘩,都是没有治好,一个个都死了。你马上找医生瞧,千万别得了老鼠疮啊——你要得了老鼠疮,就把娘吓死了!"

竹凤仙仍然不以为然,笑着说:"俺知道,老鼠疮是不治之症,那是脖子粗才要命。一个小小的疙瘩,有啥了不起?"

娘急得像热锅上的蚂蚁:"凤仙呀,娘的话你就听不进去,不行!马上找医生!我跟你一块去!"

娘拉上凤仙就往外走。凤仙开始觉得可笑,小题大做!后来感到娘是一片好心,去就去吧。

母子二人来到施工营卫生室,一进门娘就说:"给俺闺女瞧瞧,这个疙瘩是啥病?千万甭成了老鼠疮。要是老鼠疮,我也就活不成了。"

医生摸着竹凤仙的脖子认真观看,确诊就是老鼠疮。看看满头白发的老人,医生打主意:老鼠疮是林县的六大地方病之一,解放后才十来年,新中国很年轻,缺医少药的状况还未改变,于是成为不治之症,群众提及变色怕得要命。我若说是老鼠疮,老太太被吓昏了咋办?讲究个策略为上。想到这里医生说:"我的本事不行,诊断不清。你们上县医院吧。"

竹凤仙说:"有必要吗?俺村宁医生说不是老鼠疮,是个脓包小疙瘩。"

"农村医生水平有限,能耽搁病情。听我的话上县医院,不要推迟,马上去!"医生的话中暗示了疙瘩的严重性。

竹凤仙的心紧张了，感到情况不妙。娘说："我跟你一块去！"

娘去不合适。竹凤仙心里说：万一真的是老鼠疮，娘的压力是吃不消的。竹凤仙对娘说："娘你不要去，放心！这肯定不是老鼠疮。医生叫我上县医院只是除除疑。"

"除疑？那也不能一个人去！叫谁跟你一块儿去？"娘问。

竹凤仙原来确实是想一个人去，娘这么一问，急口答不上来。

四

这时，县委书记杨贵来了，听说潘金山被土掩埋一事，来看看他的受伤情况。

指导员、竹凤仙都说潘金山没事，在县医院输两天液就痊愈出院。杨书记不放心，要去县医院看潘金山。他趁供销社送货的车来的，还要趁车去县城。竹凤仙喜欢得不得了，说跟杨书记一块儿上县医院就诊。娘更高兴，有县委书记陪闺女上县医院，太好不过了。

杨书记和竹凤仙来到县医院，先到病房探视了潘金山。医生同样说潘金山情况很好，只是有点儿炎症，输两天液就出院。杨书记见潘金山没有痛苦的样子，也就真的放心了。

潘金山快 50 岁的人了，方面大耳，黑红的脸庞，两道浓眉如铡刀一般粗壮，两颗明亮的大眼睛炯炯有神，脸上的皱纹充满了修建红旗渠的坚强意志，说话像洪钟，乐呵呵的神态，表明了他对重新安排林县河山的美好信念。

见到杨书记，潘金山非常激动。他清清楚楚地记得，那年得了不能排尿症，十几天尿不出来，肚子憋得比西瓜还大，生命垂危奄奄一息，快要死了。杨书记正在山区搞调查研究，掀开他的被子一看这个情况，立即采取抢救措施。派随行的通信员去县医院请窦大夫，自己守在病人身边，一边护理病人，一边了解老百姓的生产、生活情况。窦大夫赶来给潘金山打了针，不多时，排出了两盆尿，肚子很快消下去了，神志也渐渐恢复了正常。一家人对杨书记千恩万谢。今天受了这么点伤，杨书记又来医院看望，咋能不激动呢？

杨书记要走了,潘金山从病床上下来,握手告别。杨书记拍了拍他的腿,潘金山来回走了几步硬邦邦的,又跺了跺脚,表示身体健康,请杨书记放心。杨书记才满意地离开。

从病房出来,竹凤仙嘀咕着想:万一我真的得了老鼠疮,杨书记知道了可不好看,不能让他陪我去诊断。于是她说:"杨书记你走吧,上门诊我一人去就行了。"

"那可不行。"杨书记说,"你当众要求我陪你去,我当众答应过的事,怎么能改变?"

竹凤仙笑得前俯后仰,说:"我当时那么说,目的是不让俺娘来,上门诊不是啥重活儿,你工作忙回去吧。"

一提工作忙,杨书记非去不中,他说:"光听说林县有得老鼠疮的,而且是六大地方病之一。老鼠疮是啥样?我没见过。今天陪你见见医生,正好问问情况。别撵我,咱一块去。"

竹凤仙见杨书记执意要去,只好如此了。

门诊大夫是一位年过50岁的女医生,经验十分丰富,诊断利索,说话果断,言辞恳切。轮到给凤仙看,她边问情况边摸脖子,认真观察。

竹凤仙说:"俺娘叫我早点儿诊断,千万别成了老鼠疮。"

"就是老鼠疮,一点儿不假!"女医生毫不含糊,敲明亮响地说。

竹凤仙的心一下子凉了半截,惊叫了一声说:"真的?"

"真的,不要侥幸,回去吧!"女医生要撵病人走。

杨书记看着女医生问:"老鼠疮的症状是啥?"

女医生指着竹凤仙的脖子说:"这就是症状。老鼠疮的另一个名字叫淋巴结核,是结核菌侵蚀到淋巴腺上形成的疙瘩。病人感觉不到疼痛,皮肤不红、不肿还是原色,但是嘛,对身体危害确实很大。"

杨书记问:"能不能开刀把那个小疙瘩取出来?"

"小疙瘩多的是,数不清取不完。"女医生仍然很直爽。

竹凤仙乍一听这么严重,脸色立刻变得苍白。她看着杨书记,什么话也说不出来。

杨书记问:"再多也得有个治法吧,住院?"

"不用。"

"开药?"

"没药,回去吧。只要诊断清了,公社卫生院的医生都知道如何治疗。"

杨书记恳求地说:"你给开点儿药吧。县医院和公社医院的水平不一样。"

女医生不回答,拿过处方签写了两样药:一是针剂双氢链霉素,二是片剂雷米峰。写毕,急急忙忙把处方签塞给杨书记,又给下一个病人诊断。

看了处方签,既没有竹凤仙的名字、年龄、地址,又没有医生的签字,杨书记问:"这么简单,能交钱取药?"

"没药没药,回去自己找。"

"医院该有的没有,老百姓去哪儿找?"杨书记又问。

"这是抗生素慎用药,国家的生产量小,实行的是分配办法。咱们林县每年分配的药少得可怜,早用完了。谁得了这种病谁想自己的法儿。到省城去买!"

再问,医生不顾得说了。

竹凤仙为难地说:"俺去不了省城。"杨书记说:"明天去省城开会,我给你买!"

从医院出来,杨书记感到问题严重,他想:新中国成立才十来年,医药生产供不应求,各种各样的地方病成堆,老百姓缺医少药,形成了"不治之症"。医院没有药老百姓就该死? 修建红旗渠的目的是什么? 让老百姓过幸福生活! 地方病治不了从何谈起? 这是很顽固的一块绊脚石,政府不能不管!

当天晚上,杨书记召开了县长、卫生局长、医院院长会议,讨论了调查地方病的情况和如何消灭地方病的措施。林县的地方病有 6 个,即甲状腺肿大(粗脖子病)、食道癌、结核病(肺结核、老鼠疮)、软骨病、黑热病、疟疾病。这些病发病率高的主要原因是缺水、不卫生造成的。老百姓有些不卫生的习惯也得改一改,比如把蒸锅水当饮料喝、饭前便后不洗手、用脏水洗手洗脸、被褥衣服上寄生虫多(虱子、虮子、跳蚤、臭虫)、室内空气不流通、整年不洗澡、吃霉烂变质的食物、吃有毒的野菜等等。

杨书记又召开了县委扩大会议,专门制定了在全县根治地方病的措施,一是向上级报告林县地方病的发病情况,引起上级关怀,争取从医疗技术上给予帮助、加大医药的分配量,满足林县的需求;二是以县委的名义下发红头文件,强令所有售盐门市部、代销点必须销售加碘盐,严禁销售无碘盐;三是每个党支部都要积极行动起来,消灭地方病,做到家喻户晓,人人皆知,让全县人民看到县委的决心,发挥每个单位、每个家庭的积极性;四是县委组织医疗队下乡、下工地,在全县普遍开展卫生教育,彻底改变不卫生的旧习惯等。

杨书记在电话会上说:"我们林县要同时进行两大工程,一是红旗渠工程,二是人民健康工程。红旗渠工程从根本上推动人民健康工程,人民健康工程反过来又促进红旗渠工程……"

五

竹凤仙从门诊出来没有回家,去找潘金山,一进门,鼻尖一酸,泪水扑簌簌地流下来。她怕潘金山看见,赶紧回过头擦了擦泪,双眼使劲眨了几下,然后佯装笑乎乎的,走到病床边对潘金山说:"他爹,你的精神尽管不错,我也得在身边侍候。"

潘金山见凤仙神态异常,满脸泪迹,微笑中露出忧愁,说话的气色也温柔多了,好像换了个人似的。潘金山不计较离婚,知道不是感情不和,而是她认为亚琴得了老鼠疮,为了给这门婚事堵门采取的横挡。潘金山也采取过措施,秘密跟指导员商量好了,就在梨树园连队工地举行婚礼。由于保密不严走漏了风声,竹凤仙才来到工地干活,决心进一步横挡。没有办法,潘金山又采取了新的措施,在青年突击队工地为他俩举行婚礼,把竹凤仙绑在梨树园工地干活,让她横挡不成。已经跟青年突击队商量好了,出院之后就办。这次保密程度好,未泄露一点儿风声,至今凤仙一点儿没有发觉,蒙在鼓里。一星期以后,儿媳妇就可以正式喊爸爸了。想到这里,潘金山推测:凤仙知道我的秘密了?

潘金山看着凤仙的脸色问:"咋着不高兴? 有啥心事?"

"没啥心事,高兴。"竹凤仙说着,泪水像小河似的流了下来,擦也不擦,任其流淌。

潘金山觉得好笑:"凤仙,你听到啥了?"

"我得了老鼠疮,活不了几天了——"竹凤仙低着头,好像患老鼠疮是奇耻大辱似的。

潘金山压根儿不信说:"以前,你说亚琴得老鼠疮,如今又说你得老鼠疮。你嘴里的老鼠疮怎多? 其实都不是老鼠疮,那是缺碘病!"

竹凤仙认真地说:"真的,医生确诊为老鼠疮。我真的活不了几天了。"

潘金山吃了一惊,紧张地说:"你一直说亚琴得老鼠疮,如今你得了老鼠疮?"竹凤仙又告诉丈夫是杨书记陪她就诊,还说堂堂的县医院没有治疗这种病的药,只好等死。潘金山听了不得不信以为真了。他坐起来,拍拍床说:"坐这儿,叫我看看。"

竹凤仙坐在床边儿,伸出脖子。潘金山摸着说:"不红不肿,咋能叫老鼠疮?"

"你摸摸,里边有疙瘩。"

"小疙瘩有啥了不起,挖了不就妥了。"

"医生说挖不完,多得数不清,危及生命,不要侥幸。"

潘金山坚定地说:"治疗,砸了锅也要给你治好! 吃了五谷杂粮谁能不生病? 有啥悲观的?"潘金山这么说是真心实意,决心给凤仙把病治好。

竹凤仙根本不相信能治好,说:"不像你说的那么容易。俺娘今天来看你,发现我的脖子上有个疙瘩,怀疑老鼠疮。她告诉我,娘家门上有几个中年妇女得了老鼠疮,都瞧不好,一个也没活成。我也不中了,活不了几天了。我死后不挂念你,知道你有活势,还可以再娶个比我年轻的,所以不挂念你。我挂念的是学林,在我睁着眼的时候没看到他娶媳妇儿。孩子没成家,当娘的死了也闭不上眼睛。"

听了凤仙凄楚的话,好像留遗嘱似的,潘金山心里也是酸溜溜的,眼圈湿了。他决定取消为儿子偷偷举行婚礼的念头,跟凤仙商量后再说。

他说:"凤仙,你说的啥话? 死不了! 老鼠疮也不是不治之症。亚琴得的也不是老鼠疮,是缺碘粗脖子病,已经治好了。你要不信,我出院之后,咱俩一块到青年突击队看看,你摸摸亚琴的脖子。同你的不一样才服劲儿? 只要你服了劲儿,你择个日期给他俩举行婚礼,没啥说了吧?"

这时门"吱扭"一声开了,进来一男一女两个青年,是学林和亚琴。他们提着一兜水果一兜点心,乐呵呵地笑得像两朵花儿,显示出生气勃勃的青年魅力。听说爸爸住了医院，他们专门来看，没想到妈妈也在这儿。

学林见亚琴含羞腼腆脸红，赶紧介绍说："这是咱爸，那是咱妈，叫爸叫妈。"亚琴眉开眼笑地喊了"妈"又喊"爸"。爸、妈双双应声。

亚琴以前就认识了爸爸，今天又认识了妈妈。她问爸爸的治疗情况和治疗效果。爸爸回答以后说：

"亚琴，让妈好好看看你！"

亚琴应声走到妈的身边儿，双手拉住妈的手，又一次喊妈。

妈妈有点尴尬，双手摸着儿媳的头发、耳朵，又摸到脖子。果然，亚琴的脖子不粗了，也摸不到任何疙瘩。

妈妈喃喃地说："传说你得了老鼠疮，冤枉你了。"

亚琴说："新中国成立以后医学发展了，老鼠疮也不是不治之症。"

妈妈长长地"嗨——"了一声说："人是那样说，解心宽呢！"说罢，妈妈的双眼又是泪汪汪的。

学林皱着眉头说："妈，你亲眼看到了，亚琴好好生生的，根本没有得老鼠疮，你哭啥哩？"

妈摇着头说："不说了不说了，妈高兴。"

学林和亚琴走了之后，潘金山征求凤仙的意见："啥时给他俩举行婚礼？"凤仙又流泪了，哽咽着说："我的脸上扣着粉皮哩，不能办。"潘金山这时的心情是心疼妻子，百依百顺，不能办就不办。

竹凤仙陪丈夫护理几天，完全康复，明天就要出院。杨书记送来了药，一是针剂双氢链霉素，二是片剂雷米峰。杨书记传达医生的嘱咐："双氢链霉素肌肉注射，20天一个疗程，需要多个疗程才能治好，先买了两个疗程的药。片剂按说明书服用。啥时用完再买。"

竹凤仙开心了，马上注射、吃药。

回到工地，潘金山上班干活。竹凤仙也非上班不可，不干活不中。指导员拗不过只好应允。

潘金山见凤仙像绵羊一样，以前说话像三眼铳，如今处处少言寡语，怪可怜的。他请指导员从中说合撺掇儿子的婚礼，一个目的，别让凤仙生气，使她开心，达到满意康复快。

指导员多次和竹凤仙谈心，均未达到目的。她心中有个疙瘩解不开，每次都说："我的个性强，对不住亚琴，脸上扣着粉皮哩。"心里有什么疙

婚礼

瘩,指导员不得而知,不得不拖下去。

随着工程的进展,红旗渠通水的地方已经受益。八月的秋色洒满太行山,万山红遍层林尽染,金柿弯枝山果飘香,那层层梯田上长着金黄的玉米,沉甸甸的谷穗弯着腰,高高的高粱红着脸,圆滚滚的大豆鼓着肚子,直挺挺的芝麻举着霸王鞭,到处呈现着一派丰收的景象。

在这个阳光灿烂的日子,杨书记来给竹凤仙送药,问怎么样了? 凤仙回答第二个疗程正在进行,脖子的疙瘩已经消了一半,效果显著。

杨书记带来了三个好消息:

1. 周恩来总理派中国医学科学院阜外医院院长吴英凯、日坛医院院长李冰、教授黄国俊等有关专家,从北京来到林县考察食道癌的高发情况,并选派了医术高明、精明强干的医疗队长期住林县,决心战胜癌魔,打破所谓的"癌症是不治之症"的神秘学说,驱散癌症给人们带来的恐惧心理。

2. 国家批准了林县的地方病防治计划,拨给了大量的医药。我们林县缺医少药的状况一去不复返了。

3. 河南医学院赠给了一本《古方验方集》,对林县的 6 种地方病都能治疗,少花钱不花钱就能治好病。比如老鼠疮,用太行山上的"猫爪草"就可以治好。具体用法为:每天半斤水煎服,黄酒作引,4 天一个疗程。如果还需要服用,间隔 10 天之后才能进行第二个疗程。

竹凤仙用针剂进行了两个疗程以后,遵照《古方验方集》,用自己采摘的"猫爪草"治疗,只用了一个疗程,疙瘩就完全消失了。《古方验方集》效果这么好,人们都感到惊喜。为了根除,竹凤仙又采"猫爪草"服用了一个疗程,从此,终身告别了老鼠疮。

常言说"久病如良医"。竹凤仙成了"老鼠疮"医生。东邻居的媳妇来了,脖子有疙瘩,看看是不是老鼠疮。西家的姑娘来了,请凤仙摸摸脖子有疙瘩没有。外村的小伙子来了,问问什么叫猫爪草。工地上的民工来了,问老鼠疮开了口如何能治好? 在竹凤仙的指导下,凡是患老鼠疮的一个一个都治好了。

指导员请杨书记动员竹凤仙给儿子举行婚礼。杨书记一说合,竹凤仙的脸红了。她说:"娘没办哩,岂能先给孩子办?"杨书记朗朗大笑说:"有道理有道理,孩子不能跑到父母的前边。今天就给你俩举办复婚仪式,我来主婚!"

几个小伙子商量,画了一幅画儿,画中两只鸡,一只公鸡一只母鸡,母鸡站在石头上和公鸡比高低。

复婚仪式就要开始了,这幅画儿挂在墙上。指导员看了说:"画得很好,只是缺少几个字。"他掂起毛笔写了两行字:

梨树园村两只鸡,

母鸡常把公鸡欺。

观众一个个笑得肚子疼,大大增加了婚礼的热烈气氛。

婚 礼

实干家和小能人

——修建红旗渠的故事之十四

一

"林县红旗渠向安阳县供水!"

这一喜讯像红色电波迅速传开,安阳县西部山区的社员犹如春风化雨,滋润了每个人的心田:"向林县老大哥学习!"可不,林县的水用不完,红旗渠要安阳县受益,谁能不高兴呢?

安阳县西部有个三石公社,立即组织了"红旗渠延伸工程指挥部",

由公社革委会常务副主任陈启魁任指挥长、刘保春任办公室主任、王声著任技术员等一行十几个人，进驻林县的槐树屯大队，勘测选线，边设计边施工。

三石公社指挥部在槐树屯的大街上贴了标语：感谢林县人民！感谢槐树屯村大力支持！学习红旗渠精神！

槐树屯大队也贴出了标语：热烈欢迎安阳县民工进驻我村！团结用水，彻底改变山区的缺水面貌！

槐树屯大队的革委会大院坐北朝南，在山坡上建设的台阶式大院，新盖的北屋11间，正中3间为办公室，左边为民兵营，右边为团支部、妇联、左右厢房为广播室、会计室、会议室、副业办公室等。高高的电线杆顶端，安装了4个高音大喇叭，只要一广播，槐树屯的家家户户和山坡上都能听到。这时，大队干部正在开会，研究红旗渠向三石公社延伸工程事宜。

主持会议的是革委会主任白云。她的真实名字叫白巧云，未过门时，许多人就夸奖她为美丽的白云，传遍全村，于是过门之后人们都喊她白云，忘掉了她的真实名字。她首先传达了林县县委的指示精神，在各个方面都要给安阳县方便。槐树屯大队讨论决定：开山、占地、住房等一切无偿使用，并且发动群众，解决一切困难。

白云工作很细心，是有魄力的强女人，有"万障莫当"之称。开会前，她要水利干部帮助三石公社选线，调查工程中的疑难问题。今天的会上，水利干部当然要汇报工作。

水利干部姓袁名海泉，是个左右逢源的人，伙计们喊他"老袁"。他汇报说："三石公社的红旗渠延伸工程上段不用选，已经开始施工，下段选了两条线，分别称'南线''北线'。两条线工程量基本一样，高度、流水都可以，灌溉面积北线不如南线。南线要通过抱云石，还得炸掉抱云石。传说抱云石有灵气，当月老、定婚姻，谁不恭维就头疼、肚疼。三石公社愿意尊重当地民风、民俗，愿意走北线。"

白云问："北线有啥问题没有？"

"有一个棘手问题，就是北线要从常老耿的自留地过，其中有6棵快要长成梁的大树必须刨掉。常老耿没说什么，只是摸着树哭了。常老耿有5个儿子已经长大成人，近年要娶媳妇，三年内要盖新房。大树一两年就能成梁，现在刨掉实在可惜，盖新房全指望这6架梁哩！尽管如此，常老耿也不张口要求赔偿。围观的社员都感到可惜,群众说,三石公社能推迟两年搞延伸工程就好了。"

白云表态说:"不行!两年?两年少打多少粮食?要算大账不能算小账。"

老袁同情地说:"老汉哭了,我也怪心酸的。"

干部们讨论了一阵子,都同情常老耿。有的说:"从大队的山坡上给他6棵树搭了。"有的说:"政策允许不允许?再遇见这一类事咋办?"有的说:"三石公社情愿赔偿。"又有的说:"人家赔偿,咱槐树屯脸上光彩不光彩?"说来说去,咋着也拿不出好办法。

白云是革委会的主任,干部们把目光投向她,看她怎么表态。

只见白云笑乎乎的,无忧无虑地说:"常老耿的自留地不算个问题,不用犯愁,还有别的障碍没有?"

干部们吃了一惊,咋能不算个问题?老袁看着大家的脸色说:"老汉怪可怜的,多数社员同情,总不能让群众说三道四吧!"

老袁的话说到了干部们的心坎上,多数干部表态说:"这算个问题,而且是个棘手老大难,必须认真解决,否则,这是槐树屯的一块疙瘩,过不去的坎儿。"干部们要求白主任认真解决。

众目观看白云,椭圆形的脸蛋儿,乌黑的短发,弯弯的一对细眉毛像一对柳叶。白皙的脸庞,整齐洁白的牙齿,左右两腮各有一个酒窝窝。上身穿红格布衫,下身穿天津蓝裤子,青春的魅力飞扬,气度温柔善良。看她的年龄仅有二十四五岁的样子。娘家是林县白家庄村的,中共党员,白家庄的团支部书记,长得漂亮,办事利索,勤奋手巧,人称白家庄村的拔尖闺女。她同石柱子结婚来到槐树屯大队,第二年就被选为党支部委员,去年被选为革委会主任,成为槐树屯大队的第一把手。全村没有一个不尊敬她的。干部们更是团结在白主任的周围,事事征求她的意见,维护她的权威。

白云仍然笑乎乎的,说:"我家的自留地恰巧有6棵大树,比常老耿的还粗还高。我们两家的自留地一换,等于红旗渠延伸工程占了我的自留地。这个问题不就解决了?化解这个障碍不是易如反掌吗?"

听白主任这么一说,干部们心中的疙瘩一下子消失了。他们交口称赞白主任的风格高。有的说:"咋咱就想不出换自留地?只认为这是个棘手问题,过不去的坎儿,当干部的吃亏是咱红旗渠的精神!这样解决好!"

不少干部主动提出和常老耿换自留地,白主任不允许,坚持自己换。这个障碍就这么解决了。老袁立即找到常老耿,说明换自留地的事。常老耿没说的,群众很满意。

散会以后各自回家。半路上老袁要干部们停住,摸着鼻子悄悄地说:"常老耿的幕后有人,根本不是几棵树的问题。"

干部们吃了一惊,问:"啥事?"

老袁哭丧着脸说:"三石公社走北线,估计走不成。"

"你咋不在会上说?"

"会上?会上咋说?常老耿没说的,我能节外生枝?"

"摆到桌面上嘛!"

老袁拍着巴掌说:"常老耿原来根本不是这个态度。他说,支援三石公社,我老耿不要赔偿。全国学林县,我老耿的心不是肉长的?"

"后来咋着变卦了?"

老袁把声音压得很低很低说:"能人——能人插手了。"

"滑头!为啥在会上不说?老袁呀老袁,你不愧为'老圆'!"

老袁听了同事们的讽刺与批评,脸不红心不跳,只是摸拉着鼻子嘻嘻笑。他说:"我跟三石公社的陈主任说了,事情闹大了再说,大队管不了交给公社。"

几个村干部一起反对"老圆"的做法,拉"老圆"重回到大队办公室,见到白主任,汇报了这个情况。

白主任说:"没有过不去的火焰山。能人插手兴许对咱们槐树屯村更有利。"

二

常老耿的家,老袁跟常老耿谈妥换自留地的事宜之后,老袁前脚刚走后脚就进来一个人。

这个人叫张有成,槐树屯的"四大能人"之一。有人说:"有成有成,插手必成。"谁要办坏事,只要请张有成出面没有办不成的。张有成懂天文识地理,长着一条三寸不烂之舌,既能把方的说成圆的,又能把圆的说成尖的。用老百姓的话公开说,是有本事、活势大的能人。他这个本事不是一般老百姓能用得起的,只服务村里的头等"光儿",群众说他是:"光儿的菜,眼的哩害。"群众不敢惹,见了他得先打招呼,得罪了日子就不会安生。

常老耿见张有成进来,满脸赔笑说:"有成哥,你真对我关心,咋着谢你呢?"

张有成得意洋洋的样子,慢腾腾地坐下以后才问:"老袁来过?"

"来过来过。"常老耿点头哈腰地说,"得到了我的满意。"

"咋着满意? 从哪几方面满意?"

常老耿笑着说:"你说要我提出盖房子需要六架梁,大队干部痛痛快快给解决了。我不感谢你感谢谁?"

张有成咬着牙恶狠狠地说:"从哪儿弄了6架梁? 要是从集体的山上,那叫破坏集体经济! 我把他们告到县政府!"

"不不不……"常老耿赶紧解释说,"不是集体的树,是白云家的树。她与我把两家的自留地换了。她的那6棵树大得很,马上就可以刨树盖房。我沾光了,问我还有啥意见,我没说的。沾光了,真该感谢你。"

张有成心里嘀咕:这个白云就是不简单,自己吃着亏干,厉害呀! 群众说白云是'万障莫当'? 凭什么? 凭的是吃亏? 张有成的脑筋转得快,瞬间的思考不让常老耿看出来。他哈哈大笑,拍着常老耿的肩膀说:

"大兄弟怎么样? 听了哥的话,保证没有差! 真得感谢我。你准备咋着感谢我呢?"

常老耿憨笑着说:"我是兄弟,哥说咋感谢就咋感谢。"

"听我说?"

"我老耿啥时不听哥的? 见了你笑乎乎,先叫哥。"

张有成仰面笑了一阵,收敛笑容出现了神秘的姿态,压低声音说:"只要听哥的,大头儿还在后边哩。6棵树算啥? 更大的好处等着你哩。这才走了一步,下面就走第二步。"

常老耿是个憨实人,知道张有成的坏水多,既不敢不听又不愿意走第二步。他说:"有成哥,还能咋着? 我满足了,算了吧。"

张有成瞪了他一眼说:"昨天我就给你指明了两步棋,忘了?"

"想不起来了。"

"红旗渠延伸,破坏了你家祖坟上的风水……"

常老耿不以为是,老实巴巴地打断张有成的话说:"共产党领导,啥风水不风水的,我不相信。咱村皇柱子家的风水好,能出官儿,不是也出不成吗?皇柱子搞的抱云石,也抱跑了呀?不提风水了,给了我6架梁心满意足了。"

张有成听了很恼火,认为常老耿愚蠢。不过,自己来做工作不能性急,馍不熟多烧一把火嘛。他拧紧眉头,装作很生气的样子说:

"罢罢罢,常老耿,有你这一句话,我的眼就擦亮了。老人说'能给光儿牵马坠镫,不给眼的铺谋定计'。我主动登你的门,真是瞎了眼!常老耿,你是个眼的头!跟你说话好像跟石人说话,一点儿不开窍,把肉给你送到嘴边你不吃!好了,你不用感谢我,像你这样的眼的头,感谢我,不够我丢人!"

张有成说罢就往外走。

常老耿一看得罪了上神,这还了得!他慌慌张张地拦住张有成说:"哥,哥,我是个粗人,你不能走哇!"

张有成本来就不是真心走,趁势站住说:"郭家庄郭大虎家的风水破坏了,一个月死了3口人。王家岭王五的风水破坏了,一个月两口子都死了。常老耿,别以为你有5个儿子,只要破坏了风水,一个月死一个,5个月就死光了!破坏风水是天塌的大事!让开路,叫我走!"

常老耿听了这么一席话,吓得胆战心惊,心急火燎地问:"怎么?我的5个儿子5个月就死光了?"

张有成推了常老耿一个趔趄,用鄙夷的眼神说:"你生来就是个眼的头,害得我好心落了个驴肝肺!不给你说了!"

常老耿急得像热锅上的蚂蚁,哀求道:"哥,哥,我听你的听你的,你再说走,兄弟给你跪下了。"

好话说了一火车,才把张有成留下。其实,张有成说的破坏风水死人的事纯属无中生有,在常老耿的眼里不得不信以为真,不听有成哥的,天要塌下来的。

常老耿苦苦哀求,问下一步棋如何走,张有成只是左推右搡,越是这样,常老耿越感到危险性大,越是苦苦哀求。

张有成要绑常老耿的嘴儿,逼着常老耿多次表态说:"服服帖帖听话,哥指到哪里,兄弟就办到哪里,保证不歪心、不走样儿。"

见时机成熟了,张有成说:

"你拿一条绳子,坐在三石公社选线工地,见人就说'三石公社从这儿修渠,我就上吊'。就这么一句话,别的啥也不要说,能记住不能?"

常老耿忧心忡忡地问:"怎么上吊?得有一棵树哇?"

"不是叫你真上吊!"张有成哈哈大笑,"只要你就这么说说,村干部就会找你,又会给你好处,你的好运就又来了!"

次日,老袁向白主任汇报:

"常老耿拿着绳子挡道,说'从这儿修渠,就上吊'。"

白云听了皱着眉头想:常老耿老实巴交的,不会这么做的。于是她问:"这几天谁去过常老耿的家?"

"张有成。"

白云思索着说:"这就对了。"

老袁说:"张有成是啥人?见了光儿烧香,见了眼的开枪。常老耿是个眼的,张有成不该帮啊?"

"你以为帮他?不是帮,叫他往坑里跳!当猴玩!"白云胸有成竹地说,"张有成见了老耿只会开枪,不会烧香。他的背后还有人,一定是皇柱子!其目的想叫三石公社放弃北线走南线。"

"不可能不可能……"老袁摇着头说,"走南线必须崩掉抱云石,皇柱子说:'崩掉我的抱云石,除非太阳从西边出来!'"

白云信心百倍地说:"咱就来一个太阳从西边出来!叫群众开开眼界!"

三

皇柱子何其人也?五年前,白云同皇柱子谈过恋爱,事情是这样的:

白云是林县白家庄的姑娘,19岁入党,当时任白家庄大队的团支部书记。群众说她是郎才女貌,爱读毛主席的书,说话办事均按毛泽东思想去做,很受群众爱戴。媒人对白云说:"槐树屯演现代戏《朝阳沟》出了名,培养了一大批好青年。你是白家庄的拔尖闺女,给你介绍一个槐树屯的拔尖小伙子。"随即,媒人就介绍了皇柱子。

皇柱子在《朝阳沟》中扮演老支书,演得活灵活现,赢得观众多次鼓掌。春节期间演出,白云曾经去观看,亲眼见过他的表演技艺。虽然没有见过未化妆的皇柱子,但是从演出中也可以看出个头、胖瘦、口齿、言语等。白云认为皇柱子是个利利亮亮的帅小伙子。她俩互相通信,皇柱子的字体端秀,白云的字体刚劲,言辞含情脉脉,谁也没说的。

媒人提出男方来女家相亲,白云的爸妈都同意。白云提出了反对意见,说:"用不着,我自有相亲办法。"爸妈问:"什么办法?"白云只是嫣然一笑。同龄姐妹们问之,白云压低声音说:"红旗渠精神。按照谭书记说的:永远的红旗渠精神!咱们谁也不许走样!"

有一天,白云采取"工地相亲"的办法,暗相皇柱子。她同公社水利建设专业队的同志商量好,一块来到槐树屯,帮助测量农渠,拉测绳为其分工地。这是红旗渠的配套工程,农渠长 1200 米。由槐树屯的两个生产队开挖,每个队 600 米。

真巧!两个带队的队长都叫"柱子"。第一队的队长叫"皇柱子"。皇柱子姓"皇甫",全名应该叫"皇甫柱子"。老百姓嫌 4 个字不顺口,就叫他"皇柱子"。这样喊顺了口,槐树屯村姓皇甫的都改了姓,干脆姓"皇"。至此,"皇甫柱子"永远成了"皇柱子"。第二队的队长叫"石柱子",在《朝阳沟》剧中扮演拴保。

两个柱子年龄相同,上学时是同学,在宣传队同台演出是伙计,在团支部都是团小组长。群众议论说:党支部真会选用带队的队长,这两个人肯定不会发生矛盾,肯定会发扬红旗渠精神开展劳动竞赛,肯定会高标准高质量完成任务。

白云主持分任务。皇柱子很积极,与白云同拉一条测绳。白云暗笑,因为皇柱子压根儿不知道她是白云,说话办事无拘无束。皇柱子让石柱子当先,用测绳给石柱子丈量了 600 米之后,剩下的 600 米应该全部给皇柱子。其要求丈量一下。这么一丈量,多了 40 米,成为 640 米。皇柱子说:"多了 40 米,不是小活,不能亏我一人。咋处理?"白云犯了难,想了想说:"公平的办法就是'二一添作五',谁也没说的。"于是,又分给石柱子 20 米。

两个生产队各照各的工地,各领各的任务,轰轰烈烈地干了起来。

槐树屯大队党支部埋怨公社水利建设专业队测量错了,怎么把1240米说成1200米?幸好两个柱子都老实,谁也不说什么,顺利接受了任务。

公社水利建设专业队的同志感到委屈,怎么会丈量错呢?第二天,他们买了一条新测绳,重新丈量,总长依然是1200米。这是怎么回事呢?分别丈量两个队所分的农渠,石柱子的620米,皇柱子的只有580米,相差40米。同志们更感到蹊跷。

经过进一步暗访,青年们说了实话:

"给石柱子丈量时,一是一二是二。之后嘛,皇柱子用短测绳的办法欺骗了老实人,让石柱子多干了20米。"

专业队的同志说:"皇柱子年龄不大鬼点不少,重新再分!"

这么说只是一句急脖子话,千万不能挑起矛盾。

为了不让两个队发生矛盾,"短测绳"之事一直包得严严实实。石柱子老实,压根儿不操别的心,只是带头大干,一点儿也不知道。常言说纸里包不住火。这件事不胫而走,在槐树屯的群众中传开了。有向灯的也有向火的。有的跷起大拇指称赞说:"皇柱子有活势,将来的槐树屯是他的!"也有的说:"皇柱子尖头,不能共事!"还有的说:"石柱子是个老憨,办眼的事儿!"更多的人则说:"石柱子是红旗渠锻炼出来的实干家,栋梁之才!"

槐树屯大队党支部知道此事以后,也有重新分配任务的打算,首先和石柱子谈话,征求他的意见。

石柱子说:"红旗渠的精神就是当老实人、说老实话、办老实事,不能斤斤计较。县委杨书记讲得好:'大平小不平,没有风格建不成。'事情过去了就算了。"

既然石柱子没意见,只好顺水推舟。

白云气得一天没有吃饭,把皇柱子给她的来信全部烧掉,决心一刀两断。她给人们说:"从今以后,只要当着我的面儿,都不能提皇柱子,就当他死了!"与白云同事相好的几个姑娘气愤填膺,都支持白云给他蹬,说:"有活势,啥活势?小能人?坑人害己!啥时代了,就是给他蹬!"

姑娘们进一步说:"在朝阳沟中扮演过老支书?光扮演不学习?呸!"

"宁寻大傻瓜,不寻小能人!"

有两个姑娘咬着耳朵商量了一阵说:"寻'拴保',俺俩给你当介绍人!"

四

三石公社的红旗渠延伸工程上段正在热火朝天施工,白云到工地看了施工情况,并提出了下段走南线的意见。指挥长陈启魁正盼望走南线,可以省工,而且灌溉面积大,听了白云的意见甚是喜欢,当然同意将北线改为南线。

陈指挥长知道南线有障碍,然而白主任竟提出走南线,为什么呢?群众反映,抱云石是唯一的障碍,而且不是一般的障碍,是能人皇柱子的"一肚子辛酸泪",谁也不敢动它一指头。指挥长要办公室主任刘宝春和王声著去抱云石看个究竟。

皇柱子为啥搞抱云石?还得从"蒋县长"说起。

地委来了个蒋局长,到槐树屯蹲点,住在皇柱子家,几天就成了熟人,好像一家人似的。蒋局长是地委的局长,说同县长平级,于是老百姓称他为"蒋县长"。

一天晚上,皇柱子与蒋县长聊天,发现他会相面、测字、看风水。皇柱子惊喜,请求测字,卜一卜婚姻大事。蒋县长要皇柱子亲手写一个字,写了一个"天"。蒋县长一看就说:"天为宇宙之大,万物归天管辖。足下有大富大贵,必定有贵人提拔。这是其一。"开口几句话,就说得皇柱子心里热乎乎的。蒋县长继续说:"天字有几笔?4笔。王字呢?也是4笔。这叫'天'与'王'合一。你姓皇,皇字之中带着'王'字,'天王合一',表示已经婚透了,完婚就在眼前。这是其二。"

皇柱子听得眉飞色舞,好像白云姑娘已经来到,二人手拉手拜堂,三鞠躬之后进了洞房似的。

蒋县长问:"怎么?意中人有了没有?"

皇柱子脱口说:"有了,白家庄村的,姓白名巧云,好像天上的白云,漂亮着哩!"

蒋县长琢磨了一下,白巧云? 怪熟悉的名字。是不是那个团支书? 他镇静了一下说:"其三嘛——天上有四大名体,即日、月、星、云。从命相看,此四物都是动体,有的从东向西移动,如太阳、月亮。有的可以向南移动也可以向北移动,这就是云。云嘛——是无规律的动体,活动性大,脸色变化也没有规律,可以是白云,也可以是红云,还可以是乌云……"

皇柱子与白云虽然通过信,但是没有见过面,只是有人告诉他:"白家庄哪个姑娘漂亮,哪个就是白云。"皇柱子生怕不成,心里忐忑不安,急着问:"动体是什么意思? 好还是不好?"

蒋县长回答:"固定才是好,动体移动叫做变化,可以成,也可以不成,岂能为好?"

皇柱子吓了一跳,紧张得不得了:"什么? 你说白云可以变化? 我们成不了?"

蒋县长眯着眼坦然地说:"柱子你说错了! 不是我说可以变化,是你写的字可以变化! 这个'天'字谁写的? 你写的嘛——"

皇柱子忧心如焚,脸上浸出了汗珠,说:"天字怎么了,你不是说很好吗?"

"很好。"蒋县长说,"好,这仅仅是一个方面。《易经》最讲辩证关系。日、月、星、云都会移动。你只要写这个'天'字,婚姻命相就注定了,有变化这是命相,我只能说你的命相。"

皇柱子像泄了气的皮球,琢磨自己的婚事,好久好久,问:"蒋县长,有破法没有?"

蒋县长哈哈大笑:"岂能没有破法?《易经》上讲,一物降一物万物皆可杵。杵是什么意思? 就是把不好的命相捣烂,再翻过来,变为好的命相。小伙子别害怕,破法是有的!"

皇柱子如黑暗中见到了光明,迫不及待地央求:"快说快说,破法是什么? 破法是什么?"

"心诚。必须心诚。"

"我心诚我心诚! 你说,需要咋着? 就是上刀山下火海,在所不惜!"

蒋县长把皇柱子领到南山悬崖的拐弯处,这里有一块 100 多吨重的青色巨石。蒋县长介绍,这块巨石是女娲补天剩下的天体石,一边红一边青有灵气,能镇邪。刻上三个字"抱云石",用红漆涂抹,必定能抱住"白云",永不变心。皇柱子问如何"心诚"？回答说：谁对抱云石不恭,叫他脚疼、腿疼。

皇柱子马不停蹄,立即找书法家写了"抱云石"三个字,刻在了巨石上。

事后他给白云写信说："给你报告个喜讯,槐树屯出现了彩云,十分好看。乡亲们图个吉利,立了一块抱云石。我嘛——更加高兴！积极参加,目的把你这朵白云抱到槐树屯。怎么样?"白云回信说："抱我也中,不就是把毕生精力献给槐树屯……"

皇柱子七上八下的悬念落地了,抱云石真的显灵了。他对蒋县长敬佩得五体投地,惟命是从,并且给蒋县长买了一条金钟牌香烟,以表寸心。

翌日,蒋县长要看皇柱子坟上的风水。皇柱子领他到祖坟一看,是个新坟,修建红旗渠才迁到这儿,还不足五年。蒋县长啧啧称赞说："好风水好风水,这是个凤凰卧地,官运平起。"

皇柱子迷惑地问："凤凰不是代表女的?"

蒋县长回答："凤是男的凰是女的,合起来才称凤凰。"

"男的出官？女的出官？还是男女都出官?"皇柱子问。他第一次听到凤凰是男女合成的名词,更想知道怎么出官。

蒋县长拖长声音说："天机——不可泄露——"他又说："你的姓氏之上顶着个'白'字,下边是'王'字,多有意思！自己琢磨琢磨吧!"

因此,槐树屯村的老百姓都知道皇柱子家的坟是凤凰之地,要出官。甚至议论说：不久就出槐树屯的掌门人。

皇柱子高兴得手舞足蹈,突然发现半年多了,白云不给他回信。问媒人啥情况,媒人回答说：

"白云嫌你长相老,谁叫你在《朝阳沟》中扮演老支书呢？蹬了。"

又停了一段儿,听说白云和石柱子定了婚。

经皇柱子打听,白云蹬婚事的原因,不是嫌皇柱子长相老,而是因为白云暗访皇柱子,工地相亲,与他同拉一条测绳,目睹他利用手段骗了白云、骗了石柱子。红旗渠锻炼出来的人都认为当老实人、说老实话、办老实事光荣,当能人吃不开了。自己这么做反而叫石柱子走了鸿运,到手的肥肉飞走了。皇柱子懊丧至极,说："我辛辛苦苦立抱云石,到头来落了一肚子辛酸。"

刘宝春和王声著来到南山悬崖，只见抱云石旁边围着一群人，中间躺着一位青年男子脚疼、腿疼不止，十分痛苦的样子。围观者指责青年男子说了对抱云石不恭维的话，还踢了一脚。抱云石显灵了，闹得青年男子苦不堪言。群众说，医生也治不了这样的病，只有皇柱子有破法，有人跑着去请了。

皇柱子来了以后，首先训斥了青年男子一顿，又踢他的屁股，问其敢不敢了。青年男子保证悔改，皇柱子才指挥青年男子向抱云石三叩首，果然不疼了。人散尽了，刘保春、王声著才邀请皇柱子坐下来谈话。

皇柱子乐滋滋的。他想：今天，你刘宝春、王声著亲眼见到了脚疼、腿疼、踢屁股的场面，看你们怎么开口说服我？握手之后，皇柱子哈哈大笑说：

"刘主任、王技术员，有啥事？开门见山！"

刘主任不尴不尬地说："想叫你踢屁股哩。"

一句话逗得皇柱子差点笑了。

刘主任继续说："红旗渠的延伸工程，我们选线五六次了，怎么也避不开抱云石，若改线绕道就加长 6 公里。俺不怕费工，关键是渠身上不了山，只能修在山脚下，山上的梯田浇不着，效益低了咱们心里都不舒展。望皇队长高抬贵手，给予方便。你踢我一脚？十脚都行！"

皇队长说："再说！"

王技术员说："抱云石是神石，能不能换？这块抱云石有点小，给你选一块更高更大的青色磨天石。我们投工，刻上 6 米见方的'抱云石'3 个大字，以更加灵气。"

皇队长问："还有什么？"

刘主任说："若非寻白云不中，我们公社三石村也有个姑娘叫白云，年龄与你相当，长相如仙女，我负责给你介绍介绍。"

皇队长又问："说完了没有？"

"说完了。该你说。"

皇队长嗡的一声站起来，咬着牙说：

"你俩人奚落我！想搬掉我的抱云石，除非太阳从西边出来！"

皇队长扬长而去。

五

刘保春和王声著傻了脸,闷闷不乐地向指挥长汇报了这个情况。

陈指挥长吃了一惊,拍着桌子说:"这还了得? 抱云石搬不掉,南线咋着走? 工程咋进展? 要么还走北线?"

没有办法的办法就是找槐树屯大队革委会的白主任。

阳春三月,风和日丽,太阳暖烘烘的。槐树屯的桃杏梨花争奇斗艳,竞相开放,整个槐树屯就像一幅山水画。高耸的山峰与蓝天白云相连,浑然一体。北山腰里,好像姑娘用胭脂搽过似的,红得晶莹剔透。不用说,那是千亩桃园红花盛开。西山上层层梯田内的油菜花黄橙橙的,随着梯田的蜿蜒而延伸,好像黄色的绫带,把山腰缠了一圈又一圈。近处的麦苗一块接一块,块块相连,似如碧绿的海洋。南山上到处是白皑皑的,那是什么? 积雪,多么神奇的积雪!

其实,那不是冰雪世界,而是梨花盛开的太行。

陈指挥长和刘保春一同去找白主任。大队的喇叭正在广播,是白主任的声音:"各位社员请注意,广播一件《招领启事》,谁在红石坡公路上丢掉一个包裹,请来大队认领。拾包裹的是安阳县三石公社的,已经把包裹送来了,正在等候认领。"听了广播,他们知道白主任就在大队。

从广播室出来,白主任才打量拾包袱的姑娘,两条乌溜溜的小辫子特别灵巧,上身穿红方格布衫,下身穿天津蓝裤子。白主任问她:"你贵姓? 叫什么名字?"

"白云,全名叫白巧云。"辫子姑娘回答。

"恁巧? 我也叫白巧云。咱俩同名同姓!"

辫子姑娘也是喜盈盈的,说:"虽然咱不是一个县,但是我听说过你。修青年洞你参加过,总干渠你打眼放炮,是青年突击队的'十二姐妹'之一,杨书记亲手给你颁奖,戴过大红花。我呢? 只能参加红旗渠的延伸工程。咱俩都姓白,都叫白云,你那朵白云能够在天上飞,我这朵白云只能在山沟转。相差十万八千里!"

这时,皇柱子进来取丢失的包裹,一看那个熟悉的蓝包单就知道是自己的。内装一身棉衣一身单衣，姐姐给拆洗后走到红石坡丢的。他见两朵白云说得热火朝天，便悄悄地坐在一边等候。

白主任拉住辫子姑娘的手，眯起眼笑乎乎地说："你的嘴蛮厉害的。白云，你看槐树屯好不好？"

"当然好了。"

"有对象没有？"

"正在找呢。"

白主任放低声音说："从槐树屯给你选个小伙子，把你娶过来，咱两朵白云并肩前进，怎么样？"

辫子姑娘说："选对象不能说村好就好，要看人品。我谈过，定过婚，照过相。他私心严重好沾光，以为只有自己聪明，别人都是傻瓜，想着点儿骗别人，多次开导，顽固不化。人啊，一辈子不靠吃苦、奋斗，靠骗别人过日子，岂不成了寄生虫？谈不到一块，我给他蹬了！"

"蹬得对！"白主任拉辫子姑娘坐到椅子上说，"按照数学老师讲，咱俩是同类项。"

"你的事，我听说过。"辫子姑娘说，"开始，给你介绍了一个叫皇柱子，没有相亲就给他蹬！他立了一块抱云石，仍然抱不住你！你们槐树屯有两个柱子，一个叫皇柱子，另一个叫石柱子，两个柱子同岁、同学、同台演戏。在生产队同是队长。皇柱子是小能人，骗石柱子。农渠分工，他出能少干了 20 米，让石柱子替他干了 20 米。红旗渠的精神是什么？要当实干家不要当小能人。你给皇柱子蹬了，蹬得对！蹬得好！"

白主任说："有人说石柱子大傻瓜，我就喜欢傻瓜，跟石柱子结婚了。你说我傻不傻？"

辫子姑娘说："石柱子不傻，你也不傻。谁说傻谁傻。我也学林县，喜欢傻。"

两朵白云同时发出了银铃般的笑声。

白主任问："我给你介绍个傻瓜，你要求什么条件？"

"第一，修建过红旗渠。第二，有吃亏是福的苦乐观。第三，寻实干家不寻小能人！"辫子姑娘回答。

白主任十分赞赏这三条，特别反对自作聪明当小能人思想，表态说："一定给你选个符合这三条的好小伙子。"

辫子姑娘今天在红石坡捡到的这个包裹,估计是槐树屯的社员丢的,她已经交给大队干部了,准备回去。白主任留她待认领罢再走。

皇柱子刚才听了两朵白云的对话,羞得无地自容,赶紧认领了包裹要走。

白主任说:"白云可以走,你不能走。等一会儿,三石公社的陈主任找你有事。"

门吱扭一声开了,进来的就是陈指挥长和刘保春。

陈指挥长说明来意,谈了抱云石当道如何办。

白主任听了哈哈大笑,好像解决此事易如反掌似的。她说:"毛主席讲过,世界上有许多道理,大道理管着小道理。红旗渠工程是大道理,进一步说是两个县的事,也是全国农业学大寨的事。抱云石嘛,只是皇柱子的家庭小事。他想抱女朋友没有抱成。今天,咱们当着面谈一谈。皇柱子,是不是这回事?"

皇柱子的脸霎时红到了耳根儿,回答道:"甭说得那么淋漓尽致了,朦胧点儿吧,俺的脸已经红了。你是领导,服从领导还不中?"

白主任继续说:"三石公社选的两条线,我去看过,南线必须从抱云石过。红旗渠就是高高飘扬的渠,能浇灌半山腰的梯田才中。为大家就得舍小家,皇柱子不应该没有这个水平? 是不是?"

"是是是。领导叫俺舍小家为大家,俺二话不说。舍小家为大家不丢人,是件光荣事嘛!"皇柱子笑乎乎地回答。

陈指挥长和刘保春听了很惊喜,皇柱子的牛劲哪里去了? 怎么在白主任面前软绵绵的? 古人说"一物降一物,卤水降豆腐",的确如此。白主任真是"万障莫当"的好干部。陈指挥长害怕皇柱子说了不算找麻烦,提出具体施工办法说:"我们毕竟是外县的,在林县没有权威。具体咋着施工? 谁先动手?"

"这个你放心,"白主任说,"我知道该咋办,明天我派两个青年把抱云石上的三个字锻掉,你们跟着就放炮。"

陈柱子担心出现脚疼、腿疼。

白主任看出来了,没等他开口就说:"脚疼、腿疼那是人为的做作。皇柱子,这样中不中? 你表个态。"

皇柱子说:"党的规矩是下级服从上级,个人服从组织。在槐树屯服

233

从白主任情合理顺。有人说我皇柱子牛，谁的面子也不给。我就是牛！崩抱云石这个面子，就是谁的面子也不能给！只能给白主任！陈指挥长你说，我皇柱子应该不应该给白主任面子？"

"应该应该。"陈指挥长乐呵呵的。

"还是那句话，"皇柱子喜形于色，"白主任要我舍小家、为大家，我皇柱子做到了！槐树屯的父老乡亲都应该知道，皇柱子为了让三石公社浇地，做到了舍小家为大家！"

陈指挥长主动和皇柱子握手，表示感谢说："谢谢，不仅槐树屯知道，安阳县三石公社同样都知道，皇柱子舍小家为大家，发扬了红旗渠精神！"

短短的几分钟，4个人就达成一致，南线施工畅通无阻。

从槐树屯大队出来，陈指挥长很满意。

有一天，刘保春在山坡遇见了皇柱子，悄悄问："你的态度变化咋恁快？"

皇柱子神秘地说："光咱俩偷偷说，我这——叫做'软货硬卖'。抱云石是我的羞耻，谢谢你们把羞耻柱给推翻了。"

刘保春惊讶地问："你盼望崩掉《抱云石》？"

皇柱子说：

"实干家和小能人，啥滋味？时代喜人，时代逼人，时代不等人啊！"

后　记

　　写修建红旗渠的故事,从 20 世纪 70 年代就萌生了这个愿望。可惜我当时在政府办公室工作,天天忙得不亦乐乎,写红旗渠的故事迟迟未能动笔。1974 年,见到林风同志写的红旗渠报告文学集《红旗渠颂》。我嗨了一声说:"晚了!"

　　进入 21 世纪,我退休有时间了,写红旗渠的愿望又蠢蠢欲动,躺在床上辗转反侧:不能步别人的后尘,报告文学有了,纪实文学有了……写啥呢? 由此联想到《三国演义》和《三国志》,这两部书同样都是三国的故事,为什么《三国演义》能家喻户晓人人皆知,而《三国志》则只能在少数人中流传? 这就是文艺作品和新闻、纪实作品的区别。我何不以小说的体裁去写,以便达到故事性强、流传脍炙人口之目的?

　　《扛红旗的人》初稿 13 个故事,在《河南日报》农村版和《咏梅》杂志上同时发表了 6 个故事,约 8 万字,形式为连载。这时,我感到犯了大错误,为什么不给领导修建红旗渠的杨书记请示? 杨书记是红旗渠的元勋,还不知道呢! 于是,2015 年我邀请刘秀红同志与我一块上北京,请杨书记审阅全部稿件。杨书记热情地接待了我们多次。他平易近人,谈笑风生,其中有一次就谈了 3 个小时,后来,还多次通电话、信件往来。杨书记虽然没有对稿件内容提出什么意见,但是,他却谈了许许多多修建红旗渠的生动事实,其中有许多是以前压根儿不知道的。杨书记给了我精神食粮,使我茅塞顿开,因此,我把稿件全部修改了一遍,并且又增加了一个故事,共计为 14 个故事,20 万字。

　　《扛红旗的人》出场人物 100 多个,如何起名也是件棘手的事。小说不是报告文学,不能用真实名字,唯恐同社会上的名字顶撞。全书中杨书记用了"杨贵"二字。除险英雄任羊成在书中也多次提到,其他人物均用了化名。尽管如此,还是难免与社会上的实名雷同,请原谅。

　　2016 年 1 月,杨贵同志在北京为《扛红旗的人》题了词:"永远的红旗渠精神!"我们看了欣喜若狂。杨书记快 90 岁的人了,毛笔字刚健雄伟,笔锋潇洒自如,泼墨耐人寻味,过目令人陶醉。在这里,对杨书记表示衷心的感谢！并且祝愿杨书记寿比太行！

在林州采访,接触了数以百计的同志,提供了各种各样的素材,我仅仅做了一些加工整理,书中同时凝聚了他们的心血,在此表示衷心的感谢！

宏扬红旗渠精神是一个大的主题,应该让读者品到原汁原味和红旗渠故事,我已经做了努力。但是由于水平有限,《扛红旗的人》难免有这样那样的不足之处,敬请读者批评指正。

白保录

2016 年 6 月